TOT EL BÉ
I TOT EL MAL

CARE SANTOS

TOT EL BÉ I TOT EL MAL

Columna

COL·LECCIÓ CLÀSSICA
PRIMERA EDICIÓ: OCTUBRE DEL 2018

AV. DIAGONAL, 662-664 - 08034 BARCELONA
ISBN: 978-84-664-2440-0
DIPÒSIT LEGAL: B. 22.582-2018
FOTOCOMPOSICIÓ: LA SEDE
CARRER ARAGÓ, 390 - 08013 BARCELONA
IMPRÈS A: CAYFOSA

www.columnaedicions.cat

A Deni Olmedo,
la meva veritat

«La veritat és una il·lusió que hem oblidat que ho és».

FRIEDRICH NIETZSCHE

Preàmbul
Quatre cartes

Barcelona, gener del 2017
A l'atenció de la senyora Reina Gené

Benvolguda,

Perdoni l'atreviment d'enviar-li aquesta carta. No ens coneixem de res. Sóc professor (substitut) de la Universitat de Lleida, especialista en crítica feminista i en escriptores de la Segona República. Estic preparant una edició de la correspondència de la novel·lista, injustament oblidada, Ilda Moreu, que voldria tan completa com fos possible. Moreu va morir sense descendència i després de molts anys de no publicar cap obra de ficció, dos fets que segurament van ajudar que el seu nom es perdés en només unes dècades. El meu treball, així com el d'altres investigadors, pretén restaurar la seva memòria i col·locar el seu nom en el lloc que es mereix dins les nostres lletres.

Potser ja deu saber que la millor amiga de l'Ilda Moreu era la Mercè Saltor, veïna com vostè del barri de Gràcia de Barcelona (de fet, va viure molts anys al seu mateix carrer). En la correspondència que Moreu va mantenir amb altres persones hi ha diverses referències a la Mercè Saltor, al temps que van escriure's i també a una certa relació que Mercè va mantenir amb el Josep Gené, que, si no m'equivoco, era el pare de vostè.

Tothom que es dedica, com jo, a perseguir documents que no estan pensats per perdurar en el temps sap que els anys són com una marea que escampa els seus tresors per qualsevol banda. Se'n faria creus, de com i de quines mans he recuperat algunes de les cartes que per fi veuran la llum quan aparegui el meu treball. Per això he pensat que no seria tan estrany que el seu pare hagués rebut de la senyora Saltor algun material que inclogués —tant de bo!— les cartes que busco. Per casualitat les té vostè? I si les té, me'n permetria l'accés i la reproducció? Per descomptat, estaria disposat a arribar a un acord econòmic en els termes que tots dos trobéssim satisfactoris.

Seria fabulós que pogués ajudar-me.

Espero impacient les seves notícies i li demano disculpes per prendre-li una part del seu temps.

Salutacions,

Leandre Vives

★

Barcelona, 17 de febrer de 2017

Benvolguda senyora Gené,

Fa unes quantes setmanes li vaig escriure per demanar-li la seva ajuda en el projecte de recopilació de la correspondència de l'Ilda Moreu. Tinc raons de pes per creure que les cartes perdudes que Moreu va adreçar a la seva amiga Mercè Saltor van quedar en poder de la família del Josep Gené. És a dir, la seva família. Com que, segons tinc entès, vostè és filla única, seria lògic que les hagués rebudes en algun moment, potser barrejades amb altres pertinences aparentment de més importància, i que ni tan sols en conegui l'existència. Si algun cop tenim l'ocasió de parlar personalment, m'agradaria explicar-li de quina manera he arribat a aquesta conclusió.

Sé que el que li estic demanant és una molèstia, a més

d'un atreviment, però li prego que faci aquest esforç de memòria i de recerca, no per mi, sinó pensant en la possibilitat d'oferir aquest bocí que li falta a la nostra literatura i la nostra història. La recuperació de la figura de l'Ilda Moreu serà, així ho espero, un esdeveniment acadèmic i cultural. No cal dir que l'epistolari no estarà complet sense les cartes que va adreçar a la seva estimada amiga Mercè, i que encara tinc esperances de trobar.

Fa poc vaig adonar-me que en aquella carta que li vaig enviar no vaig incloure cap número de telèfon. Ja me'n faig càrrec, que per a una dona amb tants compromisos com vostè deu ser complicat trobar una estona per comunicar-se epistolarment. A l'encapçalament d'aquesta, ara sí, hi trobarà el meu telèfon al costat de la meva adreça postal. Li agrairia enormement que em telefonés o m'escrivís per donar-me notícies de la documentació de què li parlo, si és que ha tingut temps de buscar-la i si per sort l'hagués trobada. Prometo no prendre-li gaire temps. Si s'ho estima més, també pot indicar-me un número on pugui trucar-li jo.

Tant de bo pugui ajudar-me. No sap com seria d'important.

Resto a l'espera de les seves notícies i li envio salutacions.

Leandre Vives

★

Barcelona, 24 de febrer de 2017

Benvolgut Leandre,

Només unes ratlles, just abans de sortir cap a l'aeroport per un viatge de feina fora del país. Amb molt de gust l'ajudaria si pogués fer-ho, però em temo que tot plegat és una confusió, que miro d'aclarir-li perquè no perdi el temps amb recerques inútils.

El meu pare mai no va tenir cap «certa relació» amb cap Mercè Saltor ni va conèixer mai cap escriptora. Em sembla que l'error deu venir del fet que a la botiga dels meus avis hi va treballar una dona que es deia igual que la que vostè busca, Mercè Saltor, la qual va ser una mica famosa al barri perquè va desaparèixer de cop i volta, deien que per motius polítics (era filla i germana de comunistes), tot i que l'autèntica raó mai no es va saber. Ningú no la va tornar a veure, pel que sé. D'aquesta noia se'n conserven un parell de fotografies on hi surt amb altres dependentes de la botiga i que devien servir per a algun anuari dels establiments del barri. Les he conservades tots aquests anys i amb molt de gust les hi ensenyaré si ho vol. Així podrà estar segur que no és la dona que busca. Si em facilita un correu electrònic les hi puc escanejar i enviar. Al peu d'aquesta carta li deixo el meu, que consulto diverses vegades al dia, i també el meu telèfon, per si en algun moment necessita una comunicació més ràpida. Per cert, m'ha agradat comprovar que encara queda una persona al món que envia cartes de les de tota la vida. Vostè escriu cartes per dir que busca cartes, suposo que pensant en el seu propi epistolari futur, quan algú es decideixi a compilar-lo. Per si de cas, les de vostè les endreçaré molt ben endreçades, perquè el meu fill sàpiga on trobar-les si d'aquí a setanta anys algú les hi demana.

Espero que aquest aclariment a corre-cuita l'ajudi a descartar falses possibilitats i l'adreci cap al camí correcte. Ja suposo que en el seu treball una cosa així deu ser desitjable. Tant de bo tingui molta sort en la recerca. Compraré el llibre així que surti.

Una abraçada,

Reina Gené

★

De: Leandre Vives
Per a: Reina Gené
Dimecres, 28 de febrer de 2017

Benvolguda Reina,

Gràcies per les seves amabilitat i generositat tan poc comunes en donar-me el seu correu electrònic i fins i tot el seu número de telèfon. Si no li sembla malament, li trucaré un dia d'aquests per explicar-li de viva veu com la correspondència de l'Ilda Moreu va portar-me fins al seu pare i, tot seguit, fins a vostè. Estic segur que li interessarà saber-ho, perquè és una història ben curiosa, adobada de casualitats, com ara que el meu editor em digués no fa gaire que està treballant amb vostè en un llibre de pròxima aparició sobre l'art de mentir (o alguna cosa així, si no ho vaig entendre malament) i s'avingués a facilitar-me la seva adreça postal.

Avui li escric només rebre la seva carta, molt content, tant per tenir notícies seves com pel que em diu de la

Mercè Saltor. Potser li costarà de creure, però estic convençut que la noia de qui vostè parla i la dona que jo busco són la mateixa persona, només que en dos moments molt diferents de la seva vida. Si fos tan amable d'escanejar per a mi aquestes fotografies que diu, em penso que podré saber-ho segur.

M'ha fet riure amb això de l'epistolari futur. Reconec que això d'enviar cartes amb sobre i segell ja no s'estila i que és d'un romanticisme estrany, però precisament per això no hi vull renunciar. Sóc un senyor victorià que ha nascut fora de temps. En aquest i en altres aspectes.

Espero impacient les seves notícies.

Leandre Vives

I

La Bèstia de l'Est

I

Els homes no ho entenen pas, que la passió eròtica pugui conjugar-se amb les matèries domèstiques. Per exemple, que mentre ell s'escarrassa per donar-te plaer tu potser estàs pensant a treure el pollastre del congelador. O en qualsevol altra fotesa pràctica i, per tant, decebedora.

Com ara. L'hotel és de cinc estrelles. El llit, mida *king-size*, amb capçal art-déco. El temps, glaçat. Bucarest, la ciutat que hi ha a l'altre costat dels vidres dels finestrals, és al bell mig de l'onada de fred siberià que recorre Europa i que, diuen, encara ha de durar tres o quatre dies. Seria impensable haver vingut fins aquí amb aquest temps si el viatge no fos de feina, però s'alegra d'haver-ho hagut de fer. Té el cap en una altra banda, però s'hi troba bé, ara i aquí, a recer de tot i amb un home entre les cames.

Quan ahir al vespre el taxista va lliscar pels carrers nevats fins al Zexe Zahana, el restaurant on l'esperaven per sopar, va alegrar-se de l'experiència. No és que aquells pilons de neu siguin tan normals a Bucarest, però quedava clar que els habitants de la ciutat hi estan molt més acostumats que no pas ella. En arribar al restaurant va saludar el senyor Anand Mirchandani, el president executiu de Newzer, la gran multinacional farmacèutica que l'ha contractada. Ella li va presentar el Tom tot dient-li que era «un amic», i tots dos homes es van saludar amb una encaixada de mans i un somriure forçat. Probablement la presència del Tom va despertar algun recel entre els presents, però li era igual: aquell només era un sopar de feina, agradable i aïllat, amb un grapat d'alts directius americans i asiàtics —alguns dels quals ella mateixa va ajudar a contractar— i la cap de recursos humans de Newzer-Àsia. Tot persones que potser no tornarà a veure mai més. No hi havia cap possibilitat que el seu marit se n'assabentés. El senyor Mirchandani i el seu marit són com línies paral·leles: per molt que avancin mai no arribaran a tocar-se. Passejar-se per Bucarest amb el seu amant era un caprici sense risc que es podia permetre.

De cop el Tom emet un xuclet i li fa perdre el fil dels pensaments. Ara la Reina s'adona de les seves circumstàncies i les analitza: és en un llit de l'hotel més opulent d'una ciutat glaçada i llunyana mentre un amant de qui només veu els rínxols d'una clepsa que clareja s'escarrassa a fer-la contenta. Té quaranta-vuit anys. Un fill que d'aquí a uns quants mesos serà major d'edat. Mai no ha estat una dona guapa. Llesta, sí. Intel·ligent, no ho sabria dir. Interessant, potser. I afortunada. Sobretot això. Una dona amb sort, que es guanya bé la vida i que ha conegut homes molt per sobre de les seves possibilitats. Les seves companyes de primària no s'ho creurien, si ho sabessin.

Quants amants ha tingut? En passa llista. Onze? Tretze? El primer, aquell maldestre de quinze anys, el Sebastià. Cap dels dos no sabia fer res, de manera que el sexe estava sempre abocat al desastre. Ell li parlava de xarrupar coses com es xarrupa un gelat de maduixa i ella s'hi esmerçava amb molt d'interès, fins que va adonar-se que només en tenia ella, d'interès, i que ell s'ajeia i esperava el seu regal, sense correspondre mai. A més, sempre li feia mal alguna cosa. Es pregunta com deu ser ara, amb gairebé cinquanta, si amb quinze ja no es podia moure. El descarta per passar al següent però en salta dos de cop: un passavolant obsessionat pels pits i un pobre noi que sempre estava superat per les circumstàncies. Hi va haver una incursió multicultural, gairebé ètnica. Un centreamericà alt com un sant Pau, de cabells eixuts com un fregall i nom doble, que s'escandalitzava tota l'estona. La seva roba interior de color bordeus i el seu gust per eixarrancar-se-li a sobre li semblaven de meuca. I per això mateix es tornava boig. No ha conegut mai cap home que no li agradin les meuques, les literals o les metafòriques. Per contrast, pensa en el Fèlix, el seu primer marit. Estudiaven, eren joves, feien l'aixovar per casar-se. Ella comprava ganivets de serra en uns grans magatzems i li agradava pensar en quines coses tallarien, en quines sobretaules estarien presents, de quanta felicitat serien testimonis. Estava enamorada d'ell amb cada cèl·lula del seu cos. En canvi, de les nits de llit que passaven cada dissabte a casa l'àvia d'ell mentre encara festejaven, només en recorda la pizza. Aprofitaven que l'àvia marxava a passar el cap de setmana amb la filla per ocupar-li el llit. Els van descobrir perquè la dona va començar a rebre de cop ofertes d'aquelles que les pizzeries a domicili envien als bons clients. Van ser la riota de la família. Només un temps. Després es van casar. Ella, de blanc, amb vel i guants. Quan ho recorda sembla que sigui una altra persona. Ell es va estar tot el viatge de noces —República Dominicana— malalt al llit de l'hotel, amb febre i cagarrines. Amb el temps s'adona que va ser un avís, un presagi pervers. Compte amb alló que comença desfet, l'advertia la vida. De la convivència amb el Fèlix només en recorda el menjar. Tot de potineries que ell es cruspia. Ossets de regalèssia. Pizzes. Arròs amb maionesa. Els dinars que no s'acabaven mai a cals sogres. Setmanals, litúrgics. Recorda els programes de la tele que ell mirava mentre ella s'avorria i es feia preguntes incòmodes. I una mica més tard en recorda les infidelitats, que llavors ja eren adulteri perquè era una dona casada, tot i que eren el mateix de sempre, perquè ella mai no ha estat —quin esglai adonar-se'n— una dona completament fidel a ningú. Mai.

Va ser quan començava a avorrir-se de la seva vida de dona casada que va conèixer el Tomàs Moliner, Tom per als companys de vòlei i les companyes de llit, faldiller amb fums, cap de negocis associats d'un grup bancari esquitxat d'escàndols financers on cada sis o vuit mesos la Reina organitzava jornades de *team building*, és a dir de motivació i treball en equip, que ell aprofitava per mirar-li el cul i tirar-li la canya. A la Reina li solen agradar els homes que li miren el cul o els pits, perquè en la seva vida sempre han escassejat. Dels altres, els qui li elogien les qualitats intel·lectuals, en té dotzenes i, per això mateix, no els valora gaire. En canvi, en Tom se la menjava amb els ulls des de bon començament. Un cop fins i tot li va dir davant del grup que estava bona. Una guapa de debò s'hauria ofès, però ella va enrojolar-se i va gaudir del moment. Aquell vespre ell es va oferir per dur-la a casa. Quinze quilòmetres d'autopista, plovent. Van acabar en un polígon industrial, ella sense pantalons ni calces, ell amb el penis erecte entre les dents de la bragueta. Però el Tomàs era casat i no va gosar acabar allò que havia començat amb tanta alegria. Es va fer enrere en el darrer moment. Com a defensa va al·legar que la Reina li agradava massa i que si anava més enllà ja no sabria com tornar. Un covard que no ho semblava, vaja. Un fanfarró. Una mala tria.

Just en aquella època, quan més desencisada dels homes se sentia, va conèixer el Samuel. Feia cara de bon minyó, parlava sense aixecar la veu, era un més del departament d'atenció al client d'una empresa d'assegurances especialitzada en defuncions. El va conèixer mentre impartia un curset de somriure telefònic. Al principi era el clau que ha de treure un altre clau, però de seguida va veure clar que aquell home era d'una altra qualitat. Una altra categoria. Anar-se'n al llit amb ell era molt més que ser infidel al seu marit. Era un descobriment, una epifania. El senyal que ho havia de deixar tot per marxar amb ell. Quan el va conèixer tenia trenta anys acabats de fer, i al món no hi ha res més perillós que una dona de trenta anys que tot d'una descobreix que no és feliç.

Durant un temps entrava i sortia perquè el seu marit mai no preguntava ni volia saber; treballar pel seu compte tenia certs avantatges: podia dormir dies i setmanes fora de casa amb el Samuel. S'amagaven en ciutats alienes i feien com dos adolescents: anaven al cinema, a ballar, a sopar, parlaven, es petonejaven, es mossegaven, s'amagaven en banys públics a grapejar-se, parlaven fins que es feia de dia i l'endemà dormien al cinema amb una mà d'ell sota la roba d'ella. Un cop van topar pels volts de la catedral de Girona amb uns amics del Fèlix. La Reina primer es va angoixar per si havien vist que anaven agafats de la mà. Després va prendre una decisió. El seu matrimoni s'havia acabat. Volia passar totes les nits amb el Sam, sense patir, sense desdoblar-se. Aviat va adonar-se que li agradava parlar d'ell com del seu «segon marit», li sonava a dona mundana i forassenyada. El sexe amb ell encara era el millor que compartien.

Només fa uns quants dies que va tornar a veure el Tom. El va trobar a la botiga de delicatessen d'uns grans magatzems. Cap dels dos no s'ho podia creure, quina casualitat, mira que no és gran Barcelona i bla-bla-bla. Superats els tòpics van voler posar-se al dia de les novetats de les seves vides, però eren tantes que només van dir les primeres que els van venir al cap. Ella li va explicar que tot anava bé: a la feina, a casa, amb el fill. De fet, anava tot tan bé que havia de buscar emocions noves. Per això ara aprenia a tocar el piano —un somni de sempre— i s'havia apuntat a un gimnàs on practicava *aquafitness*. Ara se sentia molt més bé amb el seu cos, fins i tot era capaç de posar-se al front el dit gros del peu, va afegir, i davant la mirada divertida i una mica incrèdula d'ell va corregir-se: de tots dos peus, de fet. Ell li va explicar que, ara que la crisi semblava superada per fi, havia deixat la feina per una de millor, més ben pagada, més prestigiosa, més d'acord amb la seva formació, en el departament de gestió de riscos d'un gran grup financer. I, com que l'empresa nova tenia un calendari de contractacions molt estricte, ara tenia per davant sis setmanes dolces de temps mort abans d'incorporar-se. Va convidar-la a fer un cafè, ella va pensar que no hi havia res de dolent, així podrien parlar, com dos vells amics que es retroben. A la cafeteria amb vistes d'ocell sobre la ciutat van continuar amb l'actualització de les seves biografies, van ensenyar-se fotos dels fills. Ell, dues noies. Ella, l'Albert. Edats semblants. Problemes semblants. Després ell la va acompanyar a casa en el seu cotxe. Havia passat temps i res no era com abans. El camí era un altre. No hi havia polígon industrial. Però el Tom aprofitava els semàfors per posar-li la mà sota les faldilles i dir-li que durant tot aquest temps s'havia penedit del que no va fer, allà, al polígon, sota la pluja. El Tom, se n'adonava, era per a ella una recurrència, un plat que no has tastat i que et ve de gust. Va deixar-lo que li toqués una mica les calces amb les puntes dels dits i el va aturar, dolenta. Amb els anys s'havia tornat més sàvia en l'art de dosificar-se. Ja no donava res sense rebre alguna cosa a canvi. Es van acomiadar amb un petó als llavis inesperat, tan natural que a tots dos els va agafar per sorpresa. Van desitjar de viva veu tornar-se a veure abans de quinze anys, si podia ser. La Reina va pensar en el Tom tot aquell vespre. Estava bé físicament, no havia perdut gaires cabells, no feia gaire panxa, tenia aquella veu suau que sempre l'havia captivat i la mirava com quan tenia trenta anys. Al matí, quan encara no s'havia desempallegat del seu record, va rebre la trucada de la *personal assistant* asiàtica del senyor Mirchandani —veu nasal, anglès amb accent indi, que l'obligava a fer un esforç de comprensió— per dir-li que, de cara a «l'imminent procés de selecció del nou director del departament legal», li oferien «les condicions habituals». És a dir: dos bitllets en primera classe per a ella i un acompanyant, reserva d'una habitació doble amb règim *full credit* en un hotel de cinc estrelles i entrades per a un espectacle encara per determinar. Li recordava que el procés de selecció aquest cop seria a Bucarest —«capital de Romania», va aclarir— i que necessitava saber com més aviat millor el nom de l'altre passatger per tal de comprar els bitllets i enviar-li per correu electrònic les targetes d'embarcament, la reserva de l'hotel i les dues assegurances de viatge.

El Samuel mai no l'acompanyava. L'avorrien els viatges de feina. A més, algú s'havia de quedar a casa, amb el noi. Devia haver-se tornat boja quan va trucar al Tom i li va proposar que marxés amb ella. Quatre dies, tres nits, luxe total, jo treballo i tu fas turisme, a les nits follem com bojos, va bé? La malesa li va inundar la panxa de pessigolles. Feia molt, ara, que no jugava a ser adúltera, perversa, mentidera. Allò que tant li agradava, en el fons. I que ja no estava disposada a fer amb qualsevol, quina mandra, a la seva edat. Però el Tom era diferent. Amb ell més de mitja feina ja estava feta.

A l'avió, a punt de sortir, van fer broma mentre brindaven amb la copa de xampany que acabaven de servir-los:

—Només ens ha costat, quant? Quinze anys? —va fer ell.

La Reina va corregir-lo:

—Diria que en són divuit. Però a cabuda no em guanya ningú, a mi.

Quinze o divuit, tant se val. Ara que per fi són tots dos nus i en un llit *king-size* d'un hotel de cinc estrelles, la Reina acaba de descobrir que troba a faltar el Samuel. Que pensa en ell per veure si s'anima una mica, com a darrer recurs abans de fingir l'orgasme que és lluny, ben lluny d'allà. Si es concentra en les imatges correctes ho aconseguirà perquè el Sam és, de bon tros, el millor amant que ha tingut mai. Tan bo que serveix d'unitat de mesura, com el metre, el quilo o el mol en les seves respectives àrees: els altres els qualifica segons la seva llunyania del punt ideal, que sempre és el Sam. Llavors, si és tan ideal, per què li busca substituts?, preguntaria qualsevol. Ella també s'ho pregunta. Per què? Qui ho sap. Per avorriment? Per curiositat? Perquè és una mica infantil? Perquè està cansada de ser qui és? Perquè el crim la fa sentir una altra persona que ja no és i que de tant en tant troba a faltar? És complicat respondre la pregunta més difícil, que sempre és per què.

El Tom sospira. Comença a cansar-se. Potser ho haurien de deixar. Però els amants no poden rendir-se com farien els marits. Els amants d'una sola nit han de resistir, batallar, com fa ara el Tom, pobre home, que ja veu que no se'n sortirà però encara s'escarrassa. Fins que el salva el telèfon. El telèfon en silenci que vibra a la tauleta de nit. És el d'ella.

—Què hi ha, Fèlix? —contesta la Reina. I allunya una mica la boca de l'aparell per explicar—: El meu ex.

El Tom aprofita per incorporar-se, fa petar les cervicals encarcarades, va a fer un pipí.

—Sí, a Bucarest. Tota la setmana —sent que diu.

(...)

—Divendres. Que hi ha cap problema?

(...)

—Què ha passat? És el nen?

«El nen» és l'Albert. Disset anys. Segon de batxillerat. Boig pel cinema i per l'esport. Extravertit. Bon noi. Responsable. D'aquells que agraden als adults. Té aquella edat perillosa en què tothom es pensa que és gran, inclòs ell mateix. Només ella sap que no ho és. No del tot. No encara.

(...)

—Una psiquiatra? I per què cal una...? —Sense adonar-se'n, la Reina apuja el to de veu—. Em vols dir d'una vegada què redimonis passa?

(...)

—Digues, collons! No em facis posar nerviosa.

(...)

—Molt bé. Tornaré de seguida. Ara mateix compro un bitllet.

(...)

—I tant, que cal! És el meu fill. T'aniré dient com ho porto. Ah. I l'Albert avui dorm amb mi, a casa meva.

(...)

—No ho penso discutir, Fèlix. Va, que se m'ha girat feina. Et truco des de l'aeroport. Digue-li al nen que seré allà avui mateix, d'aquí a unes hores.

La Reina penja. Quan el Tom s'estranya del silenci i surt del bany la troba allà, quieta, mirant les ratlles del cobrellit setinat amb els ulls humits.

—El meu fill s'ha intentat suïcidar —murmura, sense mirar-lo—. No fa ni una hora. Mentre tu i jo...

2

El Tomàs voldria ajudar-la, però ella es tanca al bany, s'asseu a la vora del jacuzzi, marca el número del Sam. El seu marit contesta de seguida perquè sap que passa alguna cosa. La Reina mai no li truca en hores de feina, i menys quan és fora. La veu d'ella sona estranyament serena quan li explica sense preàmbuls què ha passat, com qui deixa anar sobre la taula un tros de carn crua i sangonosa. Li fa preguntes per a les quals no té cap resposta —«Has parlat amb ell?», «Com ha anat, exactament?», «Qui ho ha vist?», «On ha estat?»—; no, no sap res de res, encara no ha pogut reaccionar, li està trucant en calent i només vol que hi vagi de seguida, que se'n faci càrrec, que no deixi el seu fill sol amb el Fèlix. No li pregunta si ho pot fer, si pot sortir de la feina tan de pressa. Simplement li demana que ho faci.

—Oi tant! —diu ell—. Ja hi vaig.

La Reina li promet que tornarà avui mateix. Li demana que li truqui així que hagi parlat amb l'Albert. Cap dels dos no vol entretenir-se. Però abans de penjar sorgeix la incredulitat, que encara durarà dies:

—Segur? Segur que l'Albert ha fet això? —pregunta el Samuel.

Però la Reina només pot respondre silenci.

Ara busca al mòbil la pàgina de reserves de vols. Origen: Bucarest. Destinació: Barcelona. Data: Avui. Ara mateix. Ja va tard. El primer vol disponible és de Tarom i surt aquest vespre a les vuit. Tot just són quarts de quatre. Ni s'ho pensa. El bitllet val mil tres-cents euros, però li és igual. Prem «Reservar» i el paga trenta segons més tard, amb càrrec directe a la seva targeta de dèbit.

Marca el número del seu fill. Segur que no l'hi agafa. El Fèlix li ha dit que estava parlant amb una psiquiatra de l'hospital —i per què, una psiquiatra?—, sempre pot deixar-li un missatge (que ell tampoc no escoltarà), o esperar que acabi per parlar amb ell, o... Encara no ha acabat de fer inventari de teories, quan el seu fill li respon la trucada.

—Hola, mare —fa una veu apagada.

—Hola, Albert. —S'esforça per semblar natural, fins i tot animada, quan el que té en sentir-lo són moltes ganes de plorar—. Daixò... fill. M'han explicat una cosa que costa de creure i d'entendre. M'agradaria que em diguessis si és veritat.

—Què t'han explicat?

—Que has intentat... —Li costa dir-ho, però ja entén que n'haurà d'aprendre, que d'ara endavant ho haurà de dir més cops—. Que volies llençar-te a la via del tren.

—Qui t'ho ha dit? —fa ell—. El Fèlix?

Quan ha deixat de dir «papa» al Fèlix? No ho té clar. Fa poc. Es fa gran. A ella encara li diu «mare». Potser és qüestió de temps.

—Sí. El Fèlix.

Un silenci, una respiració forta a l'orella. Una resposta:

—És veritat.

La sinceritat desarma quan no te l'esperes.

—Però, per què? —No hi ha resposta. Només un silenci a l'altre costat—. T'ha passat res amb la Muriel?

—La Muriel ja no m'agrada, mare.

—Amb l'Arnau?

—Res de nou.

—Amb algun altre amic?

—No tinc gaires amics, a més de l'Arnau.

—I això et preocupa?

—No especialment.

—I doncs?

—Ha estat un cúmul de coses —diu, com si les paraules costessin de sortir.

És tan estrany, tot. Fa un quart d'hora es follava un amant en un hotel de luxe i ara està parlant amb el seu fill dels motius que té per matar-se. És com si la vida estigués fent zàping.

—Quin cúmul de coses? Què vols dir?

—N'hem de parlar ara? —fa l'Albert, neguitós, amb ganes de penjar.

La Reina afluixa i totes les coses que volia dir-li se li amassen juntes en un nus que li creix a gola. Els adolescents són lacònics i volen adults que no preguntin, que els deixin callar.

—Ja en parlarem, sí —conclou ella—. Digues només si estàs bé.

—Més o menys.

No és una resposta tranquil·litzadora. D'altra banda, què esperava?

—Què feu ara? —pregunta ella.

—El Fèlix em convida a dinar.

—No treballa?

—Ha demanat el dia lliure.

—Ah, molt bé. I on aneu?

—Encara no ho hem decidit.

—Passa-me'l, sisplau.

El Fèlix fa la seva millor veu de circumstàncies. La que fa sempre que l'Albert pot sentir-lo. Veu de som-normals-i-per-tant-tenim-una-relació-normal:

—Què hi ha, Reina?

—Com ho has sabut? T'ha trucat ell?

—No. El cap d'estudis de l'institut, després que els companys de l'Albert l'avisessin. Es veu que també han trucat als Mossos d'Esquadra. M'ha dit que en aquests casos tenen protocols molt estrictes.

—Per què no m'han trucat a mi?

—No ho sé. Potser no t'han trobat.

—No tinc cap trucada perduda. I normalment em truquen primer a mi.

—Doncs no en tinc ni idea.

—No ho has preguntat?

—El què? Si t'havien trucat? No, la veritat. Estava massa espantat.

—Ja parlaré amb el cap d'estudis.

—Tant és, Reina. Ah, escolta, la psiquiatra vol parlar amb tu. Diu que et telefonarà.

—I què vol?

—Fer-te preguntes, suposo. A mi també me n'ha fet.

—Quina mena de preguntes?

—Sobre el nen, sobre què feia de petit, sobre què fa ara. Res d'especial.

—Què li has dit?

—El que recordava. Mira, t'envio una foto de l'informe. Allà ho veuràs tot, si fa no fa. Penjo, va. Anem a dinar.

La Reina tem la idea de deixar que una estranya —la psiquiatra— furgui en la seva vida com si fos a la botiga d'un brocanter fins a trobar alguna cosa. Però sap que passarà. Comprèn que no ho podrà evitar, després d'això d'avui. A la seva existència s'hi acaba de penjar un rètol d'Entrada Lliure.

—D'acord, envia'm això —afegeix la Reina—. Així tinc temps de mirar-m'ho. Per cert, Fèlix. El Sam va cap allà. On sereu?

—Ah, no, no cal. Que ens deixi en pau una estona.

—Fèlix, està preocupat. Com jo.

—L'Albert està bé. Jo el cuido.

—Fèlix, digues on aneu, va, no siguis criatura.

—T'he de deixar, Reina. És tard i tenim gana. No pateixis per res. No cal que avancis el vol. Adéu.

El Fèlix penja. La Reina torna a marcar el seu número, enfurismada. No li agafa la trucada. Li deixa un missatge al contestador:

—No et passis, Fèlix. El Sam té el mateix dret que tu a estar amb el nen. No em facis emprenyar.

Durant un moment, la Reina nota que li vénen ganes de plorar. S'aguanta. Hi ha el Tomàs. Sovint, la companyia dels altres només és una forma de soledat.

Mai no s'havia sentit tan sola com ara.

3

Li hauria agradat dir-li a l'Albert coses que mai no entendrà. Que va ser un nen desitjat per tots, però sobretot per ella. Que concebre'l li va fer oblidar moltes rancúnies. La primera, contra al seu cos, aquell inútil que no feia com els altres, que durant anys va sentir com un llast pesant. També contra el futur erm que imaginava quan encara pensava que mai no tindria fills. Contra els amics amb fills als qui ella envejava com mai no havia envejat res ni ningú. Pensa-ho amb fredor, li deien, no et complicaràs la vida. Però ella no volia pensar-se res amb fredor, sinó embullar-se la vida, per bé que s'adonava que no tenia cap sentit. Però des de quan només fem allò que té algun sentit? Ella volia portar una persona a un món superpoblat on havien passat coses terribles i on, amb tota seguretat, encara en passarien moltes més. Volia alletar-lo, gronxar-lo, veure'l dormir, riure, fer les primeres passes; volia donar-li tot allò que ella havia tingut i tot allò que li havia faltat i renyar-lo i estimar-lo amb tota l'ànima i també volia desesperar-se perquè no tenia temps per a res i perquè no la deixava dormir i perquè anava pel món cansada i adormida d'aquella manera que només van cansades i adormides les mares de criatures petites.

El primer record que en té, quan encara estava ajaguda a la llitera de parts, mentre el metge feinejava: una criatura com un grumoll, recargolat sobre ell mateix, el cap a tocar dels peus, brut i xop, de cabells molt negres i pell de color lavanda fosc. El cordó umbilical feia hores que l'escanyava, va dir la llevadora, per això estava una mica cianòtic, però de seguida es refaria. La Reina va sentir només veure'l un ofec tan viu com no n'havia sentit mai cap. Sorpresa. Així que eres tu qui se'm bellugava dins, qui les darreres setmanes no em deixava seure bé. Era estrany veure'l allà fora, independent per sempre. Va pensar que mai no podria deixar de sentir-lo com un tros d'ella mateixa, una part essencial d'allò que era.

Va atansar un dit cap a la seva mà petita, de pell una mica aspra, com la d'un peix acabat de pescar. Ell l'hi va prémer amb una força que la va sorprendre. Reflex de prensió palmar, va dir el metge. Una reminiscència de quan necessitàvem aferrar-nos als arbres. Desapareix als sis mesos per esdevenir un moviment voluntari. Ara rentaven el seu fill i l'hi tornaven, li van dir. Neguitosa, sense veure res, s'ho mirava tot en la distància i pensava en l'adjectiu que acabava d'escoltar: seu. Ella no trobava que el fill fos seu. Més aviat sentia que era ella la que de cop pertanyia a algú. Aquella persona petita i de color lavanda era l'únic ésser viu a qui mai seria infidel, a qui mai fallaria, de qui mai voldria allunyar-se'n. Ara el seu paper al món s'havia redefinit: consistia a restar amatent per si algun cop el fill tornava a necessitar aferrar-se a ella.

De tot això, l'Albert no en vol saber res. Rondina quan li parles del dia que va néixer. Ho troba «una porqueria», «un assumpte desagradable». Per què els grans han d'explicar aquestes coses fastigoses? A més, quina vergonya, pensar en ell mateix quan era petit. Li sembla que el volen deixar en ridícul. Odia la intensitat amb què la seva mare en parla, quan en parla. Ell no hi troba passió enlloc. Tothom neix, no cal vantar-se'n.

En resum: la Reina va deixar de parlar-li del dia que va néixer.

Amb el temps, potser també deixaria de parlar-li del dia que no va morir.

D'aquella trucada que de sobte va dividir la vida en «abans de» i «després de».

L'Albert encara és massa jove per entendre que les coses que han passat i les que podrien haver passat s'assemblen una mica: totes dues deixen seqüeles, com el ròssec d'una malaltia.

4

Sota la mirada espantada del Tom —que ni pregunta ni entén ni gosa dir res—, la Reina entafora les seves coses de qualsevol manera dins la maleta, es posa la primera roba que troba i diu adéu amb la mà al company de cambra i de malvestat. Li diu que no es preocupi, que es quedi allà, que ella parlarà amb la multinacional, si convé, que faci turisme pels dos. Li diu tot de coses que més tard no recordarà, i que les podria haver dit a qualsevol. Tot seguit, a l'ascensor, decideix que no donarà explicacions a recepció, que marxarà sense fer soroll i que aturarà un taxi al carrer gelat, perquè necessita notar la fiblada del fred.

El taxi és una andròmina rovellada que patina sobre la neu dura. Un grup d'operàries robustes, que duen granotes, botes d'aigua i roba d'abric i van armades amb pales i pics, comencen a amuntegar la neu en un costat de la vorera, per obrir un pas segur. De camí a l'aeroport, la Reina comprova que a tots els carrers hi ha brigades semblants, i que la majoria estan formades per dones com les que acaba de veure. La neu ara és bruta, agrumollada. En només unes hores el paisatge ha passat d'idíl·lic a impràctic.

Truca a la cap de recursos humans de Newzer a Romania, Agnetta No-recorda-què-més, una dona massa gran per tenir un càrrec de tanta responsabilitat, i li diu que se'n va. Afers personals urgents i gravíssims, al·lega, remarcant el superlatiu, perquè vol que quedi clar que no és un caprici però ha decidit que la veritat no la dirà a ningú. Li demana sisplau que n'informi el senyor Mirchandani i que sobretot li deixi molt clar que li sap molt greu i que no ho faria si no fos una força major. Potser algú pensarà que és una excusa per anar-se'n a festejar amb l'amant que ahir a la nit va tenir les galtes de portar al sopar, però tant se val. De fet, la cap de recursos humans no només s'ho pensa, també l'hi insinua, abans de preguntar-li què han de dir als quinze aspirants que han vingut expressament perquè ella els entrevisti. Què li ha de dir, per exemple, al candidat japonès, o al sudafricà, que han viatjat des de l'altra punta del món i que potser no tenien previst perdre el temps voltant per Romania. L'esbroncada va pujant de to, com el moviment final d'una simfonia, i acaba amb el cop d'efecte d'una amenaça de demanda imminent.

Ella no té ganes de discutir. Li contesta que té tota la raó, però que és un assumpte de prioritats. Que ara res d'allò, inclosos els candidats, no té per a ella cap importància. L'anima que facin allò que creguin que han de fer i s'acomiada sense deixar temps que li digui res més.

Truca de nou al Fèlix, per preguntar-li a quin restaurant són. L'ex no li agafa el telèfon. Entra una trucada del Sam, que està tan enfurismat com ella.

—Aquell cabró li ha desactivat el geolocalitzador al teu fill! —crida.

—Què dius?

—El mòbil de l'Albert. El programa de recerca diu que encara és a l'hospital. L'hi ha desactivat.

—Volien estar sols.

—Doncs jo no vull que l'Albert avui estigui sol amb aquell. Avui, no. Els buscaré per tot el barri, restaurant per restaurant.

—Sam, calma't.

—Em sap greu, però no puc. Ja et torno a trucar —i penja.

El Tom acaba d'enviar-li un missatge: «Reineta, espero que tot vagi bé i que tinguis una bona tornada a casa. Ens veiem a Praga».

No li pensa contestar. I tampoc no pensa tornar-lo a veure. Ni a Praga ni enlloc.

5

El Sam va activar la geolocalització del telèfon de l'Albert el mateix dia que li van regalar el primer mòbil. És a dir, el dia que va començar secundària i va decidir que tornaria tot sol a casa perquè les cangurs ja havien passat a la història. La Reina va fer-lo seure a la taula de la cuina, va posar-li un paper davant i li va dibuixar el recorregut que hauria de fer, marcant en colors diferents els passos de vianants, els semàfors i els carrers sense senyalització, que hauria de travessar amb molt de compte. Li va explicar què havia de fer si es perdia —«Per això portes el mòbil»—, mentre el nen se la mirava amb cara d'haver de pagar aquell peatge per conquerir la seva llibertat. Ni que fos una llibertat tan escanyolida i poc engrescadora com la d'anar sol a l'escola.

L'Albert de seguida va fer-se seu el recorregut, l'horari i fins i tot les línies d'autobús. A la Reina, en canvi, li va costar una mica més acostumar-se que ja no calia anar a recollir el noi, ni dur-lo enlloc, perquè ara s'autodesplaçava. Li va costar dies superar el cobriment de cor de cada tarda a les cinc, quan l'instint l'avisava que era l'hora d'anar-lo a buscar però l'enteniment li recordava que ja no calia. També l'estranyesa d'acomiadar-lo en roba d'estar per casa. «Adéu, adéu, fins després, vés amb compte», i l'Albert tancava la porta i ella es quedava allà, després de dotze anys de no deixar-lo mai sol, fent cara d'enze. Com si no sabés que així que comencen a caminar els fills ja volen marxar, i que ser mare consisteix a permetre que ho facin, sempre a la distància adequada a cada moment.

Però amb la geolocalització era diferent. Aquell invent modern els permetia fer de pares histèrics a qualsevol hora i a qualsevol distància. Si el nen trigava cinc minuts més, el Sam ja li estava enviant a la Reina un missatge informatiu: «És a plaça Lesseps, per la velocitat sembla que va amb l'autobús». De vegades el missatge de l'Albert i el del Sam coincidien. «Mama, he agafat el bus amb retard, sóc a plaça Lesseps». I malgrat que el Sam el tenia controlat en tot moment, quan ja era a casa li agradava saber-ho per quedar-se més tranquil. «Ja és aquí», l'informava ella. O, si se n'oblidava, ell corria a preguntar «Ha arribat, oi?», malgrat que ja havia vist que era a casa.

Eren el pitjor malson d'un fill. Que els teus pares sempre sàpiguen on ets i a quin ritme et mous per la vida. Quan la Reina era petita ho temia, per si fos veritat. Ara ho era. Pobres generacions de fills controlats per satèl·lit.

Per sort, aquella fal·lera del començament es va anar apaivagant. Van acostumar-se que el fill es desplacés pel món. Fins ara. Ara voldrien saber de nou on és, què fa, quin camí agafa. No tant a quina velocitat es mou: en tindrien prou de saber que es mou. Que el telèfon encara emet senyal. Que no l'ha triturat cap tren. Si el telèfon és viu, l'Albert també.

6

Amplia la foto de l'informe de la psiquiatra que el Fèlix acaba d'enviar-li. Passa per damunt de les paraules que no li agraden tan de pressa com pot. No les vol llegir. No ho vol saber, el que diu aquest paper. «El pacient expressa malestar emocional», «cap tractament somàtic habitual», «absència de tòxics», «cap antecedent d'alteracions conductuals», «durant l'exploració, pacient conscient i globalment orientat», «aspecte adequat», «contacte visual parcial», «col·laborador», «ansietat psicofísica moderada», «no presenta clínica depressiva endògena», «nega ideació suïcida en el moment actual», «accepta pautes de conducta i inici de seguiment», «com que no hi ha motius per mantenir pacient ingressat a psiquiatria, s'acorda l'alta amb la família», «es recomana supervisió acurada fins a propera visita», «s'expliquen pautes de conducta», «destí: domicili».

Quan aixeca la mirada de la pantalla, Bucarest li sembla més lletja que mai.

7

Potser Bucarest no és tan lletja com sembla. Potser només està amagada darrere els edificis gegantins i cendrosos de l'era comunista. Aquelles avingudes immenses traçades amb tiralínies. La Casa del Poble, aixecada sobre un turó on abans hi havia un dels barris amb més història. Ceausescu va passar sobre la ciutat com una piconadora, esborrant el passat, com fan tots els qui temen la memòria dels altres. Només va deixar un centre urbà encantador i diminut, que ha visitat un parell de vegades, i que li agrada perquè és l'únic lloc de Bucarest on és possible oblidar què va passar, aquí.

En canvi, ahir a la nit i sota la neu la ciutat li va semblar ben bé una altra cosa. Ahir, quan van sortir del Zexe Zahana, ella i el Tom van voler caminar pels carrers a disset graus sota zero. Per alliberar-se de la tibantor de la vetllada amb els executius, primer de tot. Fins que aguantessin, van prometre's. «Fins que se'm geli la tita i no et serveixi per a res», va fer ell. Les seves passes cruixien sobre les voreres emblanquinades. El vi del sopar, els licors de la sobretaula i l'excitació del moment els feien riure. Van recórrer uns quants metres. Ella va assenyalar el racó d'un jardí on s'havia apilonat una muntanya de neu verge i va dir:

—Fa venir ganes de llançar-s'hi.

—Però no t'hi atreveixes.

—Que no?

La Reina va córrer cap a la muntanya nevada per estrenar. S'hi va deixar caure de cara, en planxa. La neu flonja, cruixent, va acollir el seu cos. El fred, tan viu, la va fer riure. El Tom la volia salvar, però ella va estirar-lo pel braç. Li va caure al damunt. Tots dos rodant per la neu a les tantes de la nit i a disset sota zero. Quan van posar-se drets a ella li feia mal la panxa de tant riure i a la neu hi havia l'empremta dels seus dos cossos juganers. Van decidir que el millor era aturar un taxi. Estaven xops. Els abrics, els guants, les sabates... tot. Calia arribar a l'hotel per escalfar-se i posar-se roba seca. De camí, ell va ficar la llengua a l'orella d'ella:

—Reineta, ara t'escalfaré.

Va obrir-se pas dins l'abric, entre la roba, fins al botó dels pantalons —una nosa en el seu camí—, el va descordar, va tocar carn tèbia amb una mà de gel, va buscar els plecs i la humitat i va enfonsar-hi dos dits, la Reina va deixar anar un esgarip. Els seus ulls esbatanats van topar amb els del taxista, que la miraven malament des del retrovisor. Aquestes estrangeres no tenen vergonya, potser pensava.

A la porta de l'hotel van besar-se amb desfici i ella li va tornar la provocació del taxi enfonsant-li les mans dins els pantalons. Només un moment, perquè feia massa fred per executar aquelles maniobres a la intempèrie. Van esperar que es tanquessin les portes de l'ascensor per abalançar-se l'un sobre l'altre. Un cop a l'habitació van treure's mútuament la roba xopa i van saltar sobre el llit amb tanta urgència que ni tan sols van apartar el cobrellit de seda. Un cos per gaudir sempre és una joguina nova i sense instruccions, que desperta tots cinc sentits. La cosa va anar força bé, i en la conversa que va venir tot seguit, tots dos nus i embolicats amb els llençols, el temps verbal més emprat va ser el futur. Buscarien més oportunitats per follar en hotels de cinc estrelles, es van prometre l'un a l'altre. Allò s'havia de repetir.

—El mes que ve vaig a Londres i a Praga —va dir la Reina—. Quin dels dos llocs t'agrada més?

—No poden ser tots dos?

—No, o dormiré més nits amb tu que amb el meu marit.

—A mi ja m'està bé.

A la Reina no. Com si la traïció numèrica fos pitjor que la traïció i prou.

—N'has de triar un —va dir.

—No. Tu —reia ell—. Tu manes. Jo sóc el mantingut.

—Llavors, trio Praga.

—Ah, molt bé. I per què?

—Perquè a Londres vull anar al teatre.

—Doncs ja està decidit.

Reien però parlaven seriosament. A la Reina li agradava la idea de follar amb el Tom en una suite amb vistes al Moldava. Molt més que fer-ho en una altra que mirés a Trafalgar Square. Va ser un contracte verbal.

Ha estat la visió de la plaça, amb el jardí ple de neu bruta, que li ha retornat de cop aquests pensaments. Hi ha passat massa de pressa per veure si l'empremta dels dos cossos encara és allà. Si hi és, és tot el que queda d'aquesta història, la del Tom i ella, que mai no hauria d'haver ressuscitat. Ara la nit abans queda lluny, a una distància que no és cronològica. Com la versió d'ella mateixa que li va proposar al Tom que l'acompanyés a Romania. Una Reina que se sentia a recer de tot i que ara ja no existeix.

8

Encara falten més de tres hores, però només arribar a l'aeroport Henri Coandă la Reina consulta una pantalla d'informació de sortides. *Departures. Destination*: Barcelona. *Delayed*, endarrerit. No hi ha informació de porta, ni d'hora previstes. Travessa mig aeroport tot buscant un punt d'informació. Allà, una senyora que mira de fer bona cara li explica en anglès que una onada de fred siberià afecta Europa des de fa dies, tan forta com feia dècades que no se'n recordava cap. N'hi diuen «La Bèstia de l'Est», perquè ho devasta tot. A Alemanya han arribat a trenta graus sota zero, a Irlanda la por de la gent ha buidat els supermercats i a Escòcia el govern ha decretat una alerta màxima. A tot arreu es cancel·len vols, s'aturen trens i es tanquen carreteres. A Romania, però, és especialment greu. Les temperatures són extremes. Les condicions, pèssimes. Ja hi ha hagut dos morts. Tothom creu que n'hi haurà més.

—Però sortirem avui, suposo —fa la Reina, com si no hagués sentit res del que li acaben de dir.

La dona, que somriu sense ganes, no ho pot saber.

—I quan se sabrà?

No l'hi pot dir. Tot això no fa gaire bona pinta, no ha vist les notícies? Feia anys que això no passava. Però no ha de patir, perquè així que hi hagi novetats els les comunicaran.

—Però jo necessito tornar avui a Barcelona. És una situació greu —salta la Reina, com si la tempesta fos culpa d'aquesta pobra dona que té al davant.

Per resposta només rep una ganyota de resignació i una arronsada d'espatlles. No hi ha res a fer. No es pot anar contra una tempesta siberiana.

La Reina per fi es rendeix i gira cua. Envia un missatge al Sam:

«L'avió va amb retard per culpa d'una tempesta. Merda, merda i merda!».

S'atura davant un monitor mut on un home del temps assenyala en un mapa d'Europa la gran taca que cobreix Bulgària, Romania i una bona part d'Ucraïna i Polònia. És d'un color blau de Prússia molt bonic. Tot seguit surten imatges de paisatges nevats, cotxes i senyals de trànsit soterrats en la neu, rius glaçats, fonts públiques plenes de caramells.

Més enllà de les parets de vidre de la terminal, la neu i el vent formen un caos que ho domina tot. Allà dalt, molt lluny, s'endevina la llum ataronjada d'un sol que declina. Més a prop dels mortals que s'ho miren espantats, només hi ha la negror dels núvols i el caos de les pistes glaçades. A només uns quants metres, però amb prou feines distingible, un parell d'operaris de pista lluiten contra les ratxes de vent, que no els deixen avançar. Més que una tempesta siberiana, sembla com si Sibèria hagués decidit expandir-se, com els imperis antics. Si la Reina hagués mirat una estona el panorama real de l'exterior en comptes d'estar tan atenta a la pantalla del televisor, l'escena li hauria recordat un quadre que adora, *Snow Storm, Tempesta de neu*, de William Turner, una obra de les considerades històriques de la darrera etapa del pintor romàntic anglès, també coneguda per *Hannibal Crossing The Alps*. L'hauria trobat d'allò més oportú, i s'hauria identificat amb la necessitat d'Annibal de travessar els Alps a qualsevol preu. Esclar que ell ho va fer amb tot un exèrcit i ella només du una maleta i un pes al cor, però li hauria semblat que en la petitesa de la soledat, el dubte i la por d'Annibal s'assemblaven força als seus. La Reina, però, ara no pot pensar en Annibal: para atenció als avisos que recorren per baix la imatge i que diuen que a Bucarest la tempesta s'ha reactivat, amb ratxes de vent de fins a cent vint quilòmetres per hora, neu abundant i temperatures polars. No mira per la finestra. Avui dia les pantalles són les noves finestres per les quals mirem el món. O, si més no, la part que volen deixar-nos mirar.

Com que tots els aeroports dels voltants, en diversos països, estan embussats, la terminal és a vessar. No hi ha ni un lloc on seure. Està provant de trobar algun seient on entaforar-se quan s'adona que té una perduda d'un número llarg. Segur que són els de Newzer, que deuen voler concretar les amenaces. Ja els trucarà d'aquí a una estona. Per un moment recorda els quinze alts executius —de races i edats diferents, però tots homes— que havia de valorar: un grapat d'egos que ja prou enfadats que estaven per haver de sotmetre's a l'avaluació d'una dona. Què diran ara que sabran que l'experta de fama internacional els ha plantat? I què farà, ara, la companyia? Confiarà la tria a algú altre? Triaran ells, els directius amb els quals va sopar anit, i que tan alegrement van reconèixer que ells, com Ponç Pilat, el que millor saben fer és rentar-se les mans? La veritat, té altres coses en què pensar.

«Té un missatge del número... —una tirallonga de xifres—, per escoltar-lo, premi...».

No l'escolta. Té altres maldecaps, més urgents. Trobar un lloc on seure, per exemple. Prendre's un cafè. Saber què fan, a Barcelona, sense ella.

Les paraules que ha escrit a l'Albert fa una estona ni tan sols apareixen com a llegides. Escriu al Sam per veure si té més sort:

«Has trobat el nen i el Fèlix? Pots parlar?».

No hi ha resposta. Els deu haver trobat, deuen estar junts, per això ningú no veu el mòbil. La neguiteja imaginar els tres homes de la seva vida asseguts al voltant d'una mateixa taula: el passat, el present i el futur. Li agradaria saber de què anirà la conversa. O potser li convé més no saber-ho.

Busca un tros de paret on recolzar-se i vigilar la zona de seients, per si algú en deixa un de lliure. És poc probable.

Obre el correu electrònic i escriu un missatge al cap d'estudis de l'institut de l'Albert.

De: Reina Gené
Per a: Cap d'estudis

Hola, Joan Carles,

T'escric per dir-te que, malgrat que no ho he sabut per vosaltres, estic assabentada de tot el que ha passat avui amb el meu fill. I espantada, esclar. Volia preguntar-te per quina raó no m'heu telefonat per comunicar-m'ho, tal com heu fet altres vegades, i en canvi heu telefonat al meu primer marit que, si no m'erro, figura el tercer en la llista de familiars als quals s'ha de telefonar en cas que hi hagi algun problema. Us agrairé que d'ara endavant respecteu aquestes preferències, per tal d'evitar-nos greus conflictes familiars. Moltes gràcies.

Reina Gené (mare de l'Albert Gama)

Envia el missatge i s'entreté un moment a mirar sense interès la safata d'entrada, atapeïda de correus que ara no pensa contestar. Gairebé tots de feina. Un del Leandre Vives, aquell professor encaparrat que ella té unes cartes que no ha vist mai. Quina mandra, tot. Deixa el mòbil en repòs. Tanca els ulls. Tant de bo ella també tingués un botó d'apagat; un que permetés, quan la vida fa mal, deixar-la en suspens. Ara el necessita.

Va al bany i en sortir decideix fer un tomb per la terminal per veure si troba un lloc on seure. Les zones d'espera són plenes de gom a gom: qualsevol espai mínimament confortable està ocupat, i això inclou el terra cobert amb una moqueta polsosa i vella, sobre la qual es veuen molts joves que dormen amb el cap recolzat a les seves motxilles. Recorre la terminal de punta a punta. Però res.

En una hamburgueseria que queda a l'altra banda del passadís hi veu una parella gran que s'aixeca, alliberant una taula. Arrenca a córrer arrossegant la maleta i fent ziga-zagues, mirant d'esquivar la gent. S'endú algun crit i algun insult, demana disculpes sense aturar-se i per poc no li cau el mòbil, però ho aconsegueix. Ha conquerit l'única taula lliure de tot l'aeroport, una que queda en un racó, davant una pantalla de televisió sense volum on també fan notícies. El Brexit, Trump, Catalonia, Valentino Rossi... el món encara gira però avui no li interessa. Només la taula. La parella que marxa la mira amb llàstima, esverats del que es pot arribar a fer per un trist racó en un restaurant horrible. La Reina aparta les safates de plàstic plenes de deixalles, neteja la superfície artificial amb una tovalloleta humida que es treu de la bossa i s'hi instal·la, orgullosa de la seva gesta. Això no ho hauria fet enlloc, pensa, però avui i aquí, ho havia de fer. Els aeroports són llocs que canvien les lògiques del temps i de l'espai. És normal que també canviïn la gent, i a ella.

Recorda que no ha menjat res des de l'esmorzar i va a buscar-se un cafè amb llet. L'hi donen en un got de plàstic amb tapadora que du imprès el logotip vermell de la cadena. Crema. Se l'ha de prendre xarrupant de mica en mica. Mentre ho fa revisa de nou el correu electrònic. El cap d'estudis ha contestat:

> De: Cap d'estudis
> Per a: Reina Gené
>
> Benvolguda Reina,
>
> Em sap molt greu que la nostra actuació hagi provocat «greus conflictes familiars» (i també lamento molt tot això que esteu passant). El protocol en aquests casos mana que es truqui al pare, la mare o els tutors legals del noi o noia en qüestió, en l'ordre que ells mateixos hagin indicat a començaments de curs en signar el document pertinent. L'ordre, segons la fitxa del vostre fill, diu que primer t'hem de trucar a tu (cosa que vam fer, però no et vam poder localitzar) i després al senyor Samuel Navarro. Però com que el senyor Navarro no és el pare ni el tutor de l'Albert, vam decidir fer allò que mana la llei i vam localitzar el senyor Fèlix Gama, que és qui finalment va atendre'ns i, tot s'ha de dir, va fer-se càrrec de seguida de la molt delicada situació.
>
> Aprofito per fer-te saber que ben aviat es posarà en contacte amb tu la Bàrbara, la tutora de l'Albert. Ens aniria molt bé disposar dels informes mèdics del servei d'urgències. Si me'ls vols enviar a aquest mateix correu, jo mateix els faré arribar a l'orientadora psicopedagògica del centre. Igualment, tant a la direcció del centre com a l'equip d'orientació psicopedagògica i a mi mateix ens agradaria mantenir amb vosaltres —els pares i tutors— una reunió

per parlar del que ha passat i de com hem d'actuar a partir d'ara. Si poguessis donar-me un parell de dates en què us vagi bé, podem anar concretant la reunió. Salutacions.

Joan Carles

Escriu amb presses i sense miraments. El missatge li surt enfarfegat d'errors que no s'entreté a corregir.

De: Reina Gené
Per a: Cap d'estudis

Disculpa'm, però estic DEL TOT segura de no haver rebut cap trucada vostra. Et prego que revisis amb cura qui va encarregar-se d'avisar la família després de l'incident i per quina raó no ho va fer tal com havíem quedat.

Així que arribi a casa, amb l'agenda al davant i una mica de calma buscaré data per a la reunió que em demanes. Una salutació.

Reina Gené (mare de l'Albert Gama)

9

La Bàrbara Graells també li escriu. Li cal començar a llegir el missatge dues vegades per entendre de qui és i què diu. La tutora del seu fill és una professora veterana, d'aquelles que parlen molt i escolten poc, que han vist de tot i que per això mateix ja no creuen en res i que es pensen que tenen més raó només perquè tenen més anys. Ja fa temps que la il·lusió inicial ha deixat pas a una agror sense esperances, que ja tan sols troba consol en el còmput dels pocs anys que li queden per a la prejubilació. Ella i la Reina van mantenir una entrevista de rutina a començaments de curs, de la qual totes dues van sortir pensant que se la podien haver estalviat, que no cal veure ningú per corroborar que tot va com una seda, i que la llei és ben absurda si estableix aquesta mena d'obligacions en comptes de dedicar-se a qui realment ho necessita.

De l'Albert la tutora en va ressaltar el bon tarannà, la magnífica relació amb els companys, el caràcter extravertit, el bon rendiment acadèmic i l'excel·lent actitud a classe. Era una joia, va dir, i va somriure, perquè llavors tot anava bé i l'Albert era un alumne d'aquells que fa pujar punts al centre.

La Reina va sortir de la reunió pensant que era la cosa inútil més agradable que havia fet en molt de temps.

Ara tot ha canviat. Ho nota només llegir el començament del missatge:

> De: Bàrbara Graells
> Per a: Reina Gené
>
> Benvolguda Reina,
>
> Ja feia temps que volia escriure't per parlar-te de les notes de l'Albert (que ja deus conèixer) i el canvi que tots hem percebut en el seu rendiment acadèmic. Sento haver-ho de fer precisament avui, però crec que és urgent que ens reunim. No només tu i jo, com el darrer cop, sinó també el seu pare i l'equip psicopedagògic del centre. Crec que hauríem d'analitzar quina relació hi ha entre el seu baix rendiment de les últimes setmanes i això tan terrible que ha passat avui. Estic segura que saber-ho ens ajudarà a entendre'l millor i farà que puguem treballar plegats per ajudar-lo. Si voleu, i perquè sigui més còmode, podem aprofitar per veure'ns el mateix dia que tingueu la reunió amb l'equip directiu. Resto a l'espera de les teves notícies. Una abraçada.
>
> Bàrbara (tutora)

La Reina rellegeix un parell de vegades les paraules de la Bàrbara i mira de recordar quan van ser les darreres notes de l'Albert. Quant fa que n'havia de portar. Si les hi va signar o no. No recorda res. Mai no ha estat bona policia del seu fill. Confia en ell, vet-ho aquí. Potser hauria d'haver-hi estat més a sobre. Potser no és una bona adulta. Potser és una mala mare.

De: Reina Gené
Per a: Bàrbara Graells

Hola, Bàrbara,

De quin baix rendiment parles? Quines han estat aquestes notes terribles del meu fill? Siguin les que siguin, jo no n'estic al cas. Tot això, com tantes coses avui, és nou per a mi. Al marge de tot plegat, ens reunim quan vulguis. Em sembla bé aprofitar el mateix dia de la reunió amb el Joan Carles. No sé si el meu exmarit podrà venir, però l'hi preguntaré. Salutacions.

Reina

10

L'espanta l'entrada d'una trucada. Número ocult. Deu ser la psiquiatra. La sorprèn escoltar una veu d'home que parla en un anglès britànic perfecte. Gairebé amanerat.

—Reina Gené, sisplau?

—Sóc jo.

—Parla Ulf Everink. —Silenci. La Reina no lliga caps—. Ens hem conegut aquest matí, a l'Athenee. Em recorda?

—Hola, senyor Everink. I esclar que el recordo! D'on ha tret el meu número personal?

—M'han dit que ha hagut de marxar per un problema familiar. Espero que hagi arribat bé a l'aeroport.

—Perfectament, gràcies. El puc ajudar en res?

—De fet, només volia desitjar-li un bon vol. Espero que no sigui res greu això que li...

La desconcerta aquesta amabilitat tan fora de lloc.

—Gràcies, però no entenc com és que té el meu número.

—Ah, l'he demanat a la gent de Newzer. No s'amoïni que no el donaré a ningú.

—Qui, exactament, de Newzer?

—No sé com es diu. És important, això?

—Ho és perquè tenen ordres de no facilitar dades personals.

—De debò? Em deixa sorprès. —O el senyor Everink és molt bon actor o realment se sorprèn—. Si hagués sabut que la molestava, no ho hauria fet. Li demano disculpes.

—No passa res. Gràcies per interessar-se per mi.

—Per cert, m'ha semblat que estan una mica empipats amb vostè.

—És normal. No esperava que s'ho prenguessin bé.

—I entre els candidats també n'hi ha d'emprenyats.

—Com vostè, per exemple?

—No —riure—, jo no estic emprenyat. Sé prou bé com poden ser de greus els problemes personals. No busqui dobles intencions en la meva trucada. Sóc sincer amb vostè. Cregui'm.

—I tant.

La Reina no es creu gens l'Ulf Everink. Confirma la impressió que va tenir durant l'entrevista: dominant, gran ego, capacitat de lideratge, molt encant personal, impertèrrit. Això darrer li va posar les coses difícils. Va haver de preguntar el doble per aconseguir la meitat d'informació que amb altres candidats. Res no l'altera, ni les preguntes calentes ni les de més càrrega emocional. Una persona difícil de llegir.

—Li agraeixo la seva trucada, però ara l'he de deixar —diu, incòmoda amb la situació.

—Ho entenc. Espero que ens vegem aviat i tinguem l'oportunitat de coneixe'ns millor.

—Bon vespre, senyor Everink.

Per què li ha trucat, realment? Què insinuava la seva

darrera frase? Qui li ha donat el seu número de telèfon? Hi pensa una estona més però de seguida se n'oblida. Avui l'Ulf Everink ocupa un lloc molt baix en la seva llista de prioritats.

II

Tanca els ulls un segon, mentre s'escalfa les mans amb el got de paper. Li costa respirar calmosament. No és el senyor Everink qui l'ha neguitejat. És la situació. Trobar-se embarrancada en aquest nus d'espai i temps. Potser podria fer alguna cosa. Llogar un cotxe, per exemple. Tot i que no està segura de la ruta que hauria de fer, ni quants països hauria de travessar, ni si la tempesta l'hi permetria. Per on hauria de passar? Sèrbia, Croàcia, Itàlia, França... Quants quilòmetres? Dos mil? Més? Potser hi ha algun camí més segur i més llarg. Quant temps trigaria a arribar a casa? Val la pena provar-ho? Obre el navegador i busca empreses de lloguer de cotxes. N'hi ha aquí mateix, a l'aeroport, però si s'aixeca per anar-hi perdrà la taula.

L'ha deixat fermada una tempesta. Un fenomen atmosfèric. Mai res ni ningú l'havien retinguda allà on no volia estar-se. No hi està acostumada. Hi ha d'haver una solució. Si n'hi ha, ha de saber trobar-la. Té una tossuderia de nena petita que mai no li ha fallat. Trucarà a una empresa de lloguer de vehicles per informar-se de si n'hi ha de disponibles. Quins models. Si ha de recórrer un trajecte de dos mil quilòmetres ho vol fer còmodament. Per sort, té un telèfon mòbil.

Per sort, algú que no sap qui és —però que segur que és estatunidenc perquè totes les coses que ens han canviat la vida o ens l'han fotut enlaire han estat imaginades, dissenyades i fabricades per un estatunidenc—, algú, per sort seva, pensa, va inventar el telèfon mòbil, i ella mai no hi havia pensat però li està tan agraïda per haver creat aquesta andròmina que tan sovint li amarga la vida, i del qual tot sovint ha volgut deslliurar-se o ha dit maldats. Quina sort tenir-lo avui, pensa, quina sort pertànyer a una de les primeres generacions que pot tenir un telèfon mòbil per resoldre els seus problemes, quina joia viure en el segle XXI, el segle de l'aldea global, de les comunicacions, de la tecnologia. El segle en què tot sembla haver evolucionat d'allò més. Tot, menys els éssers humans.

12

El *personal assistant* americà del senyor Mirchandani li va enviar un dossier amb els perfils dels quinze candidats a ocupar el càrrec de nou director del departament legal de Newzer i li va preguntar què necessitava per a la roda d'entrevistes. Ella va demanar un parell de càmeres connectades a un ordinador, el saló de ball de l'Hotel Athenee i una ajudant guapa, jove, i a les seves ordres, a qui ella diria com havia d'anar vestida i què havia de fer en cada moment. Les càmeres, l'ajudant i l'hotel de luxe formaven part de la mateixa estratègia, que mai no li havia fallat.

Els candidats, tots homes, tots galls dels seus galliners, tots molt segurs d'ells mateixos, arribarien a la strada Episcope, entre la plaça de la Revolució i l'avinguda de la Victòria, i travessarien la porta principal de l'hotel Athenee. Només entrar quedarien atrapats per la visió de les columnes dòriques i els marbres geomètrics del vestíbul d'estil Belle Époque, si fa no fa com hi devien quedar els reis i reines, espies, diplomàtics, artistes de Hollywood i gent de l'alta societat que freqüentaven aquest lloc a principis del segle XX. El saló de ball, gran, quadrat com un claustre, abundant en ornaments daurats, aflonjat per les estores i cobert per una cúpula de vidres acolorits, era al fons. Per arribar-hi calia sotmetre's primer als efectes del vestíbul. I justament a l'entrada del saló de ball, molt somrient, preparada per fer-los esperar un quart d'hora en una butaca Lluís XIV, els rebia la jove i preciosa Cordelia, amb minifaldilla, mitges fosques i un escot que era impossible no mirar.

La Reina està convençuda que la bellesa i el luxe transformen les persones. Les fan actuar diferent. Alguns s'empetiteixen, d'altres s'estarrufen. Ella els estudia quan es pensen que ningú no els mira. Mentre s'esperen, es posen nerviosos, esbufeguen, fan trucades indiscretes o, simplement, es miren amb calma el mòbil i es comporten adequadament. Algun excèntric de debò treu un llibre i es posa a llegir, tan tranquil. Tot queda enregistrat en el disc dur de l'ordinador de la companyia, que la Cordelia s'encarregarà de connectar. Després ella compararà les reaccions dels candidats a soles amb les respostes que han donat a l'entrevista. Buscarà semblances però, sobretot, diferències. Els resultats de vegades són molt interessants.

Els responsables de recursos humans li van dir a tot que sí, com sempre. Ella es va instal·lar en una petita sala annexa al saló de ball. El seu portàtil i la seva tauleta (ja era del tot incapaç de prendre notes a mà), en un moble auxiliar. Amb la tauleta, dissimuladament, sempre pren fotografies que més tard adjunta als seus informes. Els candidats s'esperaven al saló de ball fins que la Cordelia els avisava, sempre quinze minuts més tard de l'hora de la cita. Alguns dels que havien renegat durant el temps d'espera saludaven la Reina amb un somriure encantador. Primer element a observar: l'encaixada de mans. La gent no s'imagina quanta informació transmet una simple encaixada de mans. Si el palmell mira avall, vol dir dominància. Si mira amunt, submissió. La gent que estreny fort la mà de l'altre és dels que marquen territori. Saben que són líders i volen demostrar-ho. Els que arronsen l'esquena i deixen caure la mà flonja són dòcils i poc capaços de liderar res. La Reina sap que la informació que els candidats proporcionen amb una encaixada coincideix fil per randa amb el que diuen durant l'entrevista. Per això n'escriu tots els detalls. De l'Ulf Everink va apuntar: dominant, segur, absència total de nerviosisme, ple domini d'ell mateix, ego enorme.

L'Ulf Everink portava un vestit de marca, car, amb una armilla clàssica i una corbata atrevida de color verd clar. Tenia la pell bruna i colrada pel sol. Pentinat impecable modelat amb fixador, sabates llustroses, rellotge impressionant, ploma estilogràfica d'or a la butxaca superior dreta i petita arracada a l'orella esquerra. Blava, potser només per casualitat conjuntada amb els seus ulls. Preciosos, per cert. Fins i tot la Cordelia se'n va adonar. Un deu. Algú que cuida l'aparença tant com la salutació perquè sap que són les dues coses en què primer ens fixem quan coneixem algú.

Els primers quinze minuts la Reina sempre els dedica a parlar de temes sense importància. Li agrada la ciutat? Hi havia estat mai, a Romania? El molesta, que faci tant de fred? En quin hotel s'allotja? Com ha arribat fins aquí? Quins plans té per a aquesta tarda? En una entrevista no cal tenir pressa per començar —sol aconsellar en les conferències que tot sovint imparteix—, com més temps dediquem a les preguntes inicials més informació obtindrem sobre el candidat i més bé podrem establir una línia base de comportament que ens permeti més tard comparar les seves reaccions davant les preguntes calentes. La

Reina llegeix persones com d'altres llegeixen llibres. Podem mentir amb les paraules, però no amb els gestos o amb les expressions —sol dir en les conferències—, si dubteu quin dels dos és cert, ha de prevaldre sempre el llenguatge no verbal. És millor gravar-ho tot i que en quedi constància. Així evitarem problemes posteriors en cas que algú menteixi sobre què va dir a l'entrevista, però sobretot podrem revisar tantes vegades com vulguem les respostes, i analitzar en fred totes les reaccions.

Ella sempre ho grava tot. Des del primer segon. Per això es pot permetre no semblar tan atenta durant l'entrevista. Els candidats es relaxen si veuen que no te'ls mires fixament. Mentre dura l'entrevista també comença a redactar l'informe confidencial que més tard lliurarà a la companyia. Hi apunta tots els detalls que creu importants. Després, acompanya els informes d'un document encriptat que conté la seva selecció. «Suggereix» algú —normalment un candidat i un suplent, per si les mosques—, els dos que segons ella presenten millors aptituds per al càrrec, el que demostra més concordances entre el que diu i el que és. Val a dir que ningú no dubta del seu criteri. La seva opinió és la que compta. Sempre encerta. Les grans empreses se la rifen. Per a Newzer hi ha treballat una vintena de vegades.

Del procés de selecció que ha hagut d'interrompre, una de les poques coses que té clares és que el seu candidat no hauria estat l'Ulf Everink. Massa discordances. No va respondre a les preguntes tancades, aquelles on s'espera que els candidats diguin només «sí» o «no». Va ser evasiu. Va mostrar molt poques emocions, fins i tot davant les preguntes calentes. Quan va tornar a preguntar-li allò que no li havia quedat clar, va crear-li més dubtes. I quan al final li va etzibar si havia estat sincer amb les seves respostes i si en volia modificar alguna —una pregunta que descol·loca tots els candidats—, ell va fer: «Ja està bé així. Al capdavall, la sinceritat és un punt de vista, no troba?».

Presentava, com tots, un currículum impressionant. Trenta-cinc anys. Solter. Aficionat a: viatjar, el surf, les plomes estilogràfiques. Doctor en Dret per la Universitat de Bolonya, màsters en Dret Penal i Criminologia, especialitzat en delictes contra la llibertat sexual i contra la vida; darrerament màster en Dret Administratiu i Gestió d'Empreses, experiència professional demostrable com a advocat d'almenys dues grans companyies d'abast internacional i, més tard, com a directiu en dos càrrecs d'alta responsabilitat. Actualment dirigia un equip de dues-centes persones. Guanyava més de cinc-cents mil euros l'any, assegurança mèdica a part. Perfectament apte per al càrrec. La seva motivació confessa per buscar una altra feina era: «Temptejar com està el mercat i veure si puc canviar d'aires». El seu lema: «Els canvis són bons». En principi, la seva motivació per mentir hauria de ser escassa.

—Dels delictes sexuals a la gestió d'empresa no hi ha un camí molt llarg?

—Sí. Podria fer una broma grollera, però davant de vostè no estaria bé.

—Perquè sóc una dona?

—No. Perquè és l'encarregada de la selecció i vull la feina.

—No m'ha contestat.

—Té raó. M'avorreixo si faig sempre el mateix. Un cop trobo l'entrellat de qualsevol assumpte, me'n canso. Potser no ho hauria de dir d'aquesta manera.

—Veig que ha dirigit departaments grans. Com se sent quan ha d'acomiadar algú del seu equip? —va preguntar la Reina.

—No m'ho plantejo. Ho faig i prou. Procuro que els sentiments no condicionin les meves decisions. —Acabava totes les respostes amb un somriure de superioritat i, malgrat tot, encisador.

—Em penso que la seva empresa l'any 2014 va acomiadar més de mil treballadors a tot el món. Suposo que a vostè també li va tocar acomiadar gent. Li devia costar no implicar-s'hi emocionalment.

—Miri, ja fa temps que tinc un lema, tant a la vida com a la feina: «Si una cosa et costa de fer, fes-la i prou». Vull dir, no cal que pensis, no cal que pateixis, no cal que t'esveris. Fes-ho. És la teva obligació. Per això em paguen. Creu que hauria arribat fins aquí si hagués de rumiar totes i cadascuna de les decisions que he de prendre? Vostè prou que deu saber com és de… —«cames encreuades», «mans juntes sobre el genoll», «absència gairebé absoluta de gesticulació», «cap gest de contrarietat evident»— i, sobretot, no sabria com justificar-ho davant del president, el senyor Bross, que espera de mi que li resolgui problemes, no que n'hi aporti de nous… —«Mai no s'ha d'interrompre el candidat quan parla, cal deixar que s'expliqui, però cal apuntar les incoherències que detectem en el seu discurs»— i no, precisament, si els treballadors s'han disgustat o no, sinó si han marxat de la manera i en el termini més convenient. Més convenient per a la companyia, esclar. Era això el que volia saber?

—Perfectament, senyor Everink. Diu que el senyor Bross és el seu superior?

—Sí.

—Li faria res si li demano referències sobre vostè?

Un moment de dubte. Somriure. Cap altre gest. Finalment:

—Si ho creu necessari.

—Això és un sí?

—Sí.

—D'acord.

—Com se sent quan perd un cas important?

—Malament. Sóc humà.

—N'ha perdut gaires?

—És immodest dir que molt pocs?

—Què fa quan un dels seus advocats perd un cas important?

—M'assec amb ell i miro de saber què ha passat.

—Creu que tot es pot guanyar?

—Esclar que no —sorpresa, enuig lleu—. Però hi ha moltes maneres de perdre. Sempre cal que sigui de la millor manera possible.

—La llei és perfecta?

—La llei, sí. Els qui l'apliquen, gens.

—Per tant, el dret és just si s'aplica la llei?

—La llei és com el futbol. Guanya qui més bé ataca o qui més bé es defensa. La justícia no juga.

—Li agrada el futbol?

—L'odio.

«Discurs intel·ligent», «adequació a l'entorn», «absència de dubte», «professional».

La primera de les preguntes calentes era evident només mirar el currículum:

—Podria dir-me què va fer entre els anys 2002 i 2009?

Una pausa de tres o quatre segons. Sorpresa. Evitació visual (per primer cop). Una sorpresa majúscula. En canvi, no podia ser que l'Ulf Everink no s'esperés la pregunta. Llavors?

—Què vaig fer? —maniobra per guanyar temps: repetir l'enunciat.

—Sí —somriure de Reina—, al seu currículum no hi diu res.

—Vaig prendre'm un temps sabàtic.

—Llarg.

—No li diré que no. Em calia per fer allò que volia fer: la volta al món, amb calma. Van ser uns anys molt intensos.

—I s'ho va poder permetre?

—Tenia estalvis. I una herència, que em vaig polir.

—D'algun parent proper?

—El meu pare.

—I per què va decidir tornar a treballar?

—Se'm van acabar els diners —somriure, evitació de contacte visual— i trobava a faltar manar.

—Manar?

—Sóc addicte al poder. M'agrada donar ordres. Creu que és dolent?

—A priori no hi ha res bo ni dolent. Diu que li agrada viatjar sol?

—Sí.

—Es considera un solitari?

—No tant.

—És solter. No s'ha casat mai?

—No. Em costa trobar algú que m'aguanti.

—Somriure encantador, premeditat.

—Viu sol? —pregunta tancada.

Parpelles superiors lleugerament laxes. Pèrdua (momentània) d'enfocament ocular. Tristor. Punt calent. La Reina en pren nota.

—Sí —diu ell.

—Sempre ha estat així?

—No. —Somriure.

És un punt calent o no ho és?

—Quan va ser la darrera vegada que va conviure amb algú? —insisteix la Reina.

—Ja fa temps.

—No li agrada parlar-ne?

—No.

—Li fa res si li pregunto per quin motiu?

—No va acabar bé.

—És aquesta la raó per la qual no hi vol tornar?

—És la raó per la qual estic sol. No és ben bé el mateix. —La mà esquerra es tanca en un puny. Podria voler dir nerviosisme, però també ocultació d'informació. Potser totes dues coses.

«Gran autocontrol davant impactes emocionals», escriu ella al seu informe. «Dificultat per establir punts calents de la conversa».

—Li agrada fer surf.

—Molt.

—Algun lloc preferit?

—Depèn de l'època de l'any.

—Si ho decidís ara mateix, per exemple?

—Sunset Beach, Hawaii.

—En sap molt?

—Em defenso.

—S'entrena sovint?

—Darrerament no tant. M'havia entrenat molt.

—No competeix?

—No m'interessa.

—Per què no?

—Si faig surf és per relaxar-me. Per competir ja tinc la feina.

—Parli'm de plomes estilogràfiques.

—Què vol saber?

—En què consisteix ser-ne aficionat.

—Doncs en no gaire cosa. Gastar-se fortunes de tant en tant. Perseguir marques que ja no es fabriquen. Estar subscrit a una revista especialitzada que no coneix ningú. Comprar tintes per internet. Ah, i fer neteja cada dissabte.

—Neteja?

—Sí, de plometes i èmbols. Si les plomes no es netegen, s'embussen.

—Si volgués comprar-me una estilogràfica, quina em recomanaria?

—Cap. Vostè és esquerrana. Els esquerrans s'embruten amb la tinta encara fresca amb què acaben d'escriure. Millor faci servir bolígrafs.

—Sap que mai no ho havia pensat?

—Esclar. Perquè no li agraden les plomes.

Somriure.

—Quin creu que és el seu defecte més gran?

Ell va aclucar els ulls i va prémer els llavis. «Sorpresa».

—No m'esperava que em preguntés una cosa tan òbvia. Què vol que li digui? El que diu tothom? Que sóc massa perfeccionista?

—Digui'm la veritat.

—Molt bé. Tinc un geni de mil dimonis. Però estic aprenent a controlar-me.

Qui sap si és veritat. No hi ha càrrega emocional.

—I com s'ho fa?

—Vaig a classes de meditació. Ara, quan m'emprenyo, faig respiracions profundes.

—En comptes de...?

—En comptes de llençar coses per les finestres.

—De debò llençava coses per les finestres?

—I tant. Cadires i tot. Una vegada en vaig llençar una sobre un taxi i vaig haver de pagar-li un sostre nou. Això sí que deu ser dolent, oi?

La Reina va riure. Estranyament ho feia, en les entrevistes. Els candidats s'ho prenien tot sempre massa seriosament. L'Ulf, no. L'Ulf no se sap com s'ho pren.

—Diria que és una persona violenta? —Va continuar amb les preguntes tòpiques. Li agrada posar-ne unes quantes. Deixen els cretins fora de joc.

—Hi ha algú que no ho sigui? En les circumstàncies adequades, vull dir. —Ulls fixos en ella, pertorbadors.

—Si un dia veu que té mil correus electrònics per respondre però només en pot contestar cent, què fa?

—Quina pregunta més curiosa.

Somriure de costat. «Menyspreu», «superioritat moral». Per fi una emoció. Anaven per bon camí, però l'Ulf no li posava les coses gens fàcils.

—No li dic que no. Li fa res respondre-la igualment?

—En absolut. Respondria els més urgents. Els que vénen de dalt. Els dels clients que cal tenir contents. Els del torracollons de torn. A cada empresa n'hi ha uns quants de cada.

Premia els llavis. Per un instant, a la Reina li va semblar percebre una lleugera dilatació de les aletes nasals.

L'entrevista va durar el doble que les dels dos candidats anteriors. Calia fer-ho, en casos tan difícils com l'Ulf Everink. No era exactament una pèrdua de temps, però gairebé.

Es van acomiadar tan cordialment com al començament. La segona encaixada de mans va imitar en tot la primera.

—Espero que aviat em doni bones notícies —va dir ell, assenyalant l'ordinador de la Reina amb la mirada—. Suposo que no em pot avançar res, oi?

—Em temo que no, senyor Everink. La informació és confidencial i no és po…

—M'ajusto al que busquen?

«Impulsiu», «inadequat», «potser immadur».

—El mantindrem informat. Gaudeixi de la seva visita a Bucarest. Gràcies pel seu temps.

Un segon i mig de vacil·lació. Un gest violent amb la mà. Una debilitat? L'escletxa per on traspua l'honestedat? Una petita pèrdua de control? Qui sap.

13

Marca el número de la cap de recursos humans a Romania, l'Agnetta No-recorda-què.

—Sóc la Reina Gené —diu—. M'agradaria saber si han facilitat el meu telèfon particular a algun dels candidats.

—Gràcies a Déu que la sento, senyora Gené. Li he trucat unes quantes vegades.

—Digui'm. Li ha donat el meu telèfon a algú?

—El seu...? Esclar que no!

—M'ha telefonat un dels candidats.

—Un candidat?

—Sí.

—Li puc ben assegurar que nosaltres no hem estat. Ningú del meu equip faria una cosa així.

—Permeti que ho dubti.

—Les nostres normes són molt estrictes, senyora Gené. Si algú fes això que insinua l'acomiadaríem de seguida. Tenim totalment prohibit facilitar dades particulars dels nostres col·laboradors. Pensi de quina banda pot haver vingut aquesta filtració, perquè nosaltres no en som responsables. Però, miri, ja que ha telefonat, li fa res esperar un segon?

—No, esclar que... —Una musiqueta emprenyadora comença a escalfar-li l'orella.

Respira un parell de vegades, imitant potser les tècniques del senyor Everink, que ni coneix ni imagina. De cop i volta l'espanta una veu enrogallada:

—Bon vespre, senyora Gené, sempre m'agrada sentir-la, certament. Espero no destorbar-la si estava fent alguna cosa. —Reconeix la veu del senyor Mirchandani, tan pausada com sempre, però tan autoritària—. Miri, ja m'han informat que ha tingut una emergència familiar i ha hagut de deixar-nos de sobte. Ho entenc molt bé i espero que ho resolgui ben aviat i de la millor manera possible. Si necessita res de nosaltres, no dubti a demanar-ho. M'agradaria, no obstant això, que abans de marxar parli amb l'Agnetta i li faci saber quan creu que estarà de tornada per acabar la feina. Com es pot imaginar, no podem esperar gaire. Me'n faig càrrec, certament, que són moments difícils. Per això m'atreveixo a demanar-l'hi com un favor personal. Adoni's que amb aquest contratemps seu nosaltres hem quedat una mica... com dir-ho... una mica desorientats. Hem organitzat a correcuita algunes excursions per entretenir els candidats durant un parell de dies. Els portarem a Transsilvània a veure el castell de Dràcula, que és el que tothom vol veure quan ve a Romania, certament. Així vostè mentrestant podrà resoldre el que sigui que hagi de resoldre. Nosaltres ens ocuparem del seu viatge de tornada en les condicions habituals, però comprengui que de cap manera podem permetre que el procés de selecció s'alenteixi o quedi a mitg...

Mentre el totpoderós president executiu deixa anar aquest discurs, en to condescendent i falsament amical —que la Reina no s'empassa—, sent com entren tres missatges de text. Aparta una mica l'aparell per llegir-los. Són del Samuel:

«Tot va bé, no pateixis».

«Estem de sobretaula. El teu ex sembla gairebé humà».

«Quan hagi parlat amb l'Albert et truco».

Torna a parar orella. El discurs del director general continua, lent.

—... han costat un munt de diners, entre allotjaments, viatges, menjars en restaurants cars i algunes altres despeses nocturnes que millor li estalvio, i que està en joc la nostra credibilitat, certament. Ja ho sap, vostè, que aquestes quinze persones no són aspirants com els altres. Són el bo i millor de la classe executiva de tot el món, homes de negocis amb poc temps a perdre, autèntics vips en els seus països. No podem quedar malament. Li prego que ho tingui en compte, amb professionalitat. Vagi a Barcelona, prengui's les seves vint-i-quatre o trenta-sis hores, resolgui els seus afers i torni per acabar la selecció que vam encarregar-li. Oi que ho farà, estimada?

—No.

—Què diu?

—Senyor Mirchandani, vostè té fills?

—En tinc, certament! —ara el to ha canviat.

—Doncs llavors m'entendrà si li dic que per a mi el meu fill és més important que qualsevol procés de selecció d'executius vip. I, sisplau, no miri de fer-me canviar d'opinió. Recorda allò que li vaig dir quan ens vam conèixer, i que a vostè li va fer tanta gràcia perquè li va recordar el seu propi tarannà?

—Si fos tan amable de recordar-m'ho.

—Li vaig dir que a tossuda no em guanya ningú.

—Certament! Certament! I ara em vol demostrar que encara ho és tant com llavors?

—Potser més i tot, si és possible. Darrerament faig *aquafitness*. No pot imaginar-se quines coses he descobert, de mi mateixa. Vostè fa esport, senyor Mirchandani?

—Certament, no. Mai no he aconseguit que m'interessi prou.

—La cosa és, senyor, que vostè pot trobar sense dificultats un altre entrevistador, però el meu fill no pot trobar enlloc una altra mare. Estic segura que em sabrà entendre. Com ho estic que si algun cop els seus fills el necessiten, vostè farà el mateix que jo.

—Jo no vaig faltar a la feina ni el dia que va morir la meva mare, senyora Gené —diu el senyor Mirchandani, amb un to de veu esfereïdor.

—Em sap molt greu, de debò —l'imita ella.

—Senyora Gené, vostè és una dona impulsiva, li prego que no es precipiti. Fa anys que ens coneixem. Ha treballat moltes vegades per a mi. I ho ha fet molt bé, certament. La tinc per una professional excel·lent i per una dona assenyada. Pensi-ho bé. Calmi's. Aquests són els meus consells d'amic per a vostè: calmi's, vagi, ajudi, torni i faci la seva feina. A més, li recomano que llegeixi amb molta cura la clàusula de rescissió del contracte que va signar amb nosaltres. És la mateixa d'altres vegades, certament, però juraria que ara mateix, enmig de tot aquest trasbals, vostè no recorda prou bé què hi diu. M'equivoco?

14

—I ara ens farem un petó al genoll en quatre temps: un, dos, tres i quatre. I canvi! L'altre genoll.

La Reina mai no s'havia petonejat el genoll. Per això no en valorava la dificultat. Va estar contenta de fer-ho.

—Ara ens tocarem el front amb el dit gros del peu esquerre. Esquena dreta i mantenint l'equilibri. En quatre temps: un, dos, tres i quatre. Vinga, Reina, amunt el peu, amunt, amunt!

Dins la piscina, la vintena d'alumnes de la classe d'*aquafitness* es concentraven a fer els exercicis. La música, tranquil·la, convidava a la relaxació. Però la Reina poques vegades havia estat tan tensa. Com pots relaxar-te sabent que has de posar el peu en un lloc impossible? Començava a notar una rampa al tou de la cama que s'havia quedat sola dins l'aigua. S'aferrava al peu esquerre amb totes dues mans per fer-lo pujar, però era com intentar doblegar un membre per allà on no hi ha articulació.

—Vinga, Reina, una mica més, ja gairebé ho tenim! —l'animava amb el peu a la cara el monitor, un noi argentí, simpàtic, que feia bromes mentre donava les instruccions.

Ja gairebé ho tenim? Però si el peu era a dos pams i mig del seu cap, tot el que podia, i això després de fer un esforç gairebé sobrehumà. Estava sufocada i adolorida, realment allò era molt més difícil del que semblava des de fora, quan es mirava els que es movien a la piscina i es pensava que eren una colla de velles o d'embarassades; esclar que quan ho fa el monitor tot sembla molt senzill, i a més era el seu primer dia, no devia voler fer-ho el primer dia, oi? A més, potser tècnicament ja no és possible posar-se el peu al cap després dels quaranta. I encara que sigui possible, vols dir que és recomanable? Mentre s'oferia a ella mateixa aquest monòleg interior d'excuses, va girar el cap i va veure dues senyores, la més jove de les quals no devia baixar dels setanta, esperant tranquil·lament que el monitor digués que ja podien treure's el dit gros del lòbul frontal, cosa que van fer sense esforç i amb tota naturalitat.

—I ara amb l'altre peu —va dir el monitor, amb tot un joc de cames que les dues senyores van afanyar-se a imitar.

La Reina, frustrada, va comprovar que amb el peu dret era encara pitjor. Tres pams de distància.

En sortir de la piscina va anar directa i decidida a parlar amb el monitor:

—Què he de fer per aconseguir això del peu?

Des d'aquell dia, va treballar la seva flexibilitat seguint les instruccions al peu de la lletra. Cada matí en llevar-se s'asseia al llit amb les cames encreuades i practicava elevacions de peu, tot agafant-se el turmell amb les dues mans. Primer el dret, després l'esquerre, deu de cada. A la dutxa, amb les articulacions més toves per efecte de l'aigua calenta, hi tornava. Cinc i cinc. I al gimnàs, quan entrava al jacuzzi, aprofitava l'estona fent anar el peu

En canvi, la relació de la Reina amb el seu anghusta es va anar intensificant i uns sis mesos després d'intentar-ho per primera vegada va apuntar-se el primer triomf. Va aconseguir tocar-se el front amb el dit gros del peu esquerre. Només l'esquerre i només una mil·lèsima de segon, i encara tremolant i sense poder respirar, però almenys era alguna cosa. El triomf de la tenacitat sobre les seves extremitats encarcarades.

Quan l'Alejandro va felicitar-la davant de tot el grup, ella només va saber dir:

—A tossuda no em guanya ningú.

15

«Estem de sobretaula», torna a llegir la Reina. Se'ls imagina tots tres junts: l'Albert, el Sam, el Fèlix. Davant tres gelats? Dos cafès i un gelat? Tres cafès?

La Reina no ha oblidat quina va ser la primera cosa que el Fèlix i el Samuel van fer junts: desmuntar una prestatgeria. I ho van fer molt bé, amb una eficàcia màxima, s'ha de reconèixer.

Havien venut el pis aquell mateix matí. La mudança va marcar oficialment el final del seu matrimoni. La nit abans el Fèlix i la Reina havien decidit que ella ingressaria el xec al seu compte i li donaria en mà i en metàl·lic la seva meitat dels diners. També havien discutit quines coses s'emportava i quines es quedaven al pis. En el repartiment a la Reina li van tocar les prestatgeries de la sala, unes andròmines que havien comprat quan encara eren feliços i que potser per això eren tan grans i es resistien que ningú no les desarmés. Tampoc no cabien a l'ascensor. Les van haver de baixar a peu, per l'escala, quatre pisos. Mentre ho feien, els nois de la mudança es van quedar embussats al penúltim replà amb aquella rampoina encaixada a les parets. El Fèlix pujava just en aquell moment, amb el seu posat de monarca destronat. Volia supervisar l'últim moviment de qui encara era la seva dona. O controlar que el pacte de les pertinences es respectés, qui sap. Sempre va malfiar-se de tothom, com no s'havia de malfiar de qui acabava de prendre-li l'amor de la seva vida? Al mig del segon replà hi havia els nois de la mudança, sobrepassats per l'entrebanc de la prestatgeria. Uns metres més enllà, a l'altre costat del moble, hi havia el Sam, valorant la situació i fent que no amb el cap.

—Això s'haurà de desmuntar —va dir un dels camàlics—. No passa.

Així que eren allà: el marit passat i el marit futur, i al mig un moble que els feia nosa a tots dos. El Sam va ser pràctic:

—Va, Fèlix, tu per aquell costat i jo per aquest. Té. —Li va atansar una clau. Fins a aquell moment no havien parlat mai directament.

La Reina, que s'ho mirava pel forat de l'escala dos pisos més amunt, va sorprendre's de veure que eren igual de ràpids. Va sentir-se orgullosa de tots dos, com si estiguessin fent una cosa heroica i noble. També li va estranyar que es pogués desmuntar un moble sense perdre el posat de rei expulsat del regne. Al cap de pocs minuts la prestatgeria mig desfeta va passar pel forat i va continuar el seu camí fins al camió de mudances. Tot just perquè la vida pogués fer el mateix: passar per l'ull, deixar de fer nosa, posar-se en una altra banda, lluny, on no fes mal a ningú. Deixar el Fèlix sol en un pis mig buit, preguntant-se en quin moment havia començat a perdre aquella partida.

16

La Reina remena el mòbil. Està neguitosa. Mai no ha volgut tant com ara ser en una altra banda, però és aquí, en el nus d'espai i temps de l'aeroport d'Henri Coandă. Busca les empreses de lloguer de cotxes que hi operen. En troba nou. Truca a la primera. Explica el cas a una senyoreta que l'escolta fingint interès. Necessita un vehicle. La tempesta li està fent la guitza i ha de ser a Barcelona tan ràpid com pugui. Vol sortir avui mateix, d'aquí a una estona, ara.

—Em sap greu, però no pot ser —li diu la senyoreta—. Fins que la tempesta no afluixi, el nostre parc mòbil està aturat. Sentim no poder ajudar-la. Torni a trucar demà a veure si ja...

Repeteix la trucada vuit vegades més, i s'endú vuit negatives. Totes nou companyies tenen tota la flota a cobert, però, a més, d'aquestes nou, tres no permeten els desplaçaments per alguns dels països que ella hauria de travessar.

A la tele torna a quedar clar que l'única que travessa Europa en aquests moments és la tempesta siberiana en forma de taca de color blau de Prússia. Li fa l'efecte que la taca és més gran que fa una estona.

Li queda el cinquanta-cinc per cent de bateria.

17

La Muriel és la millor amiga del seu fill. Una noia alegre, guapa, que ve sovint de visita amb les excuses habituals: fer un treball, veure una pel·li, quedar per anar a alguna banda, menjar pizza per celebrar un aniversari... Ella i l'Albert es van conèixer a començaments de la secundària, quan anaven a la mateixa classe. L'amistat va sobreviure a dos estius i dos canvis de grup. L'Albert, a més, se'n va enamorar. Això deia, almenys. El primer cop que la Reina li va sentir dir que estava enamorat va pensar que la paraula li venia baldera, que no sabia què estava dient, que no podia ser. Amb prou feines tenia tretze anys. Després va adonar-se que potser sí, que potser en allò l'Albert era més espavilat que amb les matemàtiques o les anàlisis morfosintàctiques.

L'enamorament va fer el seu curs, com una febre. Va començar dèbil, gairebé imperceptible, i va anar pujant. En algun moment li va semblar que era una senyora febrada. Després, va afluixar. Ara per ara no sap què en queda, d'allò. Ni si en queda res. Abans detectava la intensitat de la passió de l'Albert només per com fitava la Muriel de lluny. Ara li costa més de veure els seus sentiments, l'Albert s'ha tornat opac. Ja no li permet l'entrada com abans. O potser és orgull, vergonya, despit, vés a saber. La Reina sempre ha mirat d'estar alerta, però de vegades costa. Tot d'una va saber que l'estimada Muriel tenia nòvio i que el nòvio era molt amic del seu fill.

—I tu què faràs? —va preguntar-li, amb molta prudència.

—Jo? Res. Què vols que faci?

—Però a tu t'agrada la Muriel.

—Ja no m'agrada tant. I mai no trairia un amic. —Seriós? Dolgut? Madur.

I així va acabar la cosa.

La Reina necessita parlar amb la Muriel. Li escriu al Samuel:

«Això és important. Quan puguis, agafa-li el mòbil al nen i passa'm el número de la Muriel, la seva amiga. No li diguis res. No triguis».

L'envia. Veu la marca doble tombar de grisa a blava. El Sam l'ha llegit. Segurament no hi estarà d'acord, però està preparada per discutir-l'hi. A ell i a qui faci falta.

18

Les dramàtiques, ridícules i turmentades passions adolescents no li vénen de nou. Encara recorda molt bé les seves. El Fèlix tenia divuit anys quan se li va declarar la primera vegada. La primera de moltes. Va ser l'estiu que es van conèixer, poc després que la seva mare decidís que ara i per sempre volia anar d'estiueig, i llogués l'apartament de Blanes. A la comunitat hi havia molts estrangers passavolants, però també famílies autòctones amb fills i filles de la seva edat. Van ser la primera colla de la seva vida, col·legues amb qui compartir petites rebel·lions i grans desitjos de llibertat, tot macat amb aquell sentiment d'exaltació tràgica que forma part de l'adolescència. A ella, una bona nena de ciutat que mai no havia anat enlloc, aquell món tronat i sorollós dels estius de la costa li semblava enlluernador. Li agradaven les discoteques del passeig, totes plenes d'italians vermells com llagostes, i les músiques que a la nit sonaven pertot arreu, la sensació de trepitjar la sorra humida i freda de la platja nocturna, i les dolenteries que mai no hauria fet a Barcelona i que allà semblaven normals: beure sangria, anar a un bar clandestí —l'amo els amagava en una cambra del darrere que tancava amb unes cortines polsoses— per veure una pel·lícula porno, pensar-se molt si es fumava o no es fumava un porro... Li agradava el pessigolleig que li despertaven a l'estómac els descobriments. N'hi havia de petits i de grans. Quantes copes de vi podia beure abans de començar a anar de tort. Quin mal feia estimar i que no t'estimessin.

Perquè ella també es va enamorar, esclar. Del més lleig de tots, del Sebastià. Durant anys s'ha preguntat què l'atreia, d'aquell pocapena pelut com un goril·la i amb les cames tortes. Potser el seu posat desmenjat, fatxenda, o que tenia moto. Estimar era molt tràgic si no et corresponien. Que t'estimessin i no correspondre, també. Però tot plegat eren tragèdies d'estrena, que ella vivia com si es veiés a ella mateixa dins una pel·lícula, sempre amb música de fons i sempre buscant en la poesia paraules alienes per subratllar els seus sentiments. Allò del Fèlix i el Sebastià va ser com l'assaig dels embolics futurs de la seva vida.

La primera declaració d'amor que va rebre va ser pronunciada sobre un espigó en caure la tarda. A la platja encara hi havia italians rostint-se al sol, aliens a allò que passava, i sobre les onades passejaven barcasses de turistes que anaven i tornaven de Tossa o de Platja d'Aro. S'havien empescat una conversa d'amors passats i presents quan el Fèlix va deixar caure de cop que li agradava. Va ser una frase maldestra, com tot: «Em fas gràcia», o alguna cosa així. A la Reina se li va disparar el cor i va notar que les galtes li cremaven, però va quedar-se quieta perquè ell també n'estava, i no va saber què dir ni si havia de dir res. Finalment, si la memòria no li falla, li sembla que va contestar «Ah» o potser «Oh», i que després va esperar que passés alguna cosa, però tot va quedar com estava.

Aquella nit li va costar molt dormir. Mirava el sostre com un mussol i pensava que també era mala sort. Per un noi que se li declarava, i havia de ser el Fèlix, que no li inspirava res. Si hagués estat el Sebastià hauria parat boja, però, esclar, el Sebastià ni tan sols la mirava i allò era el més tràgic de tot, tret que ara fantasiejava amb el patiment que la seva indiferència provocaria en el Fèlix i en el dolor de la gelosia quan sabés per què no podia estimar-lo, i se sentia conhortada i feliç. La gran tragèdia de l'amor era més passadora si, a més de patir, feies patir algú.

El pobre Fèlix va demostrar tenir més paciència que un sant, o potser és que no tenia res millor a fer. La seva declaració va esdevenir un ritual més de l'estiu, com la revetlla de Sant Joan o el concurs de focs del juliol. Si un any trigava o es distreia, ella el provocava perquè li digués allò que li agradava saber: que encara la volia, que sempre pensava en ella, que l'estava esperant. El Fèlix era previsiblement encantador, cada estiu un any més gran, però tan maldestre com la primera vegada. Mai no acabava de trobar les paraules. I ella en aquell temps ja començava a somiar en un enamorat eloqüent, en un Cyrano de Bergerac en prosa, que sabés dir el de sempre com no ho havia dit mai ningú. I el Fèlix no l'era, això ja havia quedat clar. Per això cada any li donava carabassa, molt convençuda.

Mentrestant, havia perdut la virginitat amb el Sebastià en una trobada completament oblidable al llit de sota d'una llitera, que va acabar amb cops de cap i corredisses. Per celebrar-ho va pintar de colors llampants dues pàgines d'un quadern on li agradava escriure pensaments i poemes. Els colors representaven l'alegria d'haver-se deslliurat de la innocència, que li feia molta nosa, però uns anys més tard s'adonaria que no hi havia cap motiu per estar tan contenta. L'única sort que tenen els inexperts és no tenir res per comparar. Durant tres estius, el Sebastià i ella van jugar a un fet i amagar sexual de resultats sempre insatisfactoris, van tenir topades i distàncies —a contracor d'ella— fins que va aparèixer una belga rossa com un fil d'or que estiuejava en un càmping i es va acabar tot. El Sebastià la va deixar amb tres frases com tres talls al mig del cor. La Reina el va plorar, el va maleir, el va trobar a faltar, el va convertir en protagonista absolut de la seva poesia estripada, va jurar que se'n revenjaria i, per fi, va decidir oblidar-lo. En alguna banda del seu quadern de versos va escriure: «El contrari de l'amor no és l'odi, sinó la indiferència». Però no s'ho creia ni ella mateixa.

La revenja més gran de totes va consistir a fer cas al Fèlix. Per fi. A la setena declaració, el setè estiu, li va dir que sí. Ell va quedar mut, estabornit de la sorpresa:

—Sí? —va preguntar, incrèdul.

Van organitzar bé el moment de fer-ho saber al Sebastià, amb delectació gairebé criminal. Una sessió de cinema, tots tres sols. El Fèlix va agafar la mà de la Reina. El Sebastià se'ls mirava de cua d'ull, no s'ho acabava de creure ni sabia què pensar. L'hi van dir en acabat i el Sebastià va fer veure que se n'alegrava. Des d'aquell dia van gaudir petonejant-se davant seu. Era la revenja definitiva, de tots dos. Però ella encara n'hi guardava una, la darrera. Ja no el desitjava ni l'estimava ni el volia el dia que se li va posar a tret per darrer cop. Sexe i prou, dins d'un cotxe, sòrdid i desagradable. Ella s'hi va esforçar. Va demostrar-li tot el que havia après. El va enganyar amb històries falses tramades per impressionar-lo. El va deixar amb la boca oberta. Li va aclarir que era un cop i prou i que, a més, era l'últim. Que mai més no tindria aquesta sort. En acabat, la Reina es va lliurar a una indiferència autèntica, que li ha durat tota la vida. I també va decidir estimar el Fèlix amb tota l'ànima. A mesura que el va anar coneixent li va semblar que li calia, que el necessitava. No s'ho havia pensat mai, que podia enamorar-se'n d'aquella manera. O potser allò també era una febre.

Tant se val. Quatre anys més tard ell la va convidar a un restaurant del port i davant d'un plat de calamars a la romana li va demanar que es casés amb ell. Ella li va dir que sí amb llàgrimes als ulls i la data va quedar fixada per a vuit mesos més tard. Vuit mesos que ella va aprofitar per comprar plats i gots i ganivets de serra i llençols i tovalloles i totes aquestes coses que necessiten dues persones felices. Es van casar a les onze del matí en una església plena de convidats, mentre una soprano cantava l'*Ave Maria* de Schubert i van sortir agafats de la mà per la porta del darrere perquè per la principal ja entrava la parella de les dotze.

Els convidats van oblidar dur l'arròs que en les cultures mediterrànies és tradició llençar sobre el cap dels nuvis i que simbolitza sort i fertilitat.

Fins molt més tard ningú no en va fer cap interpretació.

19

De: Bàrbara Graells
Per a: Reina Gené

Benvolguda Reina,

Les notes de l'Albert de les quals et parlava en el meu missatge anterior eren les del butlletí del primer trimestre, que van repartir-se poc abans de les vacances de Nadal. He comprovat expressament si el teu fill va lliurar el resguard signat per un dels dos tutors, i t'he de dir que sí que ho va fer. Al resguard hi apareix la signatura de Fèlix Gama i la data del vuit de gener. Dedueixo de les teves paraules, doncs, que malgrat que sembla que el seu pare va revisar les notes, no te'n va parlar en cap moment. En aquestes notes hi havia quatre suspensos (en Filosofia, Llengua Catalana, Anglès i Història) i un bon grapat d'aprovats justos en la resta de les assignatures. El proper trimestre pensem que no anirà gaire més bé, atesos els resultats dels exàmens que ha fet aquests dies. Comparades amb les del curs passat, i amb les de primària i secundària (hem revisat tot el seu expedient acadèmic, que és brillant), pensem que aquestes notes són un senyal d'alerta que hem de considerar. Quan passa una cosa així sempre hi ha una causa que hauríem de saber trobar. Ara no és moment d'enfadar-se amb ell, sinó d'ajudar-lo a superar aquesta crisi que no sabem d'on ha vingut. Estic segura que entre tots ens en sortirem. T'envio una abraçada.

Bàrbara (tutora)

20

—Muriel?

—Reina?

No se sent gens ridícula de parlar amb l'amiga del seu fill. Necessita saber-ho tot. Hi té dret.

—T'agafo en bon moment?

A l'altre costat hi sent un sanglot. Primer no n'està segura del tot. La Muriel plora? Se li fa un nus a la gola.

—Estàs bé? —pregunta.

—No —fa la noia.

—Només volia saber com ha anat. Què ha passat?

—Ha estat molt fort. —Sent més els sanglots que les paraules.

A la Reina se li encomana la passió de plorar, però no ho vol fer. Aquí no. Ara no. Ja es donarà permís per ensorrar-se quan estigui sola.

—Muriel, Muriel, escolta'm, Muriel. No ploris.

A la taula del costat hi ha una parelleta d'homes joves que la mira sense entendre res.

—Ho sento —diu la Muriel, mentre es calma una mica—. Ens hem espantat molt. Hi anava de dret, caminava molt de pressa. —Fa una pausa, per plorar i per deixar de fer-ho, per mocar-se. En acabat, pregunta—: Com és que li passa, això, a l'Albert?

—No ho sé, maca, però ho esbrinaré. Esbrinaré què ha passat —diu la Reina, abans de preguntar—: Hi anava de dret? Què vols dir?

—Cap a les vies, Reina. Mentre el tren entrava a l'estació. Hi hauria saltat si no... —S'interromp, sanglota—. Perdona. Els trens allà entren molt ràpid.

La Reina prova de visualitzar l'estació, que amb prou feines coneix. Només va ser allà una vegada, el dia que va anar amb l'Albert a matricular-lo de primer de batxillerat. La tria de l'institut, a quaranta quilòmetres de casa. Havia estat cosa d'ell i d'alguns amics, com ara la Muriel. Quan ella li va preguntar si no es cansaria de tant matinar i de tant de tren, l'Albert li va dir que valia la pena, perquè el centre era el millor de la seva modalitat de batxillerat i perquè el recorregut el faria sempre acompanyat.

—No et disculpis, maca. L'Albert passa per un mal moment i necessita ajuda. Crec que és això —fa la Reina, que de debò vol creure's el seu to, les seves paraules, la seva aparent tranquil·litat.

—Jo també m'ho penso —diu la Muriel—. A més, tens raó. Fa dies que el trobo estrany.

—Estrany, com?

—No ho sé. Trist.

—T'ha dit per què?

—No. Ja no m'explica res. No és com abans.

—Què vols dir?

—Darrerament només parla amb mi del curs aquest que acaba de fer.

—El d'especialista.

—Sí. Tot això li encanta.

—Prou que ho sé. I de tu, no et diu res?

—De mi?

—De la vostra amistat. O d'alguna altra cosa.

—No. Per què m'havia de dir res?

—Muriel. T'he de preguntar una cosa personal. Perdona'm. Tu surts amb algú, oi?

—Sí.

—Ha passat res darrerament entre el teu nòvio i...? Vull dir, alguna cosa que li hagi pogut fer tenir esperances de...

—Un moment, un moment, Reina. Escolta'm. El teu fill ja no va darrere meu. Hi havia anat, fa temps, però ja fa molt que no li interesso. Ho noto. A més, vam decidir que seríem amics. Tots dos. Però darrerament han passat altres coses.

—Quines coses?

—No sé si t'ho hauria de dir, Reina. Ell sap que m'has trucat?

—Esclar que ho sap —menteix—. De què parles?

—No t'ho puc dir. Crec que l'hi hauries de preguntar a ell.

—Muriel. M'has d'ajudar. És greu, això que ha passat. Sé que te n'adones. És important que em diguis què saps. Si no sé què hi ha no el podré ajudar. Ara no és moment de tenir secrets.

Aquestes paraules vencen la reticència de la Muriel.

—No sé res, gairebé. Només que l'Albert surt amb algú.

—Surt amb algú? —Això no s'ho esperava—. Amb qui?

—No ho sé. No m'ho ha volgut dir.

—No pot ser. Jo ho sabria —fa la Reina, i veu que ha arribat el moment de deixar de parlar d'aquesta manera tan categòrica. Ella no sap res. No s'adona de res. Potser ni tan sols coneix el seu fill.

—M'ho va dir. Crec que n'està penjadíssim.

—Penjadíssim? —És la sorpresa la que la fa repetir la darrera paraula de cada frase de la Muriel—. I de debò no saps qui és?

—Només sé que no és de l'institut. —Se sent una veu llunyana, potser la mare de la Muriel, que la crida—. Saps qui potser sí que ho sap? L'Arnau. Crec que ells dos s'ho expliquen tot. O almenys, ho feien.

—L'Arnau, esclar. —Per què no se li ha acudit trucar-li primer, si és evident?

—Perdona, Reina, però he de penjar.

—Sí, sí, i tant, maca. Una cosa més.

—Digues.

—Gràcies.

—Per què.

—Per tot el que has fet per l'Albert. Jo no sé com podré…

—Jo no he fet res. Només el que faria qualsevol. A més, també hi eren el Pol, el Màrius, el Gerard. Els de la colla. Són ells els que l'han placat, els que han evitat que salti. —Se li torna a trencar la veu.

La Reina tanca els ulls. No ho pot imaginar. No vol.

—Et faria res donar-los les gràcies de part meva?

—No, esclar. Ja ho faré.

La Reina encara repeteix tres o quatre cops més la paraula. Gràcies. Fins i tot quan la Muriel ja ha penjat.

21

«Et truco d'aquí a cinc minuts», diu el missatge del Sam. Ella només contesta: «Per fi».

Són dos quarts de vuit. Comença a fer una llista de preguntes per al Sam, però ho deixa estar. Les preguntes que voldria fer no caben en cap llista. Fa tres hores que les certeses s'han acabat.

Tres hores que comença a conèixer les pors que l'acompanyaran durant molt de temps, potser anys, potser per sempre.

Tres hores de pensar on entaforarà totes aquestes novetats, a quin calaix de baix de quina calaixera li caben tants neguits, tantes temences, tantes nits sense dormir, tanta inquietud com aquestes que hauran de venir.

Tres hores de preguntar-se qui és realment el seu fill, a més d'un estrany a qui no pot no estimar i de qui no sap què pensa ni de què és capaç i que li fa por perquè la torna vulnerable.

Només fa tres hores que la vida ha sortit de llera.

22

Necessita un psicòleg amb urgència. Algú de confiança, que en sàpiga. Algú que ajudi l'Albert. Que els ajudi.

Escriu a una amiga que dirigeix una revista d'educació. Li demana que li recomani algú per a un cas greu. L'amiga és ràpida, com sempre. Li envia un contacte. Mail i telèfon. «És una eminència», li escriu en un missatge. «Digues que vas de part meva».

Han sonat set o vuit timbrades i la Reina ja està a punt de penjar quan una veu masculina irromp a la seva oïda. La Reina pronuncia amb cura, llegint-los del quadern on els ha apuntat, el nom i els cognoms de l'eminència.

—Sóc jo mateix, què hi ha? —diu l'home, resolutiu.

Es presenta, li parla de l'amiga que l'ha recomanat. Li demana disculpes per trucar-li tan tard. Li diu que és una urgència. Li explica que busquen un especialista, algú amb experiència en casos complicats. Li dóna les gràcies per atendre-la, diverses vegades, amb sinceritat.

—Expliqui'm de què es tracta —diu l'eminència.

La Reina fa el cor fort i comença la història pel començament. El seu fill, disset anys, un bon estudiant, un noi normal, ha fet això que ha fet. Mira de ser clara per guanyar temps, i perquè odia els tombs verbals inútils. Un cop més les paraules li surten de dins roents, devastadores, com si cada cop que les diu li esgarrinxessin un tros d'ànima: Aquest-matí-s'ha-volgut-llençar-al-tren. Ho endolceix una mica, perquè no soni tan terrible: és estrany, no sap com ha passat, no és d'aquesta mena de persones que... S'adona que s'autojustifica, que mira d'exculpar-se —davant de l'eminència o davant de la seva pròpia consciència—, que té por del que pensin d'ella. Por que la jutgin, que la classifiquin. També s'adona que ho faran. Tothom ho farà, a partir d'ara. Serà «la mare del noi que es volia suïcidar».

—Necessitem un psicòleg —conclou, mirant de recuperar l'autoritat que correspon al client, a qui paga, a qui busca—. Un bon psicòleg, que sàpiga d'aquestes qüestions. Com vostè.

—Esclar —respon l'eminència, calmós.

—Pot ajudar el meu fill?

—Són casos difícils, aquests —diu ell, enraonant a poc a poc—. Primer la vull veure a vostè i al pare del noi. És el seu marit?

—El meu ex.

—Ja veig. —«Ja veig», ressonen les paraules, com un eco carregat de significats horribles—. Els puc donar hora per d'aquí a dues setmanes. Deixi'm mirar l'agenda.

—No té res abans? Dues setmanes és molt de temps.

—Ho veig difícil. —Se sent fressa de pàgines que tomben. L'eminència passa fulls de la seva agenda atapeïdíssima—. Miri, hi ha una única possibilitat dimecres vinent a dos quarts de nou del vespre. No rebo mai tan tard. Faria una excepció, vista la gravetat del cas.

La molesta aquest to de suficiència, de perdonavides. Deu ser que és bo de debò.

—L'hi agrairia molt —diu ella.

—Doncs m'ho apunto —afegeix l'eminència.

—De debò que ho valoro molt. —Es repeteix.

—Ja l'aviso que aquesta primera sessió durarà una hora i mitja i té un preu de dos-cents euros. —La Reina assenteix, està d'acord amb tot, potser no hi pot estar?—. Ah, i una cosa més, molt important: necessito que em portin tot l'historial violent de la família. Tot el que hi hagi.

—L'historial violent?

—Sí, sí. Autolesions, agressions, suïcidis, crims… tot el que tingui. El cinquanta-cinc per cent dels adolescents amb conductes suïcides tenen famílies violentes, on algú s'ha tret la vida. Haurem de valorar si és el cas. Porti'm el que li demano i ho veurem, d'acord?

D'acord. Diu que sí. Fa veure que ho troba normal. Que ho entén. S'ha convertit en una persona que accepta allò que li diuen, i també allò que pensen d'ella, allò que suposen, allò que imaginen amb motiu o sense.

Abans de penjar ja sap que no hi anirà. L'eminència es quedarà plantada.

23

—On és el pare?

De tant en tant son pare desapareixia. Dos o tres dies, algun cop quatre. A la seva mare li tremolava la veu quan responia:

—Està de viatge. Ha anat a comprar coses per a la botiga.

Era estrany, perquè en tornar el pare mai no portava res. Ni per a la botiga ni per a elles. Mans buides i cara llarga, que durava uns quants dies, fins que li passava.

La Reina va trigar molt de temps a compondre totes les peces d'aquells records de la primera infància. I encara més a adonar-se que la seva mare tampoc no entenia aquelles fugides del marit. I que patia molt més que ella, perquè cada cop que ell marxava se li encenien els pressentiments més negres. I que el més negre de tots era que no tornés.

El pare s'enduia el cotxe —un Seat 127 groc pàl·lid— i una bossa petita amb una muda de roba. La navalla d'afaitar la deixava a casa, i això volia dir moltes coses, deia la mare, però mai no explicava quines. Així que tornava, el pare es posava la bata blava i tornava rere el taulell. No explicava res. De vegades es quedava com glaçat, amb la mirada perduda, pensant coses que no deia.

Havia tornat i la vida continuava.

I així un cop i un altre, durant els mesos i els anys.

Fins al dia que no va tornar.

24

La gent que vol sopar la mira malament. Té un got buit de cafè sobre la taula, però ja fa estona que se n'ha begut el contingut. No sembla que vulgui marxar. Sobre la taula també hi té l'agenda, on ha escrit i després ha guixat la cita amb l'eminència. I un bolígraf. I el telèfon. Quan sona i veu que és el Samuel s'afanya a respondre.

—Per fi! Què fa el nen?

—Bé, bé, ja som a casa.

—Com s'ho ha pres el Fèlix?

—Un dia mataré el teu ex.

—Què ha fet?

—Res d'especial. Ja saps, tota l'estona deixant clar qui és qui davant del nen. He aprofitat que l'Albert anava al bany i li he dit quatre coses.

—Per sort, per què? Us heu barallat?

—Avui no tocava. Però d'arguments no me n'han faltat, t'ho juro.

—I t'ha deixat endur-te'n l'Albert sense discutir?

—No. Hem discutit. Fins que l'he fet callar de cop. A l'Albert li hem dit que ens havíem posat d'acord i que ell avui venia a casa perquè ens convenia més.

—Què li has dit?

—Li he recordat allò que tots tres sabem. Allò que ell oblida tan sovint.

—Gràcies. Estic més tranquil·la. —Sent el Sam respirar fort. Com si rebaixés la tensió, o ho intentés—. Tu com estàs?

—No és una pregunta fàcil de respondre. I tu?

—Histèrica, suposo. Trista. Descol·locada. Tot això que passa és… —La veu se li trenca.

Per poc no salten les alarmes del seu autocontrol. No, no, plorar no. Ella no plora en públic. Mai de la vida. En aquest sentit és com una dama del segle XIX. Les emocions, de portes endins. De riure, tant com vulguis. De plorar, ah! De cap manera.

El Sam continua:

—Mira, el més important és que la psiquiatra no ha dit que hàgim de fer res d'especial. Ha descartat de seguida deixar-lo ingressat. No li ha prescrit cap medicació. Recomana que faci vida normal. El diagnòstic que figura en l'informe és: «Gest autolesiu impulsiu causat per frustració». Només ha recomanat que aquesta nit tanquem amb clau la farmaciola, per si de cas.

—Per si de cas què?

—Reineta. Ja saps què.

—Tu penses que hi podria tornar? —Una altra possibilitat horrorosa que ni tan sols se li havia acudit.

—Jo ja no penso. M'he bloquejat fa estona.

—I això de la frustració? Tu creus que aquesta ha estat la causa?

—No.

—Llavors, quina?

—No ho sé. M'estimo més pensar que no n'hi ha una de sola. Que, com ell diu, ha estat culpa d'un cúmul de coses. Es veu que li ha anat fatal l'examen que tenia avui. Allò de l'Arnau. Per cert, saps qui és l'Ester?

—Qui?

—Saps si surt amb una noia que es diu Ester?

—La Muriel m'ha dit que surt amb algú. Però no me n'ha dit el nom.

—El Fèlix ha esmentat una Ester. Com si l'Albert l'hi hagués explicat a ell i no a nosaltres. Pot ser?

—Ai, tot pot ser. Puc parlar amb ell?

—Sí, però no et posis nerviosa. Està cansat de parlar del mateix. Potser no el trobaràs gaire comunicatiu.

—D'acord.

La veu de l'Albert sembla normal. Li pregunta com es troba, si està cansat. Bé. Sí. Vol saber si anirà a dormir d'hora. Potser. S'interessa per com ha anat el dinar, què ha dinat. Bé. Hamburguesa. I el papa i el Sam no s'han barallat, afegeix, i sona alguna cosa semblant a un riure. Ella li pregunta si l'hamburguesa era bona. Molt. Si segur que està bé. Que ja li ha dit que sí. Li diu que això que ha passat és molt greu i li pregunta si se n'adona. Ara se n'adona però abans no. Li pregunta de què no s'adonava abans. De res. La Reina insisteix: potser podria ser una mica més concret, explicar-se una mica. En realitat no sabia que hi havia tanta gent que se l'estimava. De debò que no ho sabia?, fa ella, que no pot creure's això que sent. Com si el seu fill de disset anys acabés de descobrir que la Terra és rodona. Doncs no, mare, no ho sabia, mai no ho havia pensat, si més no.

La Reina està esgotada. En comptes de treure-li al fill les paraules d'una en una, li agradaria preguntar-li per què l'hi ha fet, això. Com si l'hi hagués fet a ella, en comptes de fer-s'ho a ell mateix. Però això és el que sent:

que el seu fill ha intentat prendre-li alguna cosa, que li ha volgut fer un mal irreversible. S'adona que no hauria de sentir-se així, però està furiosa. Si el tingués davant, li costaria no clavar-li una bufetada.

—He vist el Samuel plorar —diu l'Albert, retornant-la a la conversa—. I la Muriel, també. Mai no els havia vist plorar —repeteix—. Tots dos ploraven per mi.

Per qui plorem, quan plorem? Pels altres o per nosaltres mateixos? Plorem pel qui s'ha mort o per com serà la nostra vida a partir d'ara? La nostra vida sense, contra, des de, segons, malgrat o després d'això?

La Reina fa aquella veu de quan el fill era petit i li diu que esclar, que la gent que l'estima no pot imaginar que li passi res, que sisplau ho tingui en compte d'ara endavant. Que no ho torni a fer. Sisplau, li diu, si un altre cop sents que et passa alguna cosa semblant, un altre cúmul de coses, sisplau, truca a algú. Sisplau, truca'm abans de... Truca'm.

Sí, diu ell, ho farà.

Parla i parla i mira de fer bona veu i de no deixar de ser amable i carinyosa i diplomàtica. Com qui xiuxiueja al costat d'un lleó adormit tot tement que es desperti. Per dins, però, només hi té un pensament. És estellós i esgarrapa. L'Albert li ha parlat de l'amiga, del Samuel, de les coses que ha après d'aquesta experiència amarga. Però no ha dit res d'ella. Ni una sola paraula. Com si no s'adonés de com està. Com si no hi pensés. Com si no li importés.

—Vés-te'n a dormir d'hora, rei —li diu, mentre es menja l'orgull, l'angoixa, l'enyorament i aquest sentiment terrible d'abandó tan nou i tan balder.

25

Al plat hi havia una truita i a la tele es parlava de política quan l'Albert va preguntar:

—Per què estan sempre enfadats el Sam i el papa?

Era un nen llest i sensible de vuit anys, que començava a adonar-se de tot. Ella va llençar pilotes fora, com sempre:

—Per què ho dius, que estan enfadats?

—No es cauen bé.

—Vols dir?

—Jo crec que és perquè tu abans eres la nòvia del papa i ara ets la nòvia del Sam.

—Però el papa no pot estar enfadat, perquè té una altra nòvia.

L'Albert es mirava encuriosit la forquilla. Hi veia la seva pròpia cara reflectida de cap per avall. Feia que no amb el cap. No ho acabava d'entendre. Ni el que veia ni el que sentia.

—El papa diu que ell no volia cap més nòvia. Que en té una perquè tu vas marxar.

La Reina va sentir aquelles ganes periòdiques d'escanyar el Fèlix que normalment tenien a veure amb les coses que explicava a l'Albert.

—Per què el papa i tu vau deixar de ser nòvios?

—Ens vam deixar d'estimar, reiet. De vegades passa.

L'Albert va tornar a negar, aquest cop amb molt convenciment.

—No, no! Ell diu que encara t'estima. I que vas ser tu.

—A veure. —Somriure tranquil·litzador—. Jo també me l'estimo, però com un amic.

—Però ell diu que tu estimes el Sam i que per això ja no podeu ser nòvios.

—Però ell també s'estima l'Assumpta. Segur que molt més que a mi.

Nova negació. De tanta vehemència li ballava el serrell.

—No! El papa diu que t'estima més a tu perquè tu ets més important.

—Diu això?

—Sí. T'ho juro —va dir l'Albert amb solemnitat.

—I diu alguna cosa més?

—Sí. Diu que li agradaria que tu i ell tornéssiu a estar casats.

La Reina treia foc pels queixals. El mato, el mato. De debò que aquest cop no sobreviu.

—Però, reiet —somriure de «No passa res, és normal parlar d'aquestes coses amb els fills de vuit anys»—, això no pot ser, ja ho saps. Què faríem amb el Sam i l'Assumpta, si el papa i jo ens tornéssim a casar?

—El papa diu que podrien casar-se, també. I viure junts. Podria anar a jugar a casa seva?

—No ho crec, reiet. A més, no ho faran. És millor que tot estigui com fins ara i no emboliquem la troca.

I l'Albert, mirant la tele i arronsant-se d'espatlles, va opinar:

—Oquei.

Aquella nit la Reina va esperar que l'Albert s'adormís per telefonar al Fèlix, furibunda.

—Pots deixar d'escalfar-li el cap al nen amb això d'estar junts tu i jo? I vols no dir-li més que la culpa que no hi estiguem és meva i només meva?

—Ah, i això? Que potser li he dit alguna mentida? Que no ho saps, que el somni dels nens és veure junts son pare i sa mare? Que potser està malament que son pare estimi sa mare? Que potser vaig ser jo qui se'n va tirar una altra sense condó i ho va emmerdar tot?

26

Ara mateix això que té a la mà no és un aparell per comunicar-se a distància, és a dir, un telèfon. És més aviat un oracle, un vident, una sibil·la, o una mica de tot això perquè el que ella n'espera és una resposta, la tranquil·litat que li permeti treure's aquestes pedres de l'ànima.

No ho hauria de fer, quants cops ha sentit dir que no s'ha de buscar a internet informació mèdica? Fer-ho sempre és un error, a més d'un embolic. Però la temptació és irresistible i les circumstàncies, favorables. Té tot el temps del món, més dubtes que mai i a les mans un aparell capaç de satisfer qualsevol curiositat. Al cercador hi escriu: «Suïcides reincidents». Apareixen més de vint mil resultats. Estadístiques, factors de risc, malalties mentals associades, causes més comunes… Cada article és un pou profund on deixar-se caure.

Obre el primer. El que es titula «Avaluació del risc de reincidència en suïcides». Un de cada quatre ho torna a intentar. Els primers sis mesos després del primer intent són l'època de més risc. Durant l'any següent les possibilitats són cent vegades més altes que en una persona que mai ho hagi intentat. Dels reincidents, una tercera part tornarà a provar-ho. Un deu per cent ho aconseguirà. Alguns ho tenen molt ben planificat, hi pensen durant anys. Són els casos més difícils, gairebé inevitables, segons els psiquiatres consultats. Ningú no pot vigilar una altra persona les vint-i-quatre hores del dia. Qui vol matar-se i ho planifica bé, se'n surt. És curiós: els homes se suïciden més que les dones. Els vells —més de seixanta-cinc—, més que els joves. Entre la població de quinze a vint-i-nou anys, l'autoeliminació —l'eufemisme la fa somriure tristament— és la segona causa de mort en tot el planeta. Entre les causes es parla de «Conducta suïcida familiar». Es veu que les ganes de matar-se es transmeten amb independència del trastorn que les acompanyi. És genètic, no hi ha res a fer. S'ha comprovat en persones adoptades que mantenien les tendències suïcides dels seus pares biològics. L'agressivitat impulsiva en té el cinquanta per cent de la culpa. L'altra meitat depèn de factors anomenats «ambientals». És a dir: abusos, violacions, pallisses, maltractaments físics i psicològics i tota mena de circumstàncies difícils transitòries com ara ruptures de parella, dificultats econòmiques, pèrdua de la feina, mort d'una persona estimada, fracàs escolar, sentiment de soledat...

27

La trucada d'un número desconegut l'arrenca de la lectura.

És la Rosa, una veu animada que li desitja bon vespre i li diu que és la psiquiatra del CSMIJ. De què? Ai, perdó, sí, sí, prou que ho sap que l'acrònim és horrorós, però no en tenen cap més. Vol dir «Centre de Salut Mental Infantil i Juvenil». La Seguretat Social de tota la vida, en resum.

Salut Mental.

Hi ha paraules que costen de passar.

Aquesta tarda, diu la Rosa, ha conegut l'Albert i li ha fet una «intervenció d'urgència segons el protocol» després d'un «gest autolesiu» per part seva, com ja deu saber —la Reina li diu que sap—. La Rosa fa una pausa i afegeix que el seu marit ja l'ha informada que es troba de viatge per motius de feina i que per això s'ha pres la llibertat de demanar-li el seu telèfon per poder fer-li algunes preguntes que l'ajudin a «avaluar els antecedents del cas» i a «començar a redactar la història clínica». De manera que si ara no hi té inconvenient li agradaria fer-li unes preguntes sobre l'Albert.

La Reina corregeix un punt important: exmarit. Llevat d'això, té tot el temps del món, perquè és en un aeroport romanès esperant que afluixi la tempesta per tornar a casa, amb massa temps per pensar. La Rosa pren nota de la puntualització i demana unes disculpes vagues. Som-hi? Som-hi!

Les preguntes volen aclarir si l'Albert va ser un nen precoç, despert, juganer, preguntaire, enraonador, trist, cridaner...; si adoptava postures poc usuals, si desviava la mirada, si comptava i llegia bé, si feia joc simbòlic, si es fixava en coses que els altres no veien, si sabia establir relacions amb els seus iguals, si treballava bé en equip, si tenia un millor amic, si li agradava l'esport, si recordava tot de coses inútils, si tenia una veu estranya...; a quina edat va fer cada cosa (la primera paraula, la primera passa, el primer amic...). La Reina mira de recordar-ho tot. Algunes coses les té molt clares. D'altres, no tant. Contesta tan bé com pot mentre tem equivocar-se. Mentre tem que cada resposta que doni posi el seu fill en el perill de ser considerat tal cosa o tal altra.

La Reina espera que acabi l'interrogatori per preguntar a la psiquiatra què valoren, exactament, aquestes preguntes, però només li respon que han de descartar diverses possibilitats, que l'hi dirà quan tingui un diagnòstic clar.

Diagnòstic. Hi ha paraules que costen de passar. Sobretot quan en tres hores el teu fill ha deixat de ser un noi normal per esdevenir un noi que necessita un diagnòstic psiquiàtric.

La Reina pensa que els psiquiatres i els psicòlegs són com hisenda: si remenen prou, sempre troben allò que busquen.

Ara la Rosa vol saber a quins psicòlegs van portar l'Albert de petit i per quines raons. Dóna per fet que l'Albert s'ha passat tota la vida de psicòleg en psicòleg. Res més lluny de la realitat: de fet, només n'ha conegut un, una vegada que li va clavar un mastegot a un company de primer de l'ESO i tot el claustre es va esverar molt. Avui dia, tothom s'esvera molt, ningú no vol responsabilitats. La Reina pensa que maten puces a canonades, però millor això que arriscar-se que alguna puça sigui un lleó disfressat i se'ls cruspeixi allà mateix. La psiquiatra li pregunta com és, que només aquell cop, i ella li contesta la veritat simple i decebedora: no van pensar que en necessités més. La Rosa vol saber qui no ho va pensar. Com si no pogués ser. Els mestres, els orientadors, el meu marit, jo... fa ella. La Rosa corregeix: deu voler dir el seu exmarit, oi? El Fèlix. Sí, sí, s'afanya a contestar la Reina, ell també. Es fa un silenci. La psiquiatra pregunta qui pren les decisions que afecten l'Albert, quants adults hi ha a posar-se d'acord sobre el que cal fer o no cal fer en la seva educació. La Reina menteix mentre se li dispara el cor: el Fèlix i jo, esclar. I no té temps de pensar si afegeix alguna cosa que la faci sonar més versemblant quan la psiquiatra ja ha passat al punt següent. Quina relació té l'Albert amb el seu padrastre.

Padrastre. Uix, les paraules.

És prou bona, s'explica la Reina, mentre la sensació que l'estan examinant augmenta. Normal, uns dies millor i uns dies pitjor, suposa que com li passa a tothom. Sí, sí, esclar que li passa a tothom, hi està d'acord la Rosa, però ella té entès que el seu actual marit, el... —busca el nom allà on l'hagi apuntat— el Samuel té un caràcter una mica complicat, irascible —segons li han dit— i que de vegades no és gaire fàcil entendre's-hi. La Reina identifica les paraules del Fèlix a l'instant, li coneix el mal estil d'una hora lluny. L'hi fa saber a la psiquiatra, que li diu, amb un to de veu alliçonador, que no importa qui hagi dit què, sinó si és veritat o no, i tot seguit insisteix que vol saber si «el padrastre» de l'Albert té o no mal caràcter.

No ens agrada dir padrastre, mira de ser amable la Reina. I tot seguit diu no ho sé, suposo que com tothom, a casa tots tenen un caràcter que deunidó, i el seu home doncs hi ha dies que arriba de la feina amb moltes ganes de tot i n'hi ha d'altres dies que no vol veure ningú, com tothom; i mira de riure, tot i que no en té gens de ganes. Esclar que sí —torna el to professoral—, però vosaltres heu d'entendre que si el Samuel no és el pare de l'Albert, no pot posar-se allà on no el demanen. És un paper difícil, que s'ha de saber fer molt bé, perquè si no pot crear molta confusió i algunes conseqüències desagradables, sobretot quan els nens són petits. Perquè, quant fa que esteu junts, el Samuel i tu? Divuit anys, respon la Reina. Ah, llavors... —la psiquiatra extreu conclusions que no esperava— llavors des del principi, oi? Et vas separar mentre estaves embarassada? No, quatre mesos després de tenir-lo. Ara aquí s'escauria un exabrupte, una exclamació; una cosa així com: Collons, que aviat! O: Vaja, quines presses! Però no seria prou professional. Per això la Rosa només diu: Ara tot em quadra, gràcies, tots dos l'han conegut des de sempre, llavors és comprensible això que passa, però no vol dir que s'hagi de permetre. Ah, i una pregunta més sobre això dels psicòlegs. Necessita saber si mai ningú ha fet a l'Albert alguna valoració de TEA. De què diu?, pregunta la Reina, que no està en absolut familiaritzada amb l'allau de sigles de la psicologia moderna. Trastorn de l'espectre autista, explica la Rosa. Autista? Només parlem d'una possibilitat. No cal que ens espantem.

Autista. Hi ha paraules que, per molt que t'hi esforcis, no passen. Que t'acaben escanyant.

Perdona, Rosa, li diu, però t'he de deixar. El meu vol està embarcant. Penja sense deixar que l'altra s'acomiadi.

28

El Sam és de rebentar de cop i clavar quatre crits seguits. Després fa dues o tres hores de cares llargues. En aquest temps és millor deixar que l'empipament faci el seu procés: d'intens a desaparegut passant per crític, moderat, revifable i lleuger, cada fase té la seva estratègia però la Reina ja té comprovat que el millor és no fer-ne servir cap, perquè té tendència a entendre qualsevol paraula com un retret o un atac personal. Quan per fi desapareix el que fos que li passava, ella intenta una aproximació de tempteig. Si va bé i val la pena, treu altre cop el tema. Llavors el Sam es torna raonable, argumenta, de vegades fins i tot demana perdó. No gaire, li surt millor fer-se l'incomprès. Si el tema no tenia cap importància, es declara difunt i enterrat i s'oblida al més aviat possible.

El Fèlix és de dir que sí a tot. No discutir. No aixecar la veu. Fer literalment el que li surt dels pebrots i després retreure els seus errors als altres. Guerra bruta emocional per dissimular la seva ineficàcia. No aturar-se a pensar en les conseqüències, no acceptar mai els errors propis. Tot sovint a la Reina li sembla que discuteix només per durli la contrària. Per dur-los-la, a ella i al Samuel. No hi ha res que el Fèlix gaudeixi més que enfrontar-se a ells dos i guanyar.

L'Albert és tot sovint el camp de batalla. Ho ha estat sempre, però en algunes qüestions s'ha vist més clar. Com en els estudis. Al Fèlix li va semblar bé que de petit el noi fes piano, pintura, dansa i teatre. Presumia de tenir un fill artista. Un artista de vuit o deu anys fa gràcia i és un tema de conversa familiar. Però quan, en acabar quart de l'ESO, l'Albert va anunciar que triaria un batxillerat artístic, en total coherència amb el que feia anys que li agradava, el Fèlix s'hi va oposar.

—Artístic? I de què treballaràs? Amb la facilitat que tens per a les matemàtiques, hauries de fer el científic. O potser el tecnològic, que té tot de sortides molt interessants.

—Jo vull fer l'artístic.

Quan la Reina s'hi va posar, per mirar de pacificar les relacions, en va sortir escaldada:

—Vosaltres li heu posat tots aquests ocellets al cap —va retreure-li el Fèlix—. Que faci teatre en el seu temps lliure, si li ve de gust, però que estudiï alguna cosa de profit.

—Si estudia el que li agrada, ja s'espavilarà per treure-li profit.

—Bajanades.

La discussió es va tancar amb uns quants mesos de morros per part del Fèlix. Morros amb la Reina, perquè amb l'Albert sempre es comportava com un col·lega que ho entenia i ho aprovava tot. Un doble joc d'èxit segur.

La sorpresa va venir quan l'Albert li va dir a ell abans que a ningú que volia fer un curs de doblatge caríssim.

—Si és el que a tu t'agrada... —va respondre el Fèlix.

Va ser el Sam —el segon a saber-ho— qui hi va veure problemes. El curs valia uns quants milers d'euros i calia pensar-s'ho. La Reina estava de viatge. Quan tornés n'hi parlarien i tots plegats prendrien una decisió.

—Esclar. I serà que no —va fer l'Albert.

No va servir de res dir-li que seria el que creguessin més convenient, que potser abans de fer un curs tan car havia d'acabar el batxillerat i començar estudis universitaris i, sobretot!, canviar la veu del tot, perquè ara encara se li escapava algun gall de tant en tant.

L'endemà, amb el Fèlix, l'Albert va fer el ploricó. El Sam no ho volia, el Sam el trobava car, el Sam ho havia de consultar amb la Reina, el Sam... Al Fèlix li va faltar temps per dir:

—Jo et pago el curs, fill! Ja et pots matricular!

L'endemà a la nit, quan va tornar a casa de passar el cap de setmana amb el Fèlix, l'Albert va donar la notícia.

—El meu pare em paga el curs de doblatge. No cal que patiu per res.

El Sam va saltar:

—Això serà si la teva mare ho vol.

—No. Ja m'ha donat els diners.

—Què?

—Me'ls ha ingressat al meu compte. Ja em puc matricular.

El Sam va fer quatre crits, com sempre que perdia els estreps. Esclar que en aquest cas n'hi hauria d'haver fet dos al Fèlix i dos al noi. Tenien la mateixa part de culpa. O potser en tenia més el Fèlix?

L'Albert va arribar de pressa a la seva conclusió equivocada:

—No vols que faci el curs perquè me'l paga el Fèlix i tu no el pots veure ni en pintura! —li va etzibar.

Aquella nit el Sam va cridar de valent. Que ho deixés estar d'una vegada fins que vingués sa mare, que era massa jove per decidir tot sol si havia o no de gastar-se aquells diners, que recordés que era menor d'edat i que encara vivia en aquella casa...

—Vaja, que tu vols que sigui com tu —el va interrompre l'Albert, verinós com un adult però amb la lleugeresa d'una criatura—. Un venedor d'assegurances que fa tota la seva vida una feina que odia.

El Sam el va engegar a dormir sense postres ni tele ni hores de més davant l'ordinador. Com si fos un nen petit. L'Albert va treure pit i li va dir que no podia castigar-lo d'aquella manera, que no hi tenia dret.

—Per què, perquè ja ets gairebé major d'edat? —va preguntar el Fèlix.

—No. Perquè tu no ets el meu pare.

I allà es va acabar tot. L'Albert va instal·lar-se al sofà, com el guanyador de la batalla, i va tenir els sants pebrots de veure tota una pel·lícula d'aquelles que duren més de dues hores. El Samuel se'n va anar al llit a fer voltes i a plorar sense fer soroll, perquè el noi no se n'adonés.

Quan la Reina va arribar del seu viatge va trobar tots els homes de la seva vida enfadats entre ells. L'Albert amb el Sam, el Fèlix amb el Sam, el Sam amb tots dos. Per mirar de posar pau, i tot i que estava esgotada, va començar per trucar al Fèlix.

—Digues al teu manso que es fiqui el geni pel cul —va saltar ell—. No m'agrada que parli malament a l'Albert.

—El que no t'agrada és que tingui raó. Ni haver de reconèixer que aquesta guerra l'has començada tu i de mala manera.

—De mala manera? Que potser tinc la culpa de guanyar més del doble que ell i poder pagar al meu fill un cu...?

—Fes bondat, Fèlix. Segueix les regles. Te'n recordes?

El Fèlix va remugar alguna cosa semblant a una afirmació. Quin remei, potser.

—Doncs això. Demà et retornaré els diners del curs. Quan sigui el moment de fer-lo, d'aquí a un temps, ja en tornarem a parlar.

L'Albert no va fer el curs d'actor de doblatge. Més o menys de comú acord, tots tres van decidir que era millor esperar una mica. A tots tres els va quedar aquella agror d'haver ficat la pota. Només esperaven una oportunitat per arreglar-ho.

El curs d'especialista de cinema va ser aquesta oportunitat. No tenia res a veure amb allò del doblatge, però ja els va estar bé: els interessos de l'Albert eren múltiples i variats. Millor que es formés en tantes coses com trobés interessants. Així que els va parlar dels detalls —dissabtes al matí, sis mesos, car però no tant, professors especialitzats—, la Reina va córrer a telefonar al Fèlix. Hi estava d'acord? Sí, i tant. En pagaria la meitat? Esclar, sense problemes. Perfecte, llavors tot lligat. Aquell cap de setmana el noi portaria els papers, no s'oblidés pas de signar-los.

Dos dies després, ja inscrit, el noi els va portar el fullet del curs, perquè veiessin què faria. L'escola es deia Risky Shot: professors amb anys d'experiència professional. Pràctiques en exteriors i interiors. Màxima seguretat. Grups reduïts de vint alumnes. Disciplines a treballar: caigudes d'alçada, caigudes múltiples, atropellaments, salts des de vehicles, armes de foc, impactes, acrobàcia, suspensions amb cables, combats, arts marcials, torxes humanes...

—Heu vist? Fins i tot em cremaré a l'estil bonzo! És genial! —va dir l'Albert, entusiasmat.

Potser s'havien precipitat, va pensar la Reina i només la Reina.

29

I en tren? Tot i que s'adona que és un disbarat, consulta unes quantes pàgines d'internet. Podria agafar trens de Bucarest a Budapest, de Budapest a Viena, de Viena a Venècia, de Venècia a Milà, de Milà a Barcelona. Trenta hores de viatge, sense comptar els transbordaments, les esperes o els inconvenients de la tempesta. Ho provaria, però corre el perill de quedar-se aïllada en qualsevol racó dels Alps. Entre Bucarest i Barcelona hi ha uns quants accidents geogràfics insalvables, sobretot a l'hivern.

L'hivern és l'època de la petitesa humana. Una estació per abaixar-nos els fums. Li ve al cap Anníbal, amb el seu exèrcit de trenta mil homes, quinze mil cavalls i trenta-set elefants, pobres bèsties, tots plegats fent camí per aquelles muntanyes enmig d'una tempesta extraordinària de neu i vent per una drecera que els historiadors encara busquen. I tot plegat més de dos-cents anys abans de Crist, quan tot al món era més incòmode que no pas ara. No és estrany que els artistes hagin pintat durant segles el dramatisme de la gesta.

La primera vegada que va visitar la Tate Gallery de Londres i va veure en viu els quadres de William Turner, se li va disparar el cor. S'allotjaven a Southwark i per no gastar-se els diners que valia la targeta de metro anaven a tot arreu caminant, fins que el mal de peus els feia tornar a l'hotel. Celebraven amb el Fèlix el primer any de casats. Avui aquell viatge se li barreja amb molts d'altres —en els darrers temps ha visitat Londres entre tres i sis vegades cada any— i només en guarda imatges deslligades, però conserva intacta la impressió que li van causar els quadres de Turner. Les seves dimensions, els seus colors, la diferència que hi havia entre les reproduccions dels llibres de pintura i les peces originals. Davant d'*Aníbal travessant els Alps* li van venir ganes de plorar. Va anar de sala en sala amb el cor desbocat i respirant feixugament. La primera síndrome de Stendhal de la seva vida, quan encara no sabia que l'art pot provocar afeccions psicosomàtiques i que un dels primers a descriure-les va ser Henri-Marie Beyle, l'home que era Stendhal, després de contemplar la Basilica di Santa Croce de Florència. I sense permís la seva memòria la porta fins la Galleria degli Uffizi, on troba el Fèlix gairebé dues dècades més jove, aturat amb posat pseudocientífic davant la famosa *Nascita di Venere*, tot dient:

—Doncs jo, la veritat sigui dita, trobo que no n'hi ha per a tant. Els dos àngels estan molt mal dibuixats. I la Venus aquesta fa panxa.

Recorda les ganes de matar-lo que li van venir, de preguntar-li a crits allà mateix, al bell mig de la sala catorze de la Galleria degli Uffizi, què collons hi feia, ella, al costat d'un home que trobava que Botticelli dibuixava malament, si ell sabia més d'art que tots els crítics i especialistes i pintors que durant sis-cents anys han lloat el refinament d'aquest quadre. Però no. En comptes d'això va dir:

—I jo què? Jo faig més panxa que ella.

—Per això no et pinten, justament —va respondre ell, i va passar al quadre següent, que tampoc no va entendre.

La Reina es va quedar plantada davant la Venus de Botticelli, com si li preguntés què en pensava, d'allò que totes dues acabaven de sentir. Com si estigués mirant de decidir si un sol comentari pot amargar-te un viatge, un matrimoni, una existència.

Odia que els pensaments siguin com els insectes, van d'una banda a l'altra sense que els puguis controlar ni preveure. Mira de tornar al principi. A veure, per on ha començat tota aquesta digressió cultural? Pel tren. Va tancant una a una les pàgines en línia on ha consultat els diferents trajectes. De Bucarest a Budapest, de Budapest a Viena, de Viena a Milà, de Milà... Decideix que quan l'Albert estigui bé del tot —no ho està? No, no ho està. Si ho estigués no hauria intentat saltar al tren. O sí? Es pot considerar normal una cosa així? Què és normal i què no ho és? Algú ho sap?—, quan l'Albert estigui bé —deixa de pensar, Reina, deixa de donar-hi voltes— li proposarà de fer el recorregut ferroviari a la inversa i a l'estiu, quan tot és més amable i més fàcil. Saltironaran per Europa de tren en tren. Un cop a Romania, podrien anar a Transsilvània. Una visita al castell del comte Dràcula, que ni es deia Dràcula ni era comte, ni va viure mai allà. Faran com els ramats de turistes: fingiran que s'empassen tot el que diuen els guies, compraran gerres de cervesa amb la cara del famós vampir i crucifixos de fusta acabats en punxa. Dormiran en un hotel amb el nom de Dràcula brodat a les tovalloles. Ella ja haurà oblidat tot això que està passant i la vida serà de nou al seu lloc. Parlaran molt, tota l'estona, mentre passegen, mentre sopen i també a l'hotel, abans de dormir. Serà com si l'Albert tornés a ser petit, com quan cada vespre entrava a la seva cambra, s'asseia als peus del llit i li explicava com li havia anat el dia. El més bo i el més dolent, li demanava ella. El més dolent sempre era algun plat del menjador escolar. El lluç arrebossat, les llenties estofades, l'amanida verda... El més bo variava molt més. De vegades era un joc del pati, o un dibuix que li havia sortit molt bé, o una cançó nova que havia après. Algun cop el millor del dia de l'Albert tenia a veure amb ella: «la truita de patates del sopar», «les pessigolles que m'has fet a la cuina», «que demà no hagis de marxar de viatge».

En algun moment, l'Albert va deixar d'explicar-li com li havia anat el dia. Va deixar de considerar-la algunes de les coses bones que li passaven, va deixar d'entrar a la seva habitació a les nits. I ella fins avui no havia notat com ho troba a faltar.

De cop recorda una dada. Anníbal —el gran estrateg— no va morir en cap batalla, sinó després de beure's un verí mortal. L'heroi dels Alps es va suïcidar.

30

—Hola, sóc l'Arnau. Ara no m'hi puc posar. Dec ser a classe o a la biblioteca o al gimnàs o dormint o tinc un partit. Tu confia en mi i deixa'm el missatge. Però si veus que no et truco, torna'm a trucar. Ah, i cuida't. Adéu!

Tararí.

Mira de fer bona veu:

—Arnau, sóc la Reina, la mare de l'Albert. Necessito parlar amb tu, és urgent. Truca'm de seguida, sisplau. Un petó. Salutacions als pares.

31

Durant anys l'amistat entre l'Albert i l'Arnau es va basar a matar zombis en línia i a petar-se de riure per tot —incloses les assignatures de l'ESO, que estudiaven plegats. Van superar junts totes les febres de l'edat, començant per aquella mania de parlar fort que els va agafar de sobte. També la primera nit que tots dos van beure més del compte o la sobtada urgència d'anar a un gimnàs. Tanmateix, eren molt diferents. L'Albert sempre va tenir clar què volia estudiar; l'Arnau va fer desesperar els seus pares amb la seva indecisió de darrer moment. L'Arnau ja s'obsessionava per les noies quan l'Albert només pensava a resoldre el Petaminx, el cub de Rubik més complicat de tots; l'Albert va triar un batxillerat artístic i l'Arnau va resignar-se a fer el social, amb la mirada posada sense esma en els estudis de Dret; tots dos van apuntar-se a un gimnàs, on l'Albert s'esforçava a la sala de fitness mentre l'Arnau feia piscines i més piscines. Tots dos van descobrir alhora la moda del pàdel, van prendre classes amb el mateix entrenador i més tard —era normal— van formar parella i van participar en alguna competició petita, tot just per començar, on no van fer mal paper. Quan acabaven els partits a l'Arnau li agradava relaxar-se deu minuts al jacuzzi i l'Albert se n'anava corrents a casa a dutxar-se. Al final de la secundària, després d'un viatge de fi d'estudis a Londres en què no es van separar ni un minut, l'Albert va canviar d'institut. Ara estaven molt ocupats, i no només de dilluns a divendres. Ja no tenien temps per jugar en línia, sempre havien d'estudiar, o llegir, o fer un treball urgent. Ja els havia passat l'edat de convidar-se a festes d'aniversari. Començaven a pensar seriosament en la Universitat, quin vertigen, i en la vida que vindria després, tota plena d'incògnites. Ara només compartien la pista de pàdel i el vestuari del gimnàs, i això de tant en tant, perquè la vida s'anava fent cada cop més ràpida i complexa. Més adulta. Quan algun cop coincidien tornaven junts un tros, pels carrers deserts. Parlaven, sobretot, d'estratègies per sobreviure sobre una teulada assetjada per morts ressuscitats, de com aconseguir un llançagranades custodiat per un gegant podrit o de com les pilotes que reboten a l'angle del vidre del darrere són gairebé impossibles de tornar. Encara reien i encara feien massa soroll. Algun cop l'Arnau encara visitava l'Albert. Es tancaven a l'habitació a jugar. De vegades estaven tan esvalotats i reien tan fort que la Reina i el Sam, al menjador, havien d'apujar el volum del televisor.

Tot això va durar fins un dia que l'Arnau li va dir:

—Tinc una notícia bomba, tio! Tinc nòvia.

Les expectatives momentànies que havia aixecat la primera part de la frase van ser esclafades per la continuació. L'amic feia com tothom: tenia nòvia, en volia tenir, li agradava tenir-la, fins i tot li agradava parlar que la tenia. L'Albert no ho entenia. No entenia com havia pogut passar una cosa així.

Aquell dia no van parlar de zombis, ni de pilotes impossibles. Només de la nòvia de l'Arnau, que es deia Ona i era bonica, i tenia uns pits posats no-sé-com i feia ballet i portava els cabells blaus i llargs i tot ho devia fer bé, perquè l'Arnau no parava de repetir que era l'hòstia i que mecasontot com es podia haver fixat en ell una paia com aquella. I feia saltirons d'emoció quan parlava de l'Ona, i li brillaven els ulls com quan en el joc en línia arribava l'helicòpter i els rescatava de la teulada. I tot seguit tornava a repetir-ho tot: els pits, els cabells blaus, el ballet, mecasontot, l'hòstia i el saltiró. L'Albert, avorrit i decebut, no se l'escoltava gaire. Només podia pensar que havia perdut el seu millor amic.

32

El Fèlix fa aquella veu eixuta i desagradable de quan està emprenyat.

—Necessito parlar amb tu —li diu la Reina.

—Què? Ja estàs contenta? Ja has aconseguit que em prenguin l'Albert?

—No t'han pres res. Només vull que sigui a casa. Al seu llit.

—Aquí també en té, de llit.

—Vull tenir-lo amb mi.

—T'has teletransportat? Perquè fa una hora eres a Bucarest, que jo sàpiga. Digue-ho pel seu nom: vols que no el tingui jo.

—Deixa-ho, Fèlix, va. No comencem. Necessito saber un parell de coses. —Silenci atent, cap resposta—. Per casualitat el nen t'ha parlat d'una tal Ester?

Es fa un silenci delator. Un d'aquells silencis que són l'especialitat de la Reina. Abans que el Fèlix contesti, ella ja sap que sap.

—Això són coses nostres.

—Vostres? De qui?

—De l'Albert i meves.

—Però què dius? —S'altera.

—Que el meu fill i jo parlem molt, i que no t'ho penso explicar perquè seria trair-lo.

—Ell et demana que no m'ho diguis?

—Em sap greu, però sí.

—I també et va demanar que m'amaguessis els suspensos de la primera avaluació?

—Els suspensos?

—Quatre.

—Em va prometre que ho recuperaria tot. Jo me'l crec.

—No creus que jo ho hauria hagut de saber?

—Pensava que t'ho diria ell. Em va dir que ho faria.

—I no vas pensar que podies dir-m'ho tu? O almenys esmentar-ho? Com si fos important, vull dir. Perquè suposo que estem d'acord que els estudis són importants.

—Sí, esclar que ho són.

—I doncs?

—Doncs que et prens les coses molt a la valenta. L'Albert ha passat una temporada més distret. No s'acaba el món. A tots ens va passar algun cop.

—I es pot saber per què està distret, segons tu?

—Bé, tu ho has dit fa un moment.

—La nòvia?

—No sé si és ben bé una nòvia.

—Ah, no? I llavors què és?

—N'està enamorat i prou.

—Entesos. Una follamiga? N'hi diuen així, oi?

—És una mica més profund, Reina.

—I tu en coneixes exactament el grau de profunditat? Saps si tot plegat pot tenir a veure amb això que ha passat? Si ho han deixat o si s'han barallat o què?

—No ho crec. L'Albert ho té controlat.

—Això t'ho ha dit ell, esclar.

—Sí.

—I tu l'has cregut.

—Per què no l'hauria de creure?

—Perquè és una criatura?

—No m'ho sembla quan parlem de dones.

—Parleu de què! Tu li parles de dones a l'Albert?

—Normalment no. Però darrerament amb l'Assumpta no hem anat bé i...

—També t'has distret?

—Una mica, sí. Bastant.

La Reina ja fa temps que amb el Fèlix mira de ser pràctica. No té intenció de discutir la conveniència o no d'aquestes patètiques converses d'homes, només d'esbrinar allò que li interessa.

—Per tant, sí. Surt amb una tal Ester —fa—. Segons sembla, li ha agafat fort. No és una companya d'institut. Llavors, la deu haver conegut en una altra banda. En el curs de cinema, segurament. Tu en saps res?

—Veig que ja has investigat pel teu compte. No em necessites.

—Fèlix, si saps segur de què la coneix, m'ho hauries de dir.

—Sí?

—Podria ser greu.

—No, no ho crec.

—Et podries equivocar.

Es fa un silenci pensarós. El Fèlix cedeix una mica del terreny que li agrada tant haver conquerit abans que ella.

—La coneix del curs de cinema —informa.

—Bé —esbufega la Reina—. És una companya del curs de cinema, llavors. Surten junts?

—No.

—Però ell n'està enamorat.

—Sí.

—I ella d'ell?

—Li fa alguna mena de cas.

—Què vol dir que li fa alguna mena de cas? Se'n van junts al llit?

—Suposo. No ho sé.

—No ho saps? Fa un moment m'has dit que era una follamiga.

—Això ho has dit tu, Reina. Fes memòria.

—Han tingut relacions? Portava preservatius?

—Ai, Reina, i jo què sé —sospira ell, cansat de la conversa—. Jo no interrogo l'Albert sobre aquestes coses. Ja és grandet.

—Doncs ho hauries de fer. I també li hauries de comprar preservatius.

—Jo? Per què? Ai, calla! Que vosaltres no n'heu comprat mai!

La Reina passa per alt el comentari enverinat.

—Tant se val, Fèlix. Què ha passat, ho saps? S'han barallat? Hòstia, Fèlix, no et facis el misteriós. Què collons en saps, d'aquesta noia?

—Que ha treballat en diverses pel·lícules. Es veu que la seva especialitat són les persecucions de motos. Me n'ha ensenyat una foto on devia estar vestida per a alguna escena d'acció, perquè portava una granota de motorista ajustadíssima de color daurat. No crec que ningú pugui sortir al carrer amb una cosa així. Només se li veien les tetes, i les té com dos melons. S'ha de reconèixer que el teu fill té bon gust.

—Llavors, si té carnet, deu ser més gran que ell.

—No ho sé. Pel cos, semblava jove, però la cara no l'hi he vista, a la foto portava un casc integral. També daurat, però d'aquells amb la visera completament negra. No es veia gens qui hi havia dins.

La Reina deixa anar una riallada agra. Pel disbarat que és tot plegat o per demanar-li opinió al Fèlix com si se n'hagués de refiar?

—Si s'ha enamorat d'una noia més gran que ell, és normal que estigui deprimit. No li deu fer gaire cas.

—Jo no l'he vist gens deprimit, francament —diu el Fèlix, com si no tinguessin cap problema.

—Avui te n'ha parlat?

—Avui no s'ha creat el clima de confiança imprescindible. Teníem companyia no desitjada, recordes?

—No desitjada per tu, en tot cas.

—Jo no dic res. Però si haguéssim estat sols, segur que me n'hauria parlat. El nen m'ho explica tot.

—A tu? —La Reina riu grollerament, amb violència—. Però què dius? A tu només et busca de còmplice d'allò que no està bé, com això dels quatre suspensos. I ho fa perquè sap que no li diràs res, et penses que és tonto? Sap que no el renyaràs, com qualsevol pare assenyat faria amb el seu fill de disset anys. Però tu no, ah! Tu no! Tu t'estimes més anar de col·lega per tal de guanyar-te la seva confiança a qualsevol preu. Com quan de petit li deixaves beure refrescos entre setmana i li demanaves que no m'ho digués. Res no ha canviat, perquè tu no canvies. Parlar de dones? I tot per què? Tot per passar-li la mà per la cara al Samuel, tot per demostrar que ell et prefereix, que això és una guerra i que tu ets el vencedor, oi? Un vencedor a qualsevol preu, però vencedor al capdavall. Potser ell et va prendre la dona, però tu ara li pots fotre el fill. Ull per ull, oi que sí? Una baralla de mascles alfa, vet aquí, aquesta és la versió resumida. Només que tu no ets un mascle alfa. Tu jugues a ser col·lega d'adolescents perquè no saps fer de pare, com tampoc saps fer d'home. D'home adult, vull dir, capaç de no fer sentir invisible la seva dona, capaç de fer-la contenta, d'aquella manera tan antiga que un autèntic mascle alfa sap fer contenta una femella.

Fins i tot en el Fèlix és sospitós aquest silenci. La Reina s'adona de cop que no hi ha resposta, que ni tan sols el sent respirar. Mira la pantalla del mòbil. Ha penjat. Ha penjat! No s'ho pot creure. Li torna a trucar, furibunda. Passa el que havia de passar: ell no li agafa el telèfon. Un moment més tard entren tres missatges com tres trets mortals:

«I tu no hi tens cap culpa, en tot això? Potser no ets tan bona mare com et penses».

«Hauries d'acceptar que no ets el centre de l'Univers, saps? ».

«Quan aprenguis a parlar com una persona, truca'm».

33

Als vint-i-vuit anys, la Reina se sentia una dona completament desgraciada. Volia un fill, però alguna cosa no anava bé. Les visites al ginecòleg havien esdevingut les estacions d'un camí que només menava a la tristor i a la renúncia. S'havia acostumat a les coses més horribles: a plorar sola al bany cada cop que li venia la regla, a aguantar les llargues digressions de la seva sogra sobre com uneixen els fills, a veure's les cuixes totes plenes de blaus, des que es punxava cada dia el caríssim compost d'hormones que li havia receptat el metge. Va començar a punxar-se les cuixes perquè un dia, en veure-li els braços tots macats, un farmacèutic de guàrdia no li va voler vendre les trenta xeringues que li estava demanant.

—Si vols matar-te, fes-ho tu soleta, maca —li va dir, i es va quedar tan ample.

Que no li venguessin xeringues perquè la prenien per drogoaddicta no era el pitjor. El pitjor era quan algun conegut de vista, alguna veïna, algun parent llunyà o qualsevol altre membre d'aquest exèrcit de desconeguts que no saben res de tu però gosen opinar sobre la teva vida miraven de convèncer-la de com era de meravellós viure sense tenir fills. Li parlaven de llibertat, d'estalvis, de superpoblació del planeta, de promiscuïtat sexual... i sempre amb un to paternalista que feia venir basques. El més curiós era que tots ells tenien descendència, de vegades nombrosa. Un detall gens petit que els restava molta versemblança. A tot això, ella es prenia la temperatura cada matí, amb un vell termòmetre de mercuri. A la boca, cinc minuts. N'anotava els resultats en un full que li havia donat el ginecòleg. A l'encapçalament hi deia: «Calendari de fertilitat». Les variacions eren gairebé insignificants. Havia d'apuntar si estava nerviosa o malalta. Mai estava malalta, però gairebé sempre estava nerviosa. Alguna cosa no anava bé. No aconseguiria quedar-se embarassada, ho pressentia. A la consulta, el metge els indicava quins dies havien de tenir relacions sexuals. Si en tenien, ho havien d'apuntar en el calendari. Li feien cas al peu de la lletra, encara que no en tinguessin ganes. El metge estudiava la seva vida sexual amb les ulleres recolzades a la punta del nas i feia sorollets d'aprovació, com ara «uhm» o «ehm». Així van estar uns sis o set mesos. Fins que el metge va pensar que potser calia esbrinar primer altres punts i els va deixar lliures de vigilància.

—Ai, que bé —va celebrar-ho ell—. Era horrorós haver de fer-ho tan sovint.

—Tan sovint? —va preguntar la Reina, tan perplexa per l'afirmació que ni tan sols va trobar la manera de rebatre-la.

Deu mesos després, un vespre, mentre sopaven, li va preguntar:

—Saps que fa gairebé un any que no em toques?

—Tant? —Va aixecar una cella el Fèlix, sorprès com si realment no n'estigués al cas.

—De follar, ja ni te'n parlo. Potser ja no t'interessa?

—No, dona, no és això. És que en vaig quedar una mica saturat.

Saturat de follar? Als trenta anys un home pot estar saturat de follar? I si tenia una amant? I si patia del fetge? I si era gai?

—M'avorreixo, sense sexe, Fèlix. Em sento vella. Tu no?

—No, jo no —va fer ell, tan normal—. Dona, no n'hi ha per a tant. Ja tenim una edat.

Ella no sentia que tingués cap edat. Tenia vint-i-vuit anys. Una edat per practicar el sexe fins que es trenqués el matalàs, fins que els músculs diguessin prou, fins que se li enrampés la vagina, edat de viure al llit, de batre rècords d'orgasmes per hora, de celebrar les vint-i-quatre hores del seixanta-nou, el dia sense calces, la jornada de cames obertes... De cop va tenir una precognició depriment de la seva vida futura. Es va veure com una dona gran, de setanta o més, que ja ni recorda quina forma fa un membre sexual masculí, o què se sent quan et grapegen una teta. Es va veure a ella mateixa mirant amb molta enveja les escenes eròtiques de les pel·lícules i preguntant-se com era, com es feia. Un dia aniria al bany i descobriria que ja no tenia vulva, que els llavis vaginals se li havien enganxat l'un a l'altre, i que ara el seu pubis era ras i llis com els de les nines de la seva infantesa. La Nancy, que tenia una vulva sense forat perquè també tenia un nòvio sense penis, el Lucas. El Fèlix i la Reina, la Nancy i el Lucas: les parelles perfectes sense sexe.

Li van venir moltes ganes de fugir. Ho va dir:

—Si això no canvia, m'hauré de buscar un amant.

El Fèlix li va llençar una llambregada de mig segon.

Mastegava alguna cosa. Mirava algun programa infecte de televisió. Va remugar:

—Ah.

Dinou anys més tard, a l'aeroport de Bucarest, la Reina encara es pregunta si no la va entendre, no la va creure, no la va sentir o, simplement, es pensava que cap home no mostraria ni una mica d'interès per anar-se'n al llit amb algú que fa més panxa que la Venus de Botticelli.

34

—Hola, sóc l'Arnau. Ara no m'hi puc posar. Dec ser a classe o a la biblioteca o al gimnàs o dormint o tinc un partit. Tu confia en mi i deixa'm el missatge. Però si veus que no et truco, torna'm a trucar. Ah, i cuida't. Adéu!

Tararí.

—Arnau, torno a ser jo, la mare de l'Albert. Perdona que insisteixi, però necessito molt parlar amb tu. Truca'm, sisplau. Petons!

35

Té uns quants missatges del Tom, sense llegir.

A les 19.54:

«Pensava que estaries volant, però al teu estat hi diu "en línia". Has tingut alguna dificultat amb el vol? A les notícies diuen que gairebé tots els aeroports d'aquesta part d'Europa estan tancats per la tempesta. Sabies que n'hi diuen "La Bèstia de l'Est"? Vaja un nom! Digue'm alguna cosa, estic preocupat».

A les 20.01:

«Et continuo veient en línia. A quina hora sortia el teu vol? Estàs bé?».

A les 20.02:

«Et trobo a faltar. Volia que ho sabessis».

A les 20.03:

«Sisplau, escriu-me quan puguis. Segueixo preocupat».

A les 20.07:

«Acaben de dir a la BBC que l'aeroport Henri Coandă està tancat i barrat. On ets, Reineta? Què fas? Per què no em contestes?».

«Per què no tornes i esperes aquí confortablement que passi la tempesta?»

Encara no ha acabat de llegir-los tots quan entra un altre missatge:

«Per fi! Hola, guapa».

L'amant estava amatent. L'imagina mirant tota l'estona la doble marca grisa, esperant que es torni blava.

«Què ha passat? Et truco?».

Pitja les icones il·luminades de la pantalla a la recerca de la manera que el Tom deixi de vigilar-la. Fins i tot aquest lligam tan feble li fa nosa. Ajustos, confirmació de lectura, informació de compte, privacitat... Se'n surt, però perd una bona estona. El Tom ja ha tingut temps d'enviar-li uns quants missatges més.

«Reina?».

«Toc, toc».

«No penses contestar-me?».

«Estic molt preocupat».

Els seus dits hàbils volen sobre el teclat il·luminat per escriure un missatge rabiós:

«No et vull veure més, Tom. Deixa de molestar-me».

Un cop l'ha enviat, mentre s'allarga el silenci d'ell, dolgut, sorprès, potser enfadat, ella afegeix, per caritat:

«Em sap molt greu».

36

Torna a obrir el navegador i recupera allò que estava llegint quan ha trucat la maleïda psiquiatra. Ha perdut el fil, busca una altra pàgina. «Indicadors de risc», es titula, i inclou una llista de conductes, conscients o inconscients, que poden revelar en qui les fa o diu intencions de llevar-se la vida. Les llegeix totes, buscant coincidències: escriure notes suïcides, parlar de la pròpia mort, canviar sobtadament d'estat d'ànim, acomiadar-se dels amics i familiars, tancar comptes a les xarxes socials, abandonar les amistats, distanciar-se de la família, provocar situacions de risc innecessàries, canviar d'hàbits alimentaris, regalar coses de valor, dir frases sentencioses, infringir la llei... La Reina llegeix i rellegeix la llista. Busca indicatius, alguna cosa que la posi sobre la pista correcta. No troba res, o el que troba li sembla massa feble. Potser aquella dieta per guanyar massa muscular... Potser haver perdut el costum de parlar amb ella... Potser aquell acudit tan ingenu sobre el llibre de matemàtiques que es vol matar perquè té massa problemes... Potser el curs d'especialista de cinema... S'adona que no té evidències, que totes les proves són massa primes. Es pregunta on és la normalitat, què vol dir, com s'analitza. També si algú en sap realment res, de les persones quan perden les ganes de viure. Es pregunta quines veritats absolutes contenen totes aquestes pàgines. Què en deuen saber, de tot plegat, els qui les han redactades, els qui les han deixades allà. Per què ha pensat que podien ajudar-la.

37

Són quarts de nou. El millor que siguin quarts de nou és saber que els de la multinacional ja no l'emprenyaran. Pertanyen a la part de la humanitat que s'atura entre que el sol es pon i torna a sortir. La meitat del món que quan descansa dóna una treva a l'altra meitat.

El pitjor que siguin les nou és que la matinada s'acosta. D'aquí a res serà a tocar, i serà desesperada. Ho sap bé perquè n'ha conegut d'altres, de matinades difícils, i totes li recorden sempre la mateixa, la primera, aquella de 1975, quan ella tenia només cinc anys. Com li passa a molta gent, el seu primer record és un fet traumàtic. La mort del pare. Aquell poble llunyà entre muntanyes, aquell capellà malcarat que les odiava. La mare i la tieta, plorant, arrambades a la paret de pedra d'aquella casa buida. La tieta dient: «Que no veus que és un disbarat, dona, això que vols fer? Que no ho veus?».

Tot tan llunyà i, en canvi, tan present. Un passat que mai no passa.

«La bateria s'està esgotant», amenaça un missatge que emergeix com un submarinista del fons d'una bassa. «Vol activar el mode de baix consum?».

Sí.

Estaria bé poder posar les emocions en mode de baix consum amb la mateixa facilitat que hi posem els telèfons. Tristesa, angoixa, culpabilitat, dolor, desesper, desconsol, tot en baix consum i tot el temps que calgui.

Mira sota la taula, al seu voltant. Ni un trist endoll.

Ja sap què li toca.

38

Quan veu el nom de l'Arnau a la pantalla, fa un bot.

—Arnau. Gràcies per trucar.

—Perdona, Reina. Era a la biblioteca. Tanquen a les vuit.

A Romania hi ha una hora més que a Barcelona. No hi havia caigut.

Li hauria de preguntar com li va el curs o com estan els pares, però dispara directament:

—Quant fa que no veus l'Albert?

—Ara fa bastant, per què?

—T'he de preguntar una cosa.

—Què hi ha?

—Tu coneixes la nòvia de l'Albert? Una noia que es diu Ester?

—Nòvia?

—Te n'ha parlat?

—L'Ester no és la nòvia de l'Albert. És una professora de l'escola de cinema. Aquesta dels saltimbanquis. —Deixa anar una rialla, però nota de seguida que la Reina no riu.

—No parlem de la mateixa Ester, crec.

—Doncs jo no en conec cap més. Ell parlava molt de la professora aquesta, que es veu que és una fora de sèrie. Tant li és cremar la gent com llençar-la daltabaix d'un edifici. És bona de debò. Es veu que abans de ser professora també era especialista, conductora de risc o alguna cosa així. Flipa molt, amb aquesta tia. No t'ho ha explicat?

No, esclar que no.

—Vull preguntar-te una altra cosa, Arnau, si no et fa res. Has notat alguna cosa estranya, darrerament, en l'actitud de l'Albert?

—Què vols dir, estranya?

—No ho sé. El que sigui. Alguna reacció que t'hagi sorprès, una actitud diferent, discussions...

—Va haver-hi allò de la seva estrena de teatre.

La Reina treu importància a un episodi que no creu que en tingués cap.

—A més d'això.

—Mira, ara que ho dius —salta l'amic—. La darrera nit que vam sortir junts. Ens vam trobar a The Drunk Duck, la taverna, la coneixes? El teu fill estava molt... com dir-ho? Molt solemne. Deia tot de collonades, com «Recorda sempre que per a mi has estat un bon amic», o «Conèixer un amic és un dels més bons regals que m'ha fet la vida», coses així. Semblava un personatge de *Joc de trons*. Ens vam cagar. L'Ona fins i tot li va preguntar si li passava alguna cosa. Va dir que havia begut massa. Dues cerveses. Era veritat.

»Però el pitjor va ser que quan marxàvem va voler regalar-me el seu rellotge. Va insistir molt. Estava molt pesat. Jo li deia que no el volia, però ell s'hi entestava, me l'intentava posar al canell. Al final va ser l'Ona qui li va dir: "Tio, que no, que el rellotge és teu, no veus que l'Arnau no el vol!". I se'n va anar tot dolgut, amb el rellotge a la mà. Li vaig escriure uns quants missatges de text, però no em va contestar. Pensava que era com quan vaig començar a sortir amb l'Ona, que s'havia enfadat i que ja li passaria. Per això no vaig insistir. Però sí que passa alguna cosa, oi?

Indicadors de risc dos, cinc i nou: dir frases sentencioses, abandonar els amics, regalar coses de valor. A la Reina li tremola la veu quan diu:

—L'Albert s'ha intentat suïcidar aquesta tarda.

—Hòstia, Reina. Què dius? —Merda, no ho hauria d'haver dit, merdamerdamerda, tant de bo poguéssim tirar enrere les paraules que ja s'han pronunciat, però no es pot, merda, no es pot—. Reina, has dit el que em penso que has dit?

—Oblida-ho, sisplau. No he dit res.

—Sí que ho has dit.

Ho ha dit. Merda. Ho ha dit.

—Em sap greu, rei. Se m'ha escapat. —Quina excusa tan maldestra, tan absurda, tan poc adulta. El pitjor és que no en té cap altra—. Ho sento molt, de debò. No t'hauria d'haver dit res. Sou tan joves i sembleu tan grans. Tots dos, l'Albert i tu. Perdona'm, sisplau.

L'Arnau no reacciona. Només repeteix:

—Hòstia.

—És que estic sola en un aeroport de Romania i només dono voltes a tot i penso i penso, que em rebentarà el cap de tant pensar, i passo de no trobar cap explicació a trobar-ne massa, i tot em sembla tan estrany, tan inversemblant, com una cosa que hagués passat a la Lluna, o que no m'hagués passat a mi, perquè tu ens coneixes, com és que ens ha passat a nosaltres, això? L'Albert és un noi normal, amb una vida normal, crec. Com tu. De fet, us assembleu en moltes coses i éreu tan amics. Va, sisplau, deixa que t'ho expliqui ell, no li diguis que t'ho he dit, si l'hi dius encara em farà menys confiança, m'ho promets, reiet? Sisplau, promet-me que no li diràs res, vull sentir-t'ho dir, va.

—T'ho prometo.

—Això mateix. I no t'espantis, reiet, que tot està bé. Vaja, crec que tot està bé, si més no, ell està tranquil, hi toca, tot i que ara nosaltres haurem d'aprendre a viure amb aquesta angoixa que no sé quant durarà. Anys, suposo. De debò que no et volia espantar. Només preguntar-te per l'Ester aquesta, perquè necessito entendre alguna cosa, de debò que és el que més necessito ara, entendre alguna cosa. —I en aquest moment la Reina comença a plorar, i tots els guiris del seu voltant l'observen amb gran sorpresa i fan cara d'espantats, com si estiguessin veient un fenomen estrany, però ningú no s'acosta a preguntar-li si es troba bé, *Are you ok?*, *Eşti bine?*, sinó que tothom se'n desentén i camina més de pressa o, com a molt, xiuxiuegen quatre paraules a algú, i tot seguit miren la taula, hi veuen només un got de cafè buit i gelat i fan cara de menyspreu, una de les set microexpressions facials universals, idèntica aquí o a la Xina, i segur que pensen: quines galtes estar-se aquí ocupant una taula sense sopar ni consumir res, tal com està l'aeroport avui. Hauria d'haver-hi unes normes que regulessin l'ocupació dels espais públics, per evitar abusos com aquest. I passen de llarg, perquè passar de llarg sempre és el més fàcil.

39

S'acosta una noia que somriu. En les actuals circumstàncies, una noia feliç és una amenaça. Fa estona que la veu, sense parar-hi gaire atenció. Papalloneja de taula en taula, parlant amb els clients avorrits d'esperar. És rossa, bonica, molt jove. Va vestida amb l'uniforme de la cadena d'hamburgueseries. Pantalons negres, samarreta de ratlles blaves, una gorra amb un logotip daurat al bell mig del front. Però el més inquietant és el seu somriure. La Reina no hi pot plantar cara. Avui no.

—*Bună seara!* —saluda la noia—. *Vorbiți româna?*

La Reina fa que no. No parla romanès, tot i que de tant sentir-lo n'identifica algunes paraules. Cada cop que visita Romania pensa que voldria aprendre a parlar-lo.

—*English?* —fa ara la noia somrient.

Sí, anglès sí. Continuen en anglès, doncs, quin alleujament. Ja té nassos que dues descendents de l'Imperi romà s'hagin d'entendre en una llengua germànica. No és lògic, però és així. Europa va deixar escapar una oportunitat d'or de fer del llatí la llengua franca dels seus ciutadans. Seria tan bonic que aquesta rosseta de vint anys, descendent de dacis, pogués preguntar-li a ella, descendent d'ibers:

—*Vobum vesperam! Tu loquerisne Latine?*

I ella pogués respondre, orgullosa:

—*Scilicet! Audivi te.*

En comptes d'això, s'entenen en la llengua dels bàrbars, que la noia de la Dàcia utilitza amb gran solvència, com si fos la seva pròpia:

—Demà és primer de març —li diu, ajupint-se una mica perquè la senti bé—, un dia molt i molt especial per als romanesos. Celebrem l'arribada de la primavera, tot i que aquest any s'ha de reconèixer que la meteorologia no ens ajuda gaire. L'u de març simbolitza el triomf de la llum sobre les tenebres, és a dir, del bé sobre el mal, i és tradicional regalar una mena de... —aquí la noia dàcia dubta quina paraula triar— pin, penjoll, agulla... Bé, se'n diu *mărţişor* i n'hi volia regalar un. Espero que encara no n'hi hagin regalat cap. Aquí el té.

Deixa sobre la taula una papallona daurada de la qual penja un cordonet de seda trenada, blanc i vermell.

—El blanc del cordonet —continua— simbolitza l'hivern; el vermell, la primavera. Cal posar-se'l a la solapa abans no es faci de dia i s'ha de portar tot demà i fins que els signes de la primavera es comencin a notar: la florida de les roses, la tornada de les orenetes o les cigonyes... Llavors es pot treure, però no es pot llençar, sinó que s'ha de penjar a la branca d'un arbre. Si fa tot això que li he dit, el *mărţişor* li portarà sort, esperança i calma.

—Ah, és com un amulet —fa ella, estudiant el petit objecte, que porta un imperdible pel darrere, i la cua de fils trenats.

—Podríem dir-li així —somriu la noia dàcia—. Un amulet que celebra l'amor per la vida i el reviscolament de la natura. Vol que l'hi posi?

—L'amor per la vida —repeteix la Reina, i ja ho té clar—: Posa-me'l, sisplau. Em penso que el necessito.

I la noia dàcia enganxa l'amulet en forma de papallona a la solapa de l'abric de la dona ibera.

En acabat fa un llacet amb el cordonet roig i blanc i es preocupa que quedi ben simètric, amb les dues cues igualades.

—Com es diu papallona en romanès? —pregunta la Reina.

—*Fluture.*

—Merci. —La Reina utilitza a posta una paraula que comparteixen.

El pas d'aquell imperi llunyà que ho va arrabassar tot a tanta gent, a elles els ha regalat dos milers de paraules comunes que no els serveixen per entendre's.

40

Necessita parlar amb el Sam. Sempre ha tingut el poder d'asserenar-la. Com en aquelles nits del final de l'embaràs de l'Albert que va passar amb ell. Es desvetllava de tant de rumiar i de tant mirar de trobar la postura, i ell la feia posar de costat, li acariciava l'esquena i li deia a l'orella: «No pensis en res. Relaxa't. No m'adormiré fins que tu no t'adormis».

Ara fa veu d'esgotat. L'Albert ja dorm, li diu. Ha estat amb ell fins que ha agafat el son, explica, com quan era petit. Han parlat molt. I d'aquí a una estona tornarà a fer com llavors, com quan s'aixecava de cop i anava a mirar el nen per assegurar-se que respirava. Com quan temia que li pogués passar qualsevol cosa.

—Com t'ho has fet per endur-te'l? El Fèlix està que s'enfila per les parets.

—No he fet res. Només informar-lo que el nen venia amb mi. Ell m'ha dit que això ho havia de triar el nen. Li he contestat que no, que ho estava triant jo, que era així, i que si no li agradava s'hi fotés fulles. Ha callat, m'ha mirat d'aquella manera que representa que hauria de fer por i ha cedit, com sempre. Ja saps com és. Només treu pit davant l'Albert.

—I davant meu quan em culpa de tot.

—Perquè no em deixes parar-li els peus.

—No val la pena. Em penso que n'hi passa alguna amb l'Assumpta. Espero que no se la deixi perdre. Seria una llàstima.

—Sí.

Parlen de coses pràctiques. Demà l'Albert anirà a l'institut? Potser hi hauria d'anar, li han dit que faci vida normal. Però el Sam anirà a buscar-lo, perquè no hagi d'agafar el tren. La Reina el posa al corrent de les gestions i les investigacions: el cap d'estudis, l'eminència, la Muriel, l'Arnau. Li diu que continuarà buscant un psicòleg. Algú de confiança, que els pugui ajudar. Ah, se n'oblidava! L'informe de la psiquiatra. Pot entrar en el seu ordinador i enviar-lo per correu electrònic al cap d'estudis? L'adreça està memoritzada en el seu correu. Li diu dues vegades que no se n'oblidi, sobretot. Recorda la seva contrasenya de seguretat? El Sam no la recorda, creu que mai no l'ha sabut. Doncs apunta-la, fa ella. El Sam diu que demà quan porti l'Albert al centre demanarà de parlar personalment amb el director o amb qui calgui. Així potser es tranquil·litzaran i veuran que no cal espantar-se tant. Si no li sembla malament, esclar, afegeix. A la Reina res del que faci el Sam li sembla malament. Se'n refia del tot.

—Prepara't perquè no et creguin o no vulguin confiar en tu —diu la Reina—. Ara serem els pares del noi que va intentar saltar al...

—Ai, Reineta, Reineta. Saps que no m'importa gens, el que pensin? Hem de tirar endavant, sí o no?

—Sí.

—Doncs som-hi. Ens en sortirem. Deixa de donar-hi voltes. M'ho promets?

—Et prometo que ho intentaré.

—T'he dit algun cop que ets qui més m'estimo del món?

—Algun cop.

—Per si de cas no t'havia quedat clar.

41

Ai, Reineta, Reineta.

La Reina i el Sam es van trobar una mica a la desesperada. Ella casada amb el Fèlix es considerava la dona més abandonada del món i buscava sexe urgent amb qualsevol. Ell era l'home més desencisat del món i buscava el que fos amb qui fos. A cap dels dos no li havia anat gens bé en les seves relacions, i estaven a un pas de convertir-se en dues persones resignades a una vida en parella que mai no els faria feliços. Tots dos estaven assajant les vies d'escapament que necessitaria la seva vida futura, si es quedaven allà on eren. Per això, quan cada un dels dos va aparèixer en el camí de l'altre, va aprofitar l'oportunitat per si de cas era l'última. Ella, però, va deixar clar de seguida que estava casada i que, per tant, res del que passés allà seria durador. Com a molt un any, li va dir, perquè era el temps d'esbarjo i felicitat que s'havia concedit. No volia pas enganyar-lo: si el tracte no era del seu gust era millor que marxés abans d'acceptar-lo. Ell se la va mirar llargament i va fer:

—Ai, Reineta, Reineta... de debò penses que hi ha algun tracte amb tu que podria no ser del meu gust?

Menjaven fingers de formatge amb salsa de melmelada de maduixa. Ell els sucava i els atansava a ella primer, perquè clavés la primera queixalada. S'acabaven de conèixer, just aquell mateix matí, i ja havien compartit tres hores de sexe esgotador en una habitació que es llogava per hores. Ella el trobava sexi però massa prim. Ell la trobava guapa però amb mal gust per vestir. La conversa va ser més fàcil del que cap dels dos no s'esperava. Van parlar de tot. De llibres, de feina, de parelles, de viatges, de música. Ell la mirava amb uns ulls esbatanats que mai més s'esborrarien de la seva memòria. Ella només volia no enamorar-se.

Quan els fingers de formatge s'estaven acabant, ell li va preguntar:

—I d'on ve el teu nom? Reina. No és gens comú.

—No t'ho puc explicar en la primera cita.

—Per què no?

—És massa íntim. T'ho explicaré algun dia, quan et tingui confiança.

—M'estimo més que no m'ho expliquis mai, llavors —va fer.

—I això?

—Si tenim alguna cosa pendent et podré veure ni que sigui un cop més.

Van ser tan bojos de no fer servir preservatiu. La Reina estava convençuda que el seu cos era inútil, que mai no podria tenir fills. Ell es va deixar portar per una passió nova. Cap dels dos no havia sigut mai tan irresponsable però a tots dos els era igual. Haver-se lligat un boig o una boja també tenia la seva gràcia.

La primera vegada que el Sam li va dir t'estimo ella no va contestar. Li va fer por adonar-se que el corresponia. I que tot s'estava embolicant massa. Que el joc amb data de caducitat que ella havia inventat la podia destruir si no l'aturava a temps. En aquell moment, encara estava disposada a aturar-lo. Però després de gaudir-ne una mica més. Com el pres que allarga al màxim un permís de cap de setmana abans de tornar a la seva cel·la.

—T'he dit algun cop que ets qui més m'estimo del món?

Sí, el Sam l'hi ha dit milers de vegades, però ella no se'n cansa ni se'n cansarà mai. És una pregunta com un mantra, té el poder d'allunyar-la de totes les cabòries.

També aquesta nit?

La Reina s'adona de sobte que fa estona que a l'altra banda de la conversa només hi ha silenci. Des de fa quanta estona? S'ha distret. S'ha deixat dur pels pensaments. Mira la pantalla del telèfon. Negre i sense vida. La bateria s'ha acabat, com la conversa, sobtadament. Ara li tocarà marxar d'aquí i buscar un endoll. No pot permetre's quedar-se incomunicada. Quan deixa la taula, se sent com un conqueridor que ha de cedir a l'enemic el seu bé més preuat. De seguida ocupen el lloc un grup de tres amigues granades que s'afanyen a demanar un banquet de calories fregides per sopar.

42

El nom va ser una herència del seu pare. Potser l'única de la qual pot estar plenament orgullosa.

L'àvia, que era una dona d'aquelles que triguen a oblidar-se, ja s'ho deia. Els veïns l'anomenaven «la Reina del carrer Verdi», que era on tenien el colmado, una altra herència familiar, a la cantonada amb el carrer del Robí. Allà la Reina, la primera, venia cafè, galetes, xocolata, llegums, fideus, oli i vi a una clientela fixa de qui coneixia el nom, els secrets i les manies, perquè en això també consistia el negoci, a escoltar tothom i no dir res a ningú. Ella es considerava com un confessor, però amb davantal.

L'àvia Reina va quedar vídua als trenta-sis anys, quan encara no havia esclatat la guerra. El seu mort va ser primer, solia dir, molt poc abans que a cada casa hi hagués morts i desapareguts i desgràcies encara més grosses que la seva. Tenia un fill, el Josep, a qui volia fer estudiar, i mig ho va aconseguir. El noi va fer tres o quatre cursos a l'Institut Maragall, fins que va començar la fúria revolucionària i els saquejos, i les cremes de convents, i els assassinats de capellans, i l'eufòria dels pobres, i la por dels rics, i tot d'un plegat les pessetes no valien res, i les escoles eren sempre tancades per por dels atacs dels avions italians, que sortien de Mallorca de cinc en cinc, entraven per l'Hospitalet, volaven per sobre la Gran Via llençant totes les bombes que portaven, sortien per Badalona, i de tornada a ses Illes, i això cada tres hores en punt, durant dies i dies. I la gent mentrestant es moria de fam i de misèria i de vegades els avions no llençaven bombes sinó papers on es veia un pa blanc preciós i unes lletres que hi deien: *Este es el pan que se come todos los días en la España de Franco.*

Quan les tropes de Franco van entrar per la Diagonal i el fill va haver tornat a casa, l'àvia Reina va decidir que ja ho tenia tot fet. Com que el Josep era fill de vídua, l'exèrcit el va dispensar de marxar una altra vegada. Va quedar-se amb ella però, sobretot, amb el negoci. La Reina del carrer Verdi va esdevenir com una reina mare, retirada i orgullosa, lenta, vigilant, sempre a l'aguait de les necessitats del fill, que li havia agafat el relleu rere el taulell de la botiga.

Durant els primers temps de la gana, el racionament i l'estraperlo, l'àvia Reina va ser de molta ajuda. Ella coneixia tothom. Sabia a qui demanar que li portés olives, o carn, o plàtans de debò, i també sabia a qui vendre cada cosa. De tant en tant tastaven el pa blanc, gràcies als favors que li devien uns o altres. N'havia fet molts, ella, de favors, des de darrere del taulell de fusta de la botiga, durant els anys terribles. S'hauria pogut fer rica, deia sempre, hauria pogut acceptar joies a canvi de llaunes de sardines, però mai no va voler caure tan baix. Als millors clients «els ho apuntava». L'hi apunto?, preguntava, amb un somriure, com si no passés res, com si encara fóssim al 1933, i les clientes alleujades deien:

—Sí, senyora Reina, sí, però no sé pas quan l'hi podré pagar, tot això.

—D'acord, dona, no s'amoïni. Ja ho trobarem, hi ha més dies que llonganisses.

Amb els qui no coneixia de tant en tant admetia alguna permuta. Li portaven coberts de plata o gerros de fina porcellana anglesa.

—No té llençols o tovalloles? —preguntava ella—. Jo m'estimo més coses útils, sap?

S'hauria pogut fer rica, en aquell temps, si hagués volgut. Però no ho va voler.

—No es pot ser rica i bona gent al mateix temps —deia—. A mi m'agrada que m'estimin pel que sóc i no pel que tinc.

Aquell colmado va ser durant generacions l'eix al voltant del qual va dansar la vida de tota la família. Una família petita, de fills únics, de vídues joves, de pares absents i de gent que sempre va treballar molt per tirar endavant. Tant, que de vegades se'ls oblidava què hi havia més enllà de la porta de la botiga, i com es feia per viure. El seu pare, Josep Gené, hauria estat d'aquests si no arriba a ser per la intervenció de l'àvia Reina, amb una mica de col·laboració de mossèn Jaume, el confessor. Tot va venir perquè el mossèn, que coneixia la seva clientela com l'àvia Reina la seva, li va parlar d'una bona noia, filla d'andalusos, que acabava de quedar òrfena de pare i mare. Es deia Cristina, i amb prou feines tenia tretze anys. Dormia a la parròquia, amb els expòsits, i tenia una germana que treballava a la fàbrica i que a les nits es cuidava d'ella amb molta traça. Totes dues eren tot el que l'altra tenia al món. La Cristina, li va dir, tenia gràcia i era eixerida com un pèsol. Només necessitava una mica de sort a la vida. Per això havia pensat que potser el seu fill podia fer una bona obra i agafar-la d'aprenenta. Estava segur que la noia l'hi sabria agrair.

Dit i fet. La Cristina, que parlava un castellà amb cantarella tot ple de paraules curioses, va enamorar les clientes de tota la vida i va ser la sort del Josep Gené i el seu negoci. Va començar a treballar al colmado aquella mateixa setmana. Mossèn Jaume tenia raó. Era llesta, agraïda i respectuosa, i tenia un talent natural per tractar la gent que en aquella casa feia molta falta, perquè des que havia tornat de la guerra el Josep s'havia tornat mújol i silenciós com si a totes hores tingués el cor oprimit. Per això l'àvia Reina li va dir que ell es quedés a la caixa, que per cobrar no compta si fas una mica de cara de divendres, però que per als clients deixés que hi estigués la Cristina.

—Mai no havia vist la gent marxar tan contenta amb una unça de cigrons —va afegir.

Sis o set anys més tard, quan la Cristina s'havia convertit en una dona maca, morenassa, de pell blanca i mans fines, que parlava un català musical i encomanadís, ple d'expressions de la seva terra i escàs d'algunes consonants, l'àvia Reina la va cridar a la seva habitació i li va demanar que agafés una cadira i segués allà amb ella, a l'espona del llit, ben a la vora, que la sentís bé perquè li havia de dir una cosa molt important.

Llavors li va dir que el seu fill Josep era un desastre, però que era bona persona i també era un partit, sobretot ara que havia arribat la bonança i la botiga anava més bé que mai. El Josep, va continuar, ja tenia quaranta-set anys, i ella no volia marxar d'aquest món sense saber que el deixava ben col·locat i sense endur-se a l'altra banda la satisfacció de conèixer un hereu que pogués continuar amb el negoci. Aquell negoci havia passat de pares a fills durant quatre generacions i no estava bé que ara se'l deixessin perdre sense fer res, total, perquè el fill era un badoc que no sortia de darrere el taulell. Així que ja ho tenia decidit —i comptava també amb l'aprovació de mossèn Jaume—: ella i el Josep es casarien la propera primavera.

Ni tan sols li va preguntar què li semblava. Igualment, a la Cristina li semblava bé. Més que bé. El Josep li agradava, tot i que el trobava un mica gran, i donya Reina encara li agradava més. Sense ella vés a saber on seria, ara. Servint a quina casa, o morint-se de fam a quin hospici. Així que tot va quedar arreglat i la noia se'n va tornar a la botiga, on una clienta s'esperava perquè li posés una paperina de fideus de cabell d'àngel.

Es van casar als Josepets el dia de la Mare de Déu de Montserrat de 1967. De viatge de noces no en van fer perquè no podien pas tancar la botiga, amb l'àvia malalta i tantes comandes pendents.

Amb la Cristina com a capitana del negoci, el Josep Gené va poder permetre's ampliar l'oferta. Va ser el primer de vendre olives: sevillanes, extremenyes, mortes, arbequines, del cuquillo... i per la festa major, farcides d'anxova. Ells mateixos les farcien a la rebotiga, que la Cristina va convertir en obrador. La maquinària era molt rudimentària i el procés volia paciència, però se'n treien bons guanys. També van començar a vendre formatges que al barri no s'havien vist mai: de Gruyère, de València, de Maó... tot un descobriment per a una clientela que només coneixia el manxego i el de bola. Van tenir tant d'èxit que van haver d'obrir un taulell especial per als formatges i les mantegues. I tot seguit, contractar un comptable per hores que els portés la paperassa, la dels formatges i l'altra.

La Reina es passava tot el sant dia asseguda darrere els finestrals del menjador, veient la gent passar pel carrer Verdi i espiant les clientes que entraven i sortien del colmado. De tant en tant, si es trobava fluixa, no es llevava en tot el dia. Pensava que ja havia treballat prou. I esperava una notícia que no acabava d'arribar.

L'embaràs va trigar perquè el Josep no era de grans concupiscències i li costava trobar el moment. I més amb l'horari de la botiga, que no deixava temps per a res. Finalment, a finals del 69 van donar a l'àvia l'alegria que tindria un nét.

—Ja em pensava que era més fàcil veure un senyor passejant tan tranquil per la Lluna que conèixer un fill del meu fill —va dir, en saber-ho. I va afegir, solemne—: Ara ja em podré morir tranquil·la.

—Hem pensat que si és nen li *pondrem* Josep —va dir la Cristina—. I si és nena, es *tindria que* dir Reina.

A la Reina del carrer Verdi se li van humitejar els ulls de l'agraïment. Quin encert que havia estat posar-se a casa aquella noia.

El nen va néixer al maig de 1970 i va ser nena. L'àvia Reina feia tres mesos que era morta.

II

La nit més fosca

43

Els aeroports són una transició. Els éssers vius necessitem transicions. Allunyar-nos de mica en mica del que deixem enrere, acostar-nos a poc a poc al que ens espera. La fredor dels aeroports, les llargues distàncies, el temps mort i fins i tot l'avorriment, tot és part d'una litúrgia imprescindible.

La Reina aprofita ara que s'ha de moure per fer tot allò que necessita ja fa estona. Va al bany. Fa pipí, es renta la cara, es pentina amb els dits. Fa una fesomia de tristor que l'entristeix encara més. Compra una bossa de patates i se les menja recolzada a la paret, contemplant la gent apilonada per tots els racons. A tot arreu hi ha massa gent, tot està col·lapsat. Hi ha joves amb guitarres que canten *Guantanamera, guajira guantanamera*..., vells que renyen la parenta, homes amb vestit i corbata cridant per telèfon en diversos idiomes, i molta gent pacífica i avorrida ocupada a passar l'estona com pot: observar, llegir, dormir... En el seu camí a la recerca d'un endoll —no és fàcil, perquè hi ha pocs endolls i molts aparells que necessiten endollar-se— fa parada en dues pantalles. La que informa dels vols, on el de Barcelona és només una mentida, amb una hora prevista que ha passat fa estona i un avís vermell que només diu el que ja se sap: *Delayed*. No són bones notícies, d'acord, però ja no sent aquella ràbia viva de fa unes hores, aquell ofec al pit. Deu ser l'aeroport, que l'esmorteeix, que l'apaivaga. Potser és el disseny, o la llum, o la sonoritat com de peixera, o els senyals acústics que precedeixen els avisos, o potser els avisos mateix oculten un codi secret que narcotitza la gent. Diuen *Please do not leave your luggage unattended* una vegada i una altra com si fos alguna cosa important que cal tenir en compte i en realitat és un encanteri per tornar la gent mansa i governable. La Reina de sobte se sent més mansa que mai. I malaurada.

La segona pantalla on s'atura és la de les notícies. No té volum, però durant una estona observa els protagonistes de l'actualitat del dia, els veu gesticular sense paraules, s'hi fixa bé. El que la gent diu ens distreu del que realment és important, els gestos. Més de la meitat del que volem dir no ho expressem amb paraules. Silvio Berlusconi, Donald Trump, Theresa May, Carles Puigdemont, Donald Tusk, Nicolás Maduro, Valentino Rossi... si es presentessin a un dels seus processos de selecció, els eliminaria a tots. Necessiten un assessor per aprendre a gesticular, a no delatar-se, a mentir amb eficàcia. La sinceritat absoluta és insofrible. Fins i tot en aquells que no ens importen gaire.

En acabat apareix la noia del temps ballant davant el mapa d'Europa sobre el qual avança —direcció sud-oest— la taca blau de Prússia de la tempesta. El mapa de símbols està atapeït de núvols dels quals pengen llamps vermells. El panorama no és gaire esperançador. Val més que busqui l'endoll. I que es compri una ampolla d'aigua. Les patates li han fet venir set.

44

Quan va anar a comprar el test d'embaràs, el farmacèutic, un senyor calb i gros que la coneixia de feia anys, va arrufar els llavis amb disgust. No li va dir res, però no calia. La Reina encara no era l'experta que és avui, però ja sabia bé què significava, aquell gest: compassió, malestar, desacord lleuger. Traduït en paraules hauria pogut ser: «Pobreta, ja hi tornes?». O potser: «Encara no te'n canses?». O: «Em sap greu que et facis il·lusions per res». N'havia comprat tants que ja ni tan sols li parlava de les marques disponibles, quines sortien més econòmiques ni per quina raó. Sabia quina volia, l'hi donava i prou. En sortir de la farmàcia, la Reina va pensar que el proper el compraria en una altra banda, on no la coneguessin, on no li tinguessin llàstima. Ho veia? Fins i tot ella estava convençuda que el test sortiria negatiu.

Havia triat aquell vespre per comprar-lo perquè el Fèlix estava de viatge de feina. No volia testimonis. Va deixar la capsa sobre el microones, es va fer el sopar i se'l va menjar dreta, recolzada a l'aigüera, en silenci, mirant la prova amb respecte. Com sempre, va dubtar: me la faig ara o espero a demà? A les instruccions hi posa que és millor fer-ho amb l'orina de primera hora del matí, perquè té més concentració d'hormones, però que de fet es pot fer a qualsevol hora del dia. Si surt positiu és un sí com una casa, però si surt negatiu potser és un problema de detecció, i es recomana repetir el test passats uns dies.

El va deixar per al matí perquè sabia què passaria. Sortiria negatiu i estaria tota la nit neguitosa, pensant que potser havia estat culpa seva, per no fer-ho en una altra hora, i l'endemà al matí correria de nou a la farmàcia perquè el senyor calb n'hi vengués un altre amb una altra ganyota insuportable de commiseració.

Va decidir llegir una estona al llit, fins que li vingués la son, però estava tan encaboriada que la son no arribava i a més no s'assabentava gens del que deia el llibre, i això que l'autor era dels seus preferits. La seva vida feia massa soroll, en aquells moments, no la deixava sentir res, i encara menys el xiuxiueig sempre discret de la ficció. Era una llàstima, perquè sense ficció la vida s'estreny massa. Va apagar el llum, mig enutjada perquè no era capaç de mantenir el control, ja ni llegir, podia, i enmig de la foscor va continuar donant voltes a tot. Va encendre la ràdio, a veure si les notícies la distreien, però encara va ser pitjor, perquè tot d'una va adonar-se que no sabia què deien tot i que havia apujat el volum i que tenia l'aparell a la tauleta de nit, a un pam de l'orella. Es va llevar, eren quarts de quatre. Va prendre's un got de llet. Va bullir arròs per omplir un tàper. «Tu mira de tenir sempre un tàper ple d'arròs a la nevera», li havia dit sempre la seva mare. Per això quan s'avorria bullia arròs i omplia tàpers. Ara era gairebé un gest de supervivència. Després va seure al sofà del menjador, amb el test d'embaràs a la falda i la mirada fixa en el rellotge. Esperava que fossin les cinc.

Les cinc és aquest tombant màgic en què l'hora deixa de ser golfa i es torna matinera. Desapareix el dramatisme de les deshores i arriba l'alegria del món per encetar i la il·lusió que el temps donarà per a tot.

Així que les xifres vermelles i cantelludes van haver canviat en la pantalla digital, va obrir la capsa del test, va preparar el bastonet sobre el qual havia de fer pipí i va anar cap al bany caminant a poc a poc i amb el cor disparat. Va seguir el ritual de sempre. Orina. Tapa. Va deixar el test sobre el lavabo de cap per avall i amb la capsa a sobre, per no haver d'estar mirant si surt o no surt, per no endur-se el disgust a càmera lenta. Calia esperar cinc minuts, deien les instruccions. Va aprofitar per fer-se una dutxa i mirar de calmar-se una mica, però no. Fes el que fes, aquell seria un mal dia. Ho sabia per experiència.

Embolicada amb el llençol de bany, amb una altra tovallola al cap en forma de turbant, va treure la capsa del damunt del test i va girar-lo molt a poc a poc per veure el resultat. El primer que va pensar: «Segur que estava caducat». El segon: «L'he de repetir». Va asseure's al vàter, tot buscant la data de caducitat a la capsa del producte. Tot estava bé. No caducava fins uns quants mesos més tard. Va tornar-se a mirar la prova. Hi havia una ratlleta de color rosa fort, tirant a fúcsia i, al costat, una altra de rosa fluix. A les instruccions hi deia: «Si apareixen dues ratlletes de color rosa (la intensitat varia segons la concentració d'hormona), el test d'embaràs és positiu». S'ho va llegir unes quantes vegades. Positiu. Allà ho deia clar. Positiu. Embarassada. Ho deien les instruccions i ho deia la ratlleta més fluixa. Qui més ho havia de dir perquè s'ho cregués d'una vegada?

El farmacèutic. Va esperar que fossin les nou i va baixar a la farmàcia. No va dir res. Només va deixar sobre el taulell la doble ratlleta rosa —que amb el pas de les hores s'havia enfosquit—, just davant la mirada del senyor calb. Va reconèixer el seu gest: alegria. Va somriure de debò, amb els músculs adequats, i va aclucar els ulls amb sinceritat. Li va encaixar la mà i la va retenir un moment, mentre li deia:

—Enhorabona. Ho has aconseguit. Ja ho sap, el pare?

—No encara —va somriure—. És que a cabuda no em guanya ningú.

De la farmàcia va anar cap a casa la seva mare. Ja feia anys que s'havien traspassat el negoci, i el colmado ara era un restaurant japonès, però havien conservat el pis de dalt i la Cristina es mirava la gent que passava pel carrer com abans ho havia fet la seva sogra, la Reina del carrer Verdi, asseguda darrere els vidres. La va veure de lluny, va aixecar-se a poc a poc per obrir-li la porta i quan la va tenir al replà li va etzibar amb murrieria:

—Amb aquesta cara que fas, o has deixat el teu marit o estàs embarassada.

La Reina no va poder evitar pensar si no podrien ser totes dues coses.

Però va dir:

—Jo vull que sigui un noi.

45

La Reina camina amunt i avall per la terminal buscant un endoll lliure. Entra a les cafeteries, als restaurants, i en revisa totes les parets, mira sota les taules, entre els peus dels clients. Tot està ocupat. Els passadissos, les zones d'espera, fins i tot els banys. S'acosta de nou al taulell d'informació i pregunta si per casualitat en alguna banda hi ha una d'aquelles consignes pensades per carregar mòbils amb seguretat i de franc. No seria tan estrany, pensa, ella mateixa n'ha fet servir en alguns aeroports del món, com el de Singapur. La senyora rere el taulell no sap de què li parla. Singapur és lluny d'aquí.

—No, no, aquí encara no ha arribat, això.

Té alguna possibilitat, que ella pugui recomanar-li, de carregar el mòbil? Necessita estar en contacte amb casa seva, el seu fill ha tingut un problema greu i... La senyora —per què les trien tan grans?— la interromp per recomanar-li la sala vip, el *business lounge*, com es diu ara. Potser també la troba molt plena, perquè avui estan col·lapsats, però segur que no ho estarà tant com els passadissos de la terminal. És fàcil, justament aquí al costat hi té la sala de Tarom. Ella ho provaria, assegura. Què hi té a perdre?

—Però el meu bitllet no és de classe business —diu la Reina.

—Tant és. Hi pot entrar pagant.

—Pagant quant?

—Quaranta-cinc euros.

A la Reina li sembla un preu d'oferta. S'afanya a arribar-hi. Més enllà de la porta vuit, li han dit.

A la porta hi troba una hostessa amb cara de pomes agres que li pregunta on va.

—Voldria pagar per tenir accés a la sala vip —fa ella.

—Em deixa veure el seu bitllet? —La Reina l'hi ensenya—. Ho sento, però amb aquest bitllet no hi té inclòs l'ús de la sala vip, senyora. Em sap greu.

Un bitllet de mil tres-cents euros no li dóna dret a entrar en una sala? Les companyies aèries tracten la gent com si els drets humans encara estiguessin per redactar.

—Precisament per això vull pagar.

—Perfecte, però aquí no li podem cobrar res. Ha d'anar a les nostres finestretes de la planta baixa. Si s'afanya hi arribarà abans que tanquin.

La Reina pregunta si pot deixar allà la maleta per anar més ràpid.

—Em sap greu però aquí no podem guardar res —fa l'hostessa, antipàtica.

La Reina s'afanya, tal com li han dit que faci. Passadissos i revolts i botigues *duty free* i escales mecàniques, tot ple de gom a gom de gent com ella. Gent que vol marxar i no pot.

Ara els nois de les guitarres canten *Es la historia de un amor como no hay otro igual...* i ella sent que alguna cosa se li remou per dintre amb aquestes paraules i aquesta melodia, però continua endavant, caminant cap al seu objectiu. Va bé tenir un objectiu, si més no per deixar de rumiar.

Arriba pels pèls a les finestretes de la companyia romanesa. Hi ha una cua d'unes vint persones. Gent que reclama el retorn dels seus diners, o el canvi del bitllet perdut per un altre. Hi ha una senyora que plora perquè volia passar dos dies amb el seu fill, que viu a Itàlia, i ara ja no hi podrà anar fins a l'estiu. Només hi ha una noia rere el vidre. Fa com si no sentís les queixes, els renecs i fins i tot els insults de la gent. La Reina s'espera, amb paciència, que li toqui. Quan per fi és el seu torn li explica en anglès a la noia —que fa cara d'esgotada, com tothom allà— el que necessita. Ella li demana de nou el bitllet. El revisa. La seva manca d'expressió li fa témer el pitjor. Però quan ja començava a explicar que el seu fill ha tingut un problema i que ella necessita estar-hi en contacte com sigui i que és per això que vol entrar a..., la noia pregunta:

—Pagarà amb targeta o en efectiu?

Un cop resolt el problema, i amb el passi vip a la mà, descobreix que ha de travessar de nou el control de seguretat per accedir a les zones d'embarcament. Això vol dir tornar a treure de la maleta els líquids, l'ordinador, la tauleta, descalçar-se de nou, llevar-se el penjoll i el cinturó i fer un altre cop la cua denigrant, en mitjons i tot traginant les seves coses com si acabés d'arribar a un camp de presoners. Entén que és el preu que ha de pagar per viure en un món governat per la por, però entendre el procés no el fa més passador.

Per acabar-ho d'adobar se li ha enganxat la cançoneta dels cantaires joves i ara no pot treure's del cap la melodia ni la lletra. *Es la historia de un amor como no hay otro igual que me hizo comprender todo el bien y todo el mal que le dio luz a mi vida apagándola después*... Li arriba amb la veu de la seva mare, que sempre l'ha cantada. Mai no li havia semblat tan terrible ni tampoc tan bonica com avui, perquè mai no se l'havia escoltada prou, perquè mai no havia tingut temps per parar-hi atenció.

Quan per fi arriba a l'altre costat, després que una policia amb cara de gos l'escorcolli i un altre li faci treure totes les cremes de mida viatge de la bossa de plàstic transparent homologada, ha passat més d'una hora i mitja. Una hora i mitja per aconseguir un passi vip que li ha costat diners. Puja de nou al segon pis, passa de nou davant les botigues lliures d'impostos que comença a saber-se de memòria, troba encara més plens que abans els passadissos i els restaurants i veu que els nois i noies de les guitarres s'han adormit, dolços, els uns sobre les espatlles dels altres, en una imatge de la perfecta companyonia.

Arriba de nou davant l'hostessa antipàtica i li posa pels nassos el passi vip acabat de comprar.

—*Welcome, madam* —somriu ara, mansa com un anyell—. Sisplau, faci el favor de registrar-se en aquell taulell. Només li demanaran el nom i el número de passaport.

I la Reina entra al *business lounge* orgullosa i disposada a aprofitar-se de tot el que allà hi hagi —endolls, connexió a internet, ordinadors, butaques, menjar i beure—, ben bé com ho devia estar l'emperador Trajà quan després de travessar el Danubi i els Alps de Transsilvània va entrar victoriós en el poble que acabava de guanyar al rei dels dacis, a qui els seus anomenaven «el Brau».

46

La Cristina cantava. Mentre rentava els plats, mentre remenava el sofregit, mentre col·locava llaunes als prestatges de la botiga, mentre la pentinava cada matí, mentre dissolia dos terrossos de sucre dins el cafè i es quedava amb els ulls clavats al remolí que havia provocat dins la tassa... Aquelles cançons tristes, de lletres enrevessades i sovint incomprensibles havien estat el fil musical de la vida de la seva mare. I d'un temps ençà, l'única cosa que en quedava.

De mica en mica la memòria de la Cristina s'havia anat esbiaixant, alleugerint, com si llencés llast. Al començament es deixava les aixetes obertes o es descuidava de prendre's les pastilles. Tot d'una s'aturava al mig del carrer i no recordava on vivia ni com tornar a casa. Una mica més tard es mirava la Reina de fit a fit i li preguntava: Tu et vas casar, nena? O bé: Ja ha tornat ton pare? O bé: Oi que tu tenies un germà? I al mateix temps que l'oblit les tornava dues estranyes, d'algun lloc brollaven aquelles lletres tan difícils que cantava sense cometre ni un error. *Sus ojos se cerraron y el mundo sigue andando. Volver con la frente marchita las nieves del tiempo. Por el camino verde camino verde que va a la ermita. Desde que se fue triste vivo yo seguiré sus pasos yo también me voy.*

Ja fa mesos que la Cristina no la reconeix. L'última vegada li va dir de vostè.

—Es troba bé? Li agraden els boleros? —li va preguntar.

—Molt.

—Ai, a mi també —i la Cristina va començar a cantar, amb bona veu i bona entonació, com havia fet sempre—. *Es la historia de un amor como no hay otro igual que me hizo conocer todo el bien todo el mal que le dio luz a mi vida…*

47

Dins el *business lounge* també hi ha més gent del compte, però és un paradís comparat amb el que passa allà fora, a les sales d'espera. Aquí hi ha sofàs i butaques, i una mena de bancades de respatller molt alt que deixen tot l'espai dividit en petites illes de pau, just el que ella necessita, un espai on relaxar-se. A més, a tot arreu hi ha unes rengleres d'endolls sense ocupar que li fa alegria veure. Al fons de la sala, una barra amb refrescos, cafès i tes, plàteres de coses per menjar i una nevera que haurà d'investigar així que pugui. El primer de tot, però, és resoldre el problema principal. S'installa en un sofà, en un racó no tan transitat, on també hi ha una taula i una pila de revistes, i endolla l'aparell. Espera que la pantalla doni senyals de vida, i quan ho fa, quan enmig del mirall negre i fosc apareix la bateria transparent que es carrega, se li dispara el cor com si també l'hagués posat a carregar.

Ara té cinc minuts per avituallar-se, pensa. Agafa provisions dolces i salades i una ampolla d'aigua. Retorna amb tot, es deixa caure al sofà, esgotada, i exhala un sospir d'alleujament. Ha valgut la pena, pensa, quina diferència. Als aeroports hi hauria d'haver sales *business* per a tothom. Però de seguida s'ho treu del cap: millor no, perquè si n'hi hagués per a tothom, ara ella no podria endollar el mòbil.

Fa una queixalada a una magdalena amb panses i mastega tres cacauets torrats. Potser hauria de treballar una mica. Acabar els informes que té a mig fer, revisar les gravacions de les entrevistes, buscant coses que li hagin passat per alt. Treu les eines necessàries: els dos aparells que no se separen mai d'ella, com si fossin extensions dels seus braços i del seu cervell: la tauleta i el portàtil. Els deixa sobre la taula. Pensa que els engegarà ara, d'aquí a un moment, d'aquí a una estona, quan s'hi vegi amb cor. Té prioritats. Es neteja les mans amb un tovalló de paper i torna al seu mòbil. És conscient que durant les dues últimes hores ha desconnectat del problema, i li ha anat molt bé. Se sent amb més forces que abans. Però també sap que ara s'hi haurà d'enfrontar així que el dispositiu l'hi permeti.

El que no esperava és l'allau d'avisos que apareixen així que la bateria recupera l'alè. Trucades perdudes, missatges de text, correus electrònics, avisos de la bústia de veu, cadascun anunciat per un senyal acústic que trepitja l'anterior i és trepitjat pel següent. No n'hi ha cap del Samuel, l'únic que esperava trobar, l'únic que li interessa. Quan els senyals acústics callen, truca a casa. Necessita saber si encara va tot bé. En les dues hores que ha estat desconnectada li sembla que podria haver-se produït un cataclisme.

El Sam contesta de seguida, parlant en veu baixa.

—Estic amb l'Albert. Espera, que surto al passadís.

—Estàs amb ell? A la seva habitació?

—Sí.

—Està bé?

—Dorm com un nen petit.

—I tu?

—Tant és, això. L'important és ell.

—Per què no te'n vas al nostre llit?

—Ui, no. No podria. Ja estic bé aquí. El vigilo. Ara em dutxaré.

La Reina nota les tones de patiment que traspua la veu del Sam. Ha tingut un dia horrorós. L'ha viscut tot sol, sense ella. Està segura que no l'hi retraurà. El Sam mai no li retreu res.

—Saps res del vol? —pregunta el Sam.

—No. Seguim igual. Però almenys ara sóc en una sala vip. M'espero com una persona. I potser podré tancar els ulls una estona i tot. Quan arribi, necessitaràs que t'agafi el relleu.

—Véns sola?

La pregunta la fa sobresaltar. Per estranya. Per alguna cosa més.

—I esclar. Amb qui vols que vingui?

—Amb ningú —salta ell—. Jo no vull que vinguis ni vagis ni estiguis mai amb ningú més que amb mi. Em pensava que ho sabies.

—I ho sé —li tremolen les cames—, esclar que ho sé, beneit. Per què m'ho dius això, ara?

—És igual, ja parlarem. —La pitjor resposta possible—. A més, t'he de deixar. Vull tornar amb el nen.

—D'acord. Et truco quan tingui novetats. T'estimo.

No hi ha rèplica. El Sam ja no escolta.

48

Comença per la bústia de veu. Quatre missatges de números que no té registrats. Els escolta per ordre invers al temps que fa que els hi han deixat.

Missatge número u:

—Hola, Reina, sóc la Montse, la mare de l'Arnau. El meu fill m'acaba d'explicar això que ha passat. Estem molt amoïnats. Voldria parlar amb tu, quan puguis. Ja me'n faig càrrec que no deus tenir gaires ganes de donar explicacions. Però t'he de dir una cosa. Em penso que és important. Bé, per si de cas ho és. Truca'm. Molts petons.

Final del missatge.

Missatge número dos: un frec proper, com si algú amanyagués el telèfon. Cinc segons de soroll. Després, final del missatge.

Missatge número tres: el mateix que l'anterior, però amb l'afegitó d'una respiració. Algú escolta, dubta, potser s'emprenya o se n'avergonyeix. Després, penja. Onze segons. Aquest cop ha vacil·lat més. Final del missatge.

El missatge dos i el missatge tres són del mateix número. La Reina revisa l'historial de trucades rebudes per si és d'algú conegut. I tant que sí. És el número de l'Ulf Everink. I ara què vol, aquest?

Missatge número quatre:

—Hola, busquem la Reina Gené. Sóc el Joan Carles, el cap d'estudis de l'institut del seu fill. Et truco per un assumpte urgent de màxima importància. Et prego que així que sentis aquest missatge et comuniquis amb mi al meu número personal, que és...

De manera que era cert. Li han trucat. Comprova l'hora: les 14.57. Just quan tenia el cap del Tom entre les cames. Haurà de demanar disculpes al Joan Carles? Ho haurà de fer. Potser ell la perdonarà o potser li clavarà una bronca. Ella mateixa no s'ho perdonarà mai.

Continua la revisió. Tretze missatges de text, tots del Fèlix.

«He parlat amb el Pau».

«No s'ho pot creure, que m'hagis pres el nen».

«Diu que tinc el mateix dret que tu a tenir el meu fill (sobretot perquè aquest cap de setmana em tocava tenir-lo a mi)».

«Creu que no hauria deixat que me'l robéssiu».

«I que si demà mateix no ve a casa, ho notificarem al jutjat i demanarem l'execució de la sentència de divorci i potser una modificació del règim de visites».

«Li he dit que no faci res, que ja ho parlaria amb tu».

«De manera que això és el que farem (i no vull discutir-ho)».

«Demà a tres quarts de vuit passaré a recollir l'Albert perquè passi amb mi el cap de setmana».

«Digue-li al teu manso que procuri tenir-ho tot a punt, perquè no vull haver-me d'esperar».

«He fet plans. Plans per al meu fill i per a mi. Ens en anem a pescar».

«Espero que no comencis a crear-me problemes i que tinguis en compte tot el que t'he dit».

«Vull una resposta al més aviat possible».

«Que tinguis un bon vol, o una bona nit o el que sigui».

49

Els dies que van venir després de saber que estava embarassada van ser els més estranys de la seva vida. D'una banda estava exultant, entrava a les botigues de coses per a nadons i mirava robeta i xumets i cotxets i banyeres i sabates que no servien per caminar i somiava en totes aquelles coses i en el seu fillet, com una nena que juga a vestir una nina nova. I va demanar hora al ginecòleg i es va tallar els cabells i es va comprar un llibre d'embarassos i tres classes diferents de peix i una llet rica en calci perquè va pensar que havia de canviar moltes coses de la seva vida per adaptar-les a les necessitats d'aquella fava menuda que creixia dins del seu ventre.

D'una altra banda, així que deixava de fer totes aquestes coses es quedava a soles amb el pitjor dilema de la seva vida. Què havia de fer? Era assenyat carregar amb un fill un home que havia conegut no feia ni dos mesos? Tenia dret a fer-ho? Els homes que busquen aventures sexuals amb dones desconegudes preveuen l'eventualitat d'un embaràs? I si ho preveuen, com s'ho prenen? I si s'ho prenen bé, qui sap quina mena de pare seran? Hi ha relació entre l'excel·lència sexual i la paternal? Era millor deixar les coses com estaven —si més no, legalment— i quedar-se amb el marit, que es guanyava bé la vida i tenia una família estupenda? Potser hauria de pensar més en la part afectiva, en l'alegria del Sam i la seva capacitat per donar-se als altres? És dolent per a les criatures créixer amb un pare sexualment avorrit que sembla vint anys més gran del que és? És dolent créixer amb un pare que no té un contracte fix? No tenia ella, la femella, l'obligació de triar d'entre tots els mascles disponibles el que més convingués al seu cadell?

La Reina no se'n sortia. No podia preguntar res a ningú. Per això feia llistes. Mirava de racionalitzar allò que de cap manera podia racionalitzar-se. Una columna d'arguments «A favor» i una altra «En contra». A la primera, en l'apartat del Fèlix hi va posar: «Sou fix amb quinze pagues, una família interessant, el costum, els anys de convivència». S'ho va mirar sense passió i li van semblar uns arguments escarransits, que no incloïen cap emoció ni cap sentiment. En darrer lloc hi va escriure: «Me l'estimo. No vull fer-li mal».

Era veritat, que se l'estimava. El que no tenia clar era com. Com l'amic més antic de la seva vida? Com un confident que no entens com pot haver perdonat tot el que li has explicat de tu? Com un gat la companyia del qual et relaxa? Com algú de qui et vas enamorar abans que la vida canviés o et canviés o el canviés? Amb tot, no suportava la idea d'agredir-lo, de perjudicar-lo, de prendre-li res. Li hauria agradat que hi hagués una solució agradable i salomònica, mig nen per a cadascú i tothom content i cap a casa. Però ja entenia que no podia ser. I que en aquest cas la mare no seria qui salvaria el nen de morir partit, sinó la jutge sense ànima que faria mal a tothom.

«A favor» del Sam hi havia la seva generositat, el seu sentit del humor, el seu tarannà. Tenia geni, però li agradava molt més que no pas l'ensopiment del Fèlix. Li agradava imaginar el Sam amb el seu fill, sabia que el faria feliç, de la mateixa manera que la feia a ella. No era creient, com ella. Era molt d'esquerres, fins i tot més que ella. Pensava que no li ompliria al nen el cap de coses estranyes. No s'haurien de barallar per si el batejaven o li feien fer la primera comunió. No discutirien en parlar de les fosses de la Guerra Civil. No votarien diferent. Va decidir buscar raons més importants que tota aquesta parafernàlia política i va apuntar: «Al llit és la bomba». Però allò tampoc no tenia a veure amb el fill, sinó amb ella, amb els seus egoistes interessos de dona de trenta anys que encara no ha tingut temps de rumiar si això que té és un enamorament o una manera de passar l'estona mentre li caduca el capritx.

«En contra» el Samuel hi tenia el contracte eventual i que guanyava si fa no fa la meitat que el Fèlix. Encara més important era el poc temps que feia que el coneixia. I si era un boig? Un maltractador? Un lladre que l'estava entabanant per prendre-li el poc que tenia? O, simplement, un paio encara més avorrit que el Fèlix? Un ésser qualsevol, ordinari, vulgar, amb qui no trigaria gens a penedir-se de tot? Al capdavall, en la vida de la gent fa molts més estralls l'avorriment que la violència. Va apuntar coses importants. Per exemple, que ni tan sols coneixia la seva família. I si quan els conegués no li agradaven? Quina bestiesa, es va desdir, no era pas amb la sogra que havia de viure, sinó amb ell. Sí, sí, tot el que vulguis, però la sogra serà l'àvia del seu fill. I això és un càrrec per a tota la vida. Esclar que a la seva sogra actual també li faltaven dues o tres prestacions bàsiques. Ho va deixar córrer, aclaparada per les dificultats que presentava una comparativa de sogres.

Per acabar, el Fèlix també tenia algunes coses «En contra»: l'ensopiment, l'encarcarament, votava dretes, pensava que els nens s'havien de batejar «per si de cas», portava nàutiques amb mitjons negres, feia cara de fàstic quan veia dos homes fent-se un petó i amb els anys havia anat concentrant els seus interessos en dues úniques coses: treballar el mínim i mirar la tele. Després d'estudiar la llista amb posat inflexible, la Reina va escriure-hi al final: «I al llit és una tragèdia».

Va estar donant voltes a les llistes uns quants dies —revisant, corregint, afinant—, mentre la data de la primera visita al ginecòleg s'acostava. Va adonar-se que allò era impossible de decidir d'aquella manera, que necessitava un temps que no podia treure d'enlloc, que les hormones li estaven pujant al cap i li desgavellaven els pensaments. Incapaç de prendre cap decisió, va decidir ajornar-la. Mentrestant, va tirar pel dret. Es va fer pragmàtica.

Va tancar la llibreta d'un cop. Va escriure un missatge de text al seu telèfon:

«Estic embarassada, amor. Enhorabona».

Va buscar a la llista de contactes. Fèlix. Samuel. Els va triar tots dos. Va pitjar «Enviar».

Després, va trucar a la seva mare per demanar-li que l'acompanyés al ginecòleg.

50

De bon començament el Pau era amic de la Reina. Si més no, ella el va aportar al matrimoni. El va conèixer en una època que treballava a la llibreria de la universitat. Tots dos eren estudiants. La Reina, de Psicologia. El Pau, de Dret. Però a tots dos els agradava llegir i en les hores mortes allò els proporcionava molts temes de conversa. L'amistat va començar a créixer, com un pastís dins el forn. Hi va haver un temps que eren inseparables. S'ho explicaven tot. Després, va aparèixer el Fèlix, en el paper de nova incorporació a la vida d'ella, i —com era d'esperar— de seguida va entendre's amb el Pau. Li va estranyar, perquè el Fèlix ni tenia amics ni semblava que en volgués cap. La gent li feia més aviat nosa. Les poques amistats que havia aconseguit conrear se li acabaven pansint per manca d'atencions. Ni tan sols havia sabut conservar els de la colla dels estius, que sempre el buscaven. Algunes persones no tenen talent per a l'art de l'amistat, i el Fèlix n'era una.

Ja durant la separació, la Reina va notar que el Pau prenia partit i que no era a favor d'ella. En un divorci, els amics són com els mobles, o són per a l'un o són per a l'altre. Molt poques vegades poden compartir-se. En aquest cas, ni pensaments. El Pau va triar el Fèlix, que, segons ell, havia estat molt generós i havia demostrat estimar-la moltíssim. El Pau els va ajudar —els?— amb la paperassa legal del divorci. I quan va arribar el moment de la veritat, va fer a la Reina una trucada que no ha oblidat mai.

—Ni se t'acudeixi prendre-li el nen, em sents? Si li prens el nen, aniré contra tu com no t'ho imagines.

Va plorar sense consol tota una tarda. No pel Fèlix, sinó pel Pau. Per l'amic que algun cop havia estat tan proper, tan seu, i que en algun moment havia deixat d'entendre-la. I de voler fer-ho.

I ara el Pau tornava a ser allà, disposat a defensar les causes nobles del seu amic, de les quals no sabia res. Per equivocar-se de mig a mig no cal tenir cap talent.

S'ho pensa dues vegades abans de contestar al Fèlix. No el vol emprenyar. Li agradaria mirar de convence'l. No hi té gaires esperances. Que ella recordi, en els anys que fa que es coneixen —quaranta, pel cap baix— mai no l'ha pogut convèncer de res. Ni tan sols que deixés de posar-se nàutiques amb mitjons. Que deixés de posar-se nàutiques, perlamordedéu.

Són tres quarts de dotze de la mitjanit.

Li envia un missatge al seu ex:

«Estàs despert? Podem parlar?».

I espera, tot mirant la barra superior, allà on apareix l'estat de l'interlocutor. Per la quietud que hi percep, sembla que el Fèlix dorm.

51

Una hostessa s'acosta a enretirar el plat i el got buits.

—Los Panchos? —pregunta, en un castellà força ben entonat.

—Què diu?

—Això que canta —ara es passa a l'anglès— és un bolero, oi? De Los Panchos?

—Doncs no ho sé, la veritat.

—Perdoni. No volia destorbar-la. És que m'encanta la música llatina.

La Reina somriu. No se li acut res a dir sobre música llatina. No s'havia adonat que cantava, tot i que no li estranya, perquè ja fa molta estona que té aquesta cançó ben entaforada al cervell.

—Ah! Porta un *mărțișor!* —afegeix l'hostessa—. Tan d'hora! Li durà bona sort, ja ho veurà.

—La veritat és que la necessito.

—És molt bonic. —La noia atansa la mà, per refer-li una mica la llaçada blanca i vermella, que se li havia mig desfet—. Representa el triomf del bé sobre el mal. No falla mai.

—No?

—La vida sempre torna a començar. —La noia somriu un altre cop—. Descansi una mica en el sofà. Té una bona estona. Encara trigaran a sortir, els primers avions.

—Sap res de la tempesta?

—Només que segueix el seu camí, com tot en aquesta vida —diu l'hostessa, amb el darrer somriure abans d'allunyar-se amb la safata a les mans.

52

Les matinades dels desassossegats són llargues i lentes. Encara més en les hores difícils, que van del tombar de les dues al toc de les cinc, quan el món fa el mort i costa tant estar viu.

D'aquella matinada de quan tenia cinc anys la Reina en recorda, sobretot, la por. La tristesa li va venir per contagi, veient el desconsol de la seva mare i de la tia, els seus precs inútils. La por era seva i només seva. N'hi feia aquell home, el capellà, que cridava i no tenia compassió del dolor ni de les llàgrimes. N'hi feia la foscor, aquell lloc que no coneixia, les mirades estranyes que les vigilaven de fora estant i les ombres que ballaven sobre les parets de pedra d'aquella casa llarga i buida.

A estones la tieta l'abraçava per guarir-li l'espant, però d'altres havia d'estar per la mare. Tot feia olor d'humitat, de resclosit, d'estrany. De sobte aquell home feréstec va marxar i elles tres van quedar-se allà. La mare plorava i deia «He de fer alguna cosa, he de fer alguna cosa...» i la tia s'exclamava «És un disbarat. No ho veus, dona, que és un disbarat això que vols fer?». I ella, tan nena, no entenia res, però captava aquella gravetat de cosa terrible.

Ja era molt tard quan la tia es va ajupir i li va dir:

—Ta mare i jo anem a fer un encàrrec. Tu espera't aquí, no facis soroll i obre només quan sentis que truquem tres vegades, així. —Va picar tres cops—. Ho has entès?

—Vull venir amb vosaltres. —Tenia pànic de quedar-se sola.

—Reina, escolta'm bé. Tu t'has de quedar aquí. Allà on anem, les nenes petites no hi poden anar.

I llavors va començar la por autèntica. La soledat era tan desconeguda per a ella com els sorolls que arribaven de fora, dels camps. La tia li havia dit que podia ser un conill o un ratolí o fins i tot un porc senglar o una guineu, però ella en aquelles hores només imaginava monstres ferotges que menjaven nenes porugues. I el silenci no era pas millor, perquè era ple d'amenaces que l'espantaven mentre no venien.

La mare i la tieta van tornar a trenc d'alba, esgotades i brutes, amarades de suor, amb la cara i les mans plenes de terra fosca. No li van voler explicar què havien fet. La mare no deia res, com si s'hagués quedat sense paraules. Es van rentar com van poder a l'aigüera de la cuina. Es van pentinar l'una a l'altra. Van retornar-se el que fos que havien perdut allà fora, en la immensitat i la xafogor d'aquella nit d'estiu. Després, la Cristina la va cridar, la va fer seure a la falda i li va dir:

—Ara tornarem a casa. Nosaltres tres.

—I el pare?

—El pare no vindrà.

Va voler saber per què. La pregunta més difícil. La primera que aprenem a fer.

—El pare no tornarà, nineta. Ara quedem nosaltres dues.

—No! —va fer ella, amb la rotunditat dels infants

quan marquen els errors dels adults—. Hi ha la tieta! —i en assenyalar-la es va adonar que la tia també plorava.

I és ben curiós, perquè el plor de la seva tia, una dona tan ferma, tan forta, tan avesada a fer de germana gran en circumstàncies difícils, és una de les úniques imatges clares que conserva d'aquella nit tan fosca. I, al mateix temps, la més entenedora. Veure-la plorar la va fer entendre la gravetat del misteri, tot i que el misteri encara hi era.

Poca cosa n'hauria tret, la Reina, d'aquests quatre retalls vells de memòria, si molts anys més tard la seva mare no li hagués dit què va passar, aquella nit d'estiu del 1975 («Seu, nina. T'he d'explicar una cosa»). Què hi van anar a fer a Conques, un poblet del Pallars Jussà a sis hores de cotxe de Barcelona, on no havien anat mai i on mai no van tornar («Ets gran. Hi ha coses que has de saber»). Per què bramava aquell home feréstec, per què la van deixar sola, què van fer, allà fora, sa mare i sa tia, tanta estona («I escolta'm bé perquè només t'ho explicaré una vegada»). Per quina raó, un cop van tornar a Barcelona, van fer com sempre, com si allò no hagués passat («Després, quan hagi acabat, podràs fer-me les preguntes que vulguis. Però primer m'has de deixar acabar»). Per què quan les clientes preguntaven pel pare la resposta sempre era que estava de viatge, comprant coses per a la botiga, i que no sabia quan tornaria («I un cop sàpigues tot el que vols saber no en tornarem a parlar mai més, m'entens? Mai més!). I per què només uns mesos després la mare es va traspassar la botiga i li va dir que viurien més tranquil·les sense el passat, com si el passat també fos un negoci que pot traspassar-se.

—Tens alguna pregunta? —va fer la Cristina, quan va haver acabat.

En tenia una. Una i prou, per veure si ho havia entès:

—Per què vau tornar tan brutes, la tia i tu?

—La terra del cementiri era molt negra i molt dura. Costava de foradar. Ho vam fer amb les nostres pròpies mans, encara no sé ni com vam poder. No vam fer un sot gaire gran, el cos de ton pare amb prou feines hi cabia. El vam haver de tapar amb pedres, allà no hi havia res més. N'hi havia un munt, allà. No et pots imaginar com pesaven!

La Reina tampoc no estava inclinada a parlar-ne, d'aquella nit. No ho havia dit mai a ningú. Com si no ensenyar la ferida la deixés creure que no existia.

El primer va ser el Fèlix. Explicar-li aquell episodi esfereïdor va ser la confirmació que l'estimava com mai havia estimat. Li feia una confiança cega. Li deixava conèixer el seu punt feble. El Fèlix va saber estar a l'altura. La va escoltar, se li van omplir els ulls de llàgrimes, la va abraçar, li va dir que mai més no estaria sola davant de cap adversitat, que ell sempre hi seria. Després es van adormir abraçats. Durant el temps que van estar bé, ella pensava que compartir-ho amb ell l'havia alleujat. Mai va témer que aquella història es giraria en contra seu.

Fins avui.

Per això també necessita parlar amb el Fèlix. Necessita preguntar-li si ho ha explicat a algú. No, no. A algú no. A l'Albert. La Reina necessita esbrinar si l'Albert sap que Josep Gené, l'avi que no va conèixer, va penjar-se pel coll fins a la mort en una biga d'una casa de Conques el mes de juliol del 1975.

53

—Resumint, nina: que tens una criatura i dos pares —li va dir la Cristina, quan van haver plorat, rigut, enraonat i begut una llimonada ben fresca, acabada de fer, assegudes en dues butaques que miraven al carrer Verdi.

—En tinc un que conec molt i no m'agrada gens i un que no conec gens i que m'agrada molt. Què faig?

A la Cristina, les coses que li havien passat a la vida l'havien tornat una dona pragmàtica. És a dir, conservadora. Ja ho veia, que dos pares eren massa. Sobretot perquè en les coses importants és millor ser pocs a posar-se d'acord. Però també veia que si ella hagués tingut dos homes en comptes d'un no hauria patit tant ni hauria hagut de lluitar com una lleona per criar la filla. I que l'única cosa que no volia haver de veure en els anys que li quedaven era la Reina passar-s'ho malament. I que de vegades haver de triar fa patir molt. Per això va tirar pel dret. Va deixar de banda el seny, els principis, els costums i fins i tot la moral catòlica que havia après i va donar a la seva filla un consell inaudit, del qual mai no va tenir ocasió de penedir-se:

—Doncs no et compliquis la vida, nineta. Per què hauries de quedar-te només amb una part si pots tenir-ho tot?

54

A la pantalla hi diu «Fèlix». Abans de despenjar ja pensa: «Això no anirà bé». Però al mateix temps mira de revocar aquest pensament tot repetint-se: «Va, Reina, no siguis alarmista. Parla-li suaument, mira de convence'l. Ell també es preocupa per l'Albert, a la seva manera».

—I doncs? —fa el Fèlix.

La Reina calla. No sap què diu. Té el cap massa ple de les seves pròpies angúnies per recordar les de l'exmarit.

—Has llegit els meus missatges, oi?

—Ah, els missatges. Sí, sí, els he llegit.

—I doncs? —repeteix.

—Necessito preguntar-te una cosa.

—Però sí o no?

—Ara en parlem, Fèlix. Això meu és important.

—Ah. I això meu no?

—Sí, esclar que ho és.

—Vull saber què hem de fer.

—Ho he de parlar amb el Sam.

—Per què? La custòdia és teva, oi? I el règim de visites, meu. Aquest cap de setmana em toca a mi. Doncs ja està.

—Deixa't estar d'això, ara, sisplau. Necessito que m'escoltis. M'escoltes? —Sent alguna cosa semblant a un assentiment a l'altra banda de la conversa—. Tu li has parlat, a l'Albert, del seu avi?

—Sí, esclar. S'entenen la mar de bé, ja ho saps, per bé que es vegin tan poc.

—No parlo del teu pare, Fèlix. Del meu, Josep Gené. Potser no ha estat ara. Potser n'hi vas parlar ja fa temps. Pensa-t'ho bé. És molt important que m'ho diguis. Li has explicat res?

—Res de què?

—Ja saps de què. No m'ho facis dir. L'hi has explicat?

—Ostres. No hi havia caigut. El teu pare també…

La Reina tanca els ulls. El seu pare també, sí.

—L'hi has dit?

—Ara no ho recordo. No ho crec.

—No ho creus? No n'estàs segur?

—Ho hauria d'estar? Parlem de moltes coses.

—Però d'una cosa així te'n recordaries, no? O ets tan irresponsable per parlar-li a un menor d'edat del suïcidi del seu avi i ni tan sols recordar-ho?

—No sabia que fos un secret.

—De debò que no ho sabies? I què et pensaves que era? Un acudit? —La ràbia que sent ara mateix és tan intensa que un altre cop celebra que la conversa sigui telefònica. Té ganes de clavar-li una bona empenta. Maleït geni. Ella que es passa la vida desaprovant els comportaments agressius dels altres.

—No crec que n'hi hagi parlat mai, Reina. Calma't.

—Fa un moment m'has dit una altra cosa.

—No m'interroguis com si fos un dels teus candidats. Ja t'he dit que no ho he fet i punt. Demà aniré a buscar l'Albert.

—No.

—Què?

—No hi vagis. No el deixarem marxar amb tu.

—Que no? Tu no pots evitar-ho. L'Albert ja és gran. D'aquí a uns quants mesos podrà triar a casa de qui vol estar-se.

—I tu creus que serà la teva?

—No ho crec. Ho sé.

—No, si ho puc evitar.

—Sabia que em diries això! Doncs perquè et vagis preparant, d'aquí a uns mesos no ho podràs evitar. Serà major d'edat. Ell decidirà venir amb mi i punt.

—I punt? Però què et passa? T'avorreixes? Per què no et busques una altra nòvia? O et compres un gos? Des que no tens l'Assumpta que estàs insuportable.

Això ha estat un cop baix. Un torpede a la línia de flotació.

—Vaig a trucar al Pau —respon el Fèlix, amb un fil de veu.

—Bona idea! Ell sempre t'ha entès més bé que jo.

Saps quan obres la capsa d'un moble d'Ikea i t'adones que falten tres cargols? Ja saps que el moble no el muntaràs, però tot i així ho intentes, t'hi esforces, t'hi emprenyes, gires i regires els embolcalls buscant els tres maleïts cargols de merda. Ets cabut i no te'n pots avenir, que la capsa on faltaven els tres cargols t'hagi tocat precisament a tu.

Doncs aquesta conversa és el mateix. Per descomptat, els tres cargols que tu necessites ningú no sap quan ni on apareixeran ni per què no són a la capsa.

55

Vol dormir una mica. Seguirà el consell de l'hostessa, s'estirarà al sofà i desconnectarà. Ho sap fer, això? Ho podrà fer avui? Dormir és una escapatòria. Només si ho aconsegueixes. La Reina mai no ha tingut dificultats per dormir seguit, fins i tot vuit o nou hores. Tots els mals se'ls passa dormint. El seu problema és agafar el son. Així que tanca els ulls el cervell li recorda tot el que té per fer. De vegades són trucades o informes. D'altres són decisions o converses pendents des de fa anys, dècades. Culpes antigues, que a les nits s'apareixen i tomben per l'habitació, emprenyadores. El pitjor és que cada cop són més, primes i grosses, brutícia acumulada a les canonades de la vida, que un dia potser ho embussarà tot i caldrà empastifar-se per arreglar-ho. Potser aquest dia és aquesta nit.

Es treu les sabates. Les col·loca ben posades sota el sofà. Doblega l'abric i se'n fa un coixí, que deixa on li toca posar el cap. Estira les cames, es deixondeix. Té enganxades a la pell moltes hores d'angúnies. Recorda de sobte la mare de l'Arnau. Ja és tard per trucar-li. O potser no tant? Hi ha algú, entre els seus coneguts, que aconsegueixi anar a dormir abans de mitjanit? I si hi ha algú, com s'ho fa? Li envia un missatge, prudent. «Hola, sóc la mare de l'Albert. Estàs desperta?». Al capdavall, la mare de l'Arnau li ha dit que era important.

La seva celeritat i la seva veu ho confirmen.

—T'estava esperant, Reina. Que bé que m'hagis enviat el missatge!

La mica de tranquil·litat acabada de conquerir s'esvaneix de cop.

—Què passa?

—Primer de tot, com estàs?

—No gaire bé. A Bucarest. Desesperada. Hi ha una tempesta i els avions no poden sortir.

—I l'Albert?

—Amb el seu pare. Vull dir, amb el Samuel. Està bé.

—No saps com me n'alegro, Reina. No saps com he pensat en tu, aquesta tarda, en com t'ho deus estar passant. No cal que et digui que ens tens per al que necessitis. Tant a nosaltres com al nostre fill.

—Gràcies.

—... esclar, però sobretot a nosaltres, que som els adults, oi? No cal que ells sàpiguen aquesta mena de coses. Ells tenen una edat que, què vols que et digui, jo de vegades tinc la sensació que viuen dins d'una pilota de cautxú, com si el món quedés lluny. I en aquest cas em sembla molt bé. De què serveix parlar-los de certes coses que potser no sabien? Hi ha temes que val més no treure, no penses? Són lletjos. Ja tindran temps de veure-li els ullals al llop.

És un retret, tot això? No ho té clar. La mare de l'Arnau la renya perquè ha trucat al seu fill? Perquè l'hi ha explicat? O potser és un avís? Només l'advertiment que la propera vegada que vulgui desfogar-se miri de comprovar que qui escolta és un adult i no una criatura espantadissa? Ella mateixa n'està penedida, del que ha passat. Per això reconeix:

—Tens raó, noia. Em sap greu haver alarmat l'Arnau.

—Li has fotut un ensurt de collons, Reina. I a nosaltres també. Sisplau, la propera vegada, pensa-t'ho una mica abans de...

—Espero, sincerament, que no hi hagi propera vegada —aspra.

És un retret. Més que això. És una bronca. La mare de l'Arnau troba que això que ha fet l'Albert és «una cosa lletja» de la qual val més no parlar.

—Oi tant, dona, jo també ho espero. Era una manera de dir. —S'escura la gola. Deu ser per fer-se passar avall la mala llet, pensa la Reina. Ara continua amb un to de veu més suau. Potser és com els gossets petits, que borden molt i quan els contesten com es mereixen es caguen a les calces—. Mira, si volia parlar amb tu és perquè hi ha una cosa que (crec) hauries de saber. Me l'ha explicada l'Albert aquesta tarda, després de la teva trucada. A tu es veu que no ha gosat dir-t'ho. Ja saps com són. S'atabalen.

—De què es tracta?

—Doncs, senzillament, que el teu fill i el meu han renyit.

—Han renyit?

—Sí. Es veu que ja no són el millor amic l'un de l'altre. I tampoc no són parella de pàdel. O, si més no, l'Albert ja no vol ser-ho de l'Arnau.

—Què dius! És una criaturada, queda clar! —La Reina mira de treure gravetat a la notícia.

—Sí, sí. Jo també m'ho pensava. Però es veu que no, que va ser una cosa greu. Que l'Albert s'ho va prendre molt malament. Com un greuge. Li va dir que no el perdonaria mai. I tot seguit li va retirar l'amistat.

—Però quin va ser el greuge?

—Doncs mira, que l'Arnau no va poder anar a la representació de la seva darrera obra de teatre.

La Reina ho recorda. L'Albert va demanar una entrada de més per a l'Arnau. Estava tot il·lusionat perquè el seu millor amic el veiés interpretant el seu primer paper protagonista. Feia de Vladímir, un dels personatges principals de *Tot esperant Godot.* Fins a aquell cop, l'Arnau mai no havia fallat a les estrenes de l'Albert. Sempre li havia demostrat aquell embadaliment que la gent assenyada, que estudia coses assenyades, sent pels artistes. Gent que fa allò que la majoria de la gent no sap o no pot o no s'atreveix a fer. Els admiren com s'admira algú que camina per la corda fluixa o que salta per dins de cercles de foc: perquè saben que la gent normal no tria aquesta vida, perquè ells mai no ho farien. El futur advocat que era l'Arnau admirava el futur actor o cineasta o doble de cinema o actor de doblatge o el que fos que acabés sent l'Albert. Però aquell cop li va dir que no hi aniria. La raó: havia d'estudiar. L'Albert va insistir. Va, sisplau, és molt important per a mi, l'obra dura poc, amb prou feines una hora, després els meus pares t'acompanyaran a casa, no perdràs gaire temps. No podia, de debò, li sabia molt greu. Els exàmens eren massa seguits, li faltava temps, no podia permetre's perdre ni deu minuts. No devia ser una excusa. Però dolia que ho semblés.

Durant uns dies, l'Albert va estar abatut, a estones plorós. La Reina li va preguntar què li passava. Res. Si el podia ajudar. No. Si necessitava qualsevol cosa. No necessitava res. L'adolescència és així, pensava ella. Mai no saps quan has de començar a patir de debò. L'adolescència és l'equivalent biològic de la Revolució Francesa i la Russa juntes. Un temps de la vida en què totes les forces es revolten contra l'ordre (falsament) establert. Fins a quin punt cal fer cas a les revoltes, mai no ho saps. Però tot d'una, quan ho han canviat tot de lloc i han establert un ordre nou, t'adones que sí, que calia.

—Es van estar enviant molts missatges de telèfon. Mira, els tinc aquí, l'Arnau m'ha deixat el seu mòbil, si vols te'ls llegeixo. —Abans que la Reina digui si vol, l'altra comença a llegir missatges—: «Llavors, és segur que no podràs venir?». «Em sap greu, tio, però no. A la propera». «Em pensava que eres el meu millor amic, però ja veig que tens altres prioritats». «No tinc altres prioritats, tinc exàmens. Sóc el teu millor amic i ho seré sempre». «No. Ja no. Des d'avui ho has deixat de ser». «Hahahahaha». «Parlo seriosament». «Sí?». «I tant». «Ja no som amics?». «No». «I el pàdel? Tenim partit diumenge». «Busca't una altra parella, jo també he d'estudiar». «Som al mig del campionat, anem bé, no ho pots deixar ara». «Oi tant que puc! No tinc temps per a res». «És una revenja? No trobes que és una mica infantil?». «Deu ser que jo sóc infantil, llavors». «Tio, això ho hauríem de parlar cara a cara, no creus?». «Ho sento però no puc. Que et vagin molt bé els exàmens. Adéu». A partir d'aquí els missatges són tots de l'Arnau. També hi ha trucades perdudes, que el teu fill no li va contestar. «Albert, tio, no t'ho prenguis així». «El social és molt difícil, segur que faràs més obres de teatre». «Sisplau, rumia't bé això del pàdel. Som una bona parella. A mi m'encanta jugar amb tu. Tenim possibilitats. Sisplau, tio, no em deixis tirat». «Albert, contesta, va». «Agafa'm el telèfon, tio». «Hosti, tio, no sé què més dir-te». «No penso perseguir-te més, quan vulguis em truques tu». «Em penso que t'has pres tot això massa a la valenta. De fet, quan t'ho rumiïs t'adonaràs que no n'hi havia per a tant». Però pel que es veu el teu fill pensa d'una altra manera, oi? I encara és l'hora que li ha de contestar. Jo no ho puc entendre, tan amics que eren. Potser tu... Reina? Ets aquí? Em sents?

—Sí, sí, esclar. —Una mica estabornida per tot això que acaba de sentir, però hi és, encaixant—. Em sap greu que no li contestés. Què va passar amb el pàdel?

—Que l'Arnau va haver de buscar a corre-cuita un altre noi que fes parella amb ell, però no és el mateix. No tenen el mateix grau de compenetració, o potser l'altre no en sap prou, no ho sé. Van quedar penúltims en el campionat. Ens va saber molt greu.

—Ostres, quina llàstima. —Un silenci compungit abans de reaccionar—: Com és que no vau dir-me res? Em podríeu haver telefonat.

—El meu marit us va telefonar. Tu estaves de viatge, quina novetat. Va parlar amb el Samuel, que va defensar l'Albert a mort. Va dir que si això era el que havia decidit, ell hi estava d'acord. Ens van passar les ganes de mirar d'arreglar les coses, esclar. No es pot negociar amb qui no vol parlar, Reina. Però això d'avui ja no ho podem permetre!

—Què, exactament, no podeu permetre?

—Ho saps prou bé. No podem permetre que diguis al meu fill que l'Albert s'ha suïcidat per culpa seva.

Una pausa per encaixar el cop i pensar la manera de contestar-li.

—No s'ha suïcidat. Ho ha intentat. —És ràpida.

—Sí, sí, això és el que volia dir, perdona. Ho ha intentat. Però no per culpa del meu fill, suposo.

—Doncs mira, la veritat és que no ho sé.

Ara la incomoditat del silenci és de totes dues. La

Reina podria haver mirat de tranquil·litzar-la. No, dona, no, com vols que, no diguis bestieses, ha estat un moment de confusió, el teu fill no hi té res a veure en-ab-so-lut!, no pateixis. Però no li dóna la gana. No li agrada la manera com li parla aquesta dona. No li agrada què li diu. I encara li agrada menys a quines conclusions arriba. Algunes persones no tenen cap talent per concloure.

—El meu home i jo ho parlàvem ara, fa una estona, havent sopat —continua la mare de l'Arnau—, i saps què dèiem? Que no pot ser que per un motiu tan petit, tan insignificant i al mateix temps tan fàcil de resoldre, un noi com l'Albert, a qui coneixem des de petit, hagi fet això. Que algun motiu més hi deu haver, no? No sé, potser pren alguna cosa. Potser s'ha afeccionat a una d'aquelles drogues fastigoses que es fabriquen en un laboratori. No em vull posar allà on no em demanen, però de motius per matar-nos tots en tenim algun, si no ho fem és perquè les raons per viure són més importants. Potser el que li manca a l'Albert són il·lusions, projectes, plans de futur. De vegades les coses més complexes tenen solucions molt fàcils, dona, ja veuràs com tot s'arregla.

Vet-ho aquí. Ara tot plegat és un tema de conversa. Una discussió de sobretaula: el suïcidi de l'Albert Gama. Els motius de l'Albert Gama per viure o bé per deixar-se xafar per un tren. A quantes cases es deu haver celebrat aquest vespre —potser en aquest mateix moment— aquest debat? En les dels nois i noies que acompanyaven el seu fill quan tot ha passat, això segur. En les dels professors i professores del centre, que aquella nit, tot sopant, ho comentarien amb les seves parelles i també amb els seus fills adolescents (no fos cas). En les dels companys de classe de l'Albert així que ho sabessin. Segur que en les darreres hores hi ha hagut trucades telefòniques i missatges de text. «Saps què ha passat?», «T'explico una cosa molt forta que ha fet un de la meva classe?», «Coneixes l'Albert, el de l'artístic?». De ben segur ara la notícia s'haurà estès com una taca d'oli. I ho continuarà fent, perquè pertany a aquesta categoria d'afers que ningú no vol saber però que a tothom li agrada explicar.

—Perdona'm, però t'he de deixar —fa la Reina, sense dissimular gens l'enuig que sent—. M'agradaria poder dormir una mica abans de tornar a casa.

—Oi tant que sí, dona. Dorm una mica, que necessitaràs ser molt forta en els propers dies. I, sisplau, recorda que si podem fer alguna cosa per vosaltres, el que sigui, només m'ho has de dir.

Abans demanaria ajuda a un cocodril d'aigua salada.

56

Un cop, quan encara eren amics i allà ningú no havia pensat a separar-se, el Pau va dir:

—Al final, tot és una qüestió d'estadística. Els separats i divorciats de menys de trenta-cinc anys no triguen ni un any a trobar parella. Per molt que quan et deixen et vols morir, ningú no es mor. Tothom hi torna.

Va ser l'Albert qui li va dir que el Fèlix tenia nòvia. Havien passat sis anys (en totes les regles hi ha excepcions) i la Reina es va sentir alleujada de saber-ho i va pensar que si la selecció l'hagués fet ella no hauria trigat tant.

Sempre preguntava al nano què havia menjat a casa el pare. En part per no repetir menú i en part per reforçar la idea que amb ella menjava molt millor. Ja esperava escoltar el de sempre —pizza, hamburgueses, macarrons...— quan el nen va dir: Estofat.

—Estofat? De què?

—De carn. Amb patates.

—Ah! —Gran sorpresa, i amb raó—. El teu pare ha cuinat un estofat?

—No. El pare no. L'Assumpta.

—Ah! —Segona gran sorpresa, encara amb més raó—. I qui és, l'Assumpta?

—La nòvia del pare.

El nen ho va dir amb aquella naturalitat que fan servir les criatures per parlar de tot, el més normal i el més extraordinari. El Samuel i ella es van creuar mirades. Naturalitat, no l'esverem. Però, esclar, es morien de ganes de saber. O s'hi moria només ella? Va haver d'esperar una estona, dissimulant, fins que abans d'anar a dormir no va poder més i li va preguntar a l'Albert com era la nòvia del papa.

—Simpàtica —va fer ell.

I això va ser tot. No hi va haver manera de saber si era jove, vella, guapa, lletja, advocada o escombriaire. Semblava que com més volia saber ella, més impermeable a les preguntes es tornava el fill. Fins un dia que el Fèlix li va dir:

—Avui no puc venir a recollir l'Albert. Hi anirà l'Assumpta.

—Qui? —va dissimular.

—L'Assumpta. La meva parella. —Delectació evident en el substantiu.

—No sabia que tenies parella.

—Sí que ho sabies, Reina. De fa temps. L'Albert t'ho va dir.

—Però tu no.

—Necessitaves un comunicat oficial?

—Me n'alegro molt.

—Jo també, la veritat.

—I també que vingui. Així ens coneixerem.

—Això. Com dues personetes civilitzades. No li expliquis tota la meva vida, sisplau.

L'Assumpta semblava més gran que ella —i que el Fèlix—, i tenia una filla de trenta-tres anys. Ho va saber perquè l'hi va dir ella, en una conversa que totes dues van mantenir a la cuina de la Reina fent veure que era molt normal estar-se allà xerrant, com dues amigues. La Reina va fer números. Posem per cas que l'Assumpta en tenia quaranta-molts. Llavors havia estat mare de molt jove, entre els quinze i els divuit, va calcular. Tenia alguna relació amb el pare de la seva filla? Va ser una relliscada o una violació? Ara estudiava Pedagogia, segurament per recuperar el temps perdut. Com s'ho havia fet per accedir a la universitat? I quan havia començat a estudiar de nou? Devia ser dur ser mare als quinze anys —o als divuit—, segur que va haver de sacrificar un munt de coses per ocupar-se del fill. No, no, era una filla. La seva filla, això. La coneixia, l'Albert?

—I què? —El Sam no entenia tant d'interès—. Què se te'n fot, a tu, tot això?

El cas era que se li'n fotia alguna cosa, no sabia què.

Un parell d'anys més tard va saber —un cop més, per l'Albert— que l'Assumpta i el Fèlix volien casar-se. Si més no, en parlaven davant del nen. Era perquè ella ho sabés o realment ho pensaven fer?

—Mira que n'ets, de creguda! —va dir el Sam—. Has pensat que potser el Fèlix fa o diu alguna cosa perquè vol, i no perquè tu ho sàpigues?

No era arrogància. Era culpabilitat. Aquella emoció que els homes no tenen i per això no poden entendre.

Del casament només en va veure una foto, que l'Assumpta va penjar a Facebook. Hi apareixia només ella, vestida de núvia i amb el ram a la mà, estirada sobre un llit. La Reina de seguida va adonar-se que en l'escena hi havia algun detall que no encaixava. Era com quan la pel·lícula fotogràfica s'exposa dues vegades i atrapa per error dues imatges, una de les quals sembla una presència fantasmagòrica aturada darrere l'altra. El llit en el qual la núvia radiant s'estirava a somriure era el que la Cristina havia regalat a la

Reina quan es va casar. Fusta de cirerer, capçal llis i quadrat, mida estàndard. Fins i tot el cobrellit era el mateix! El va comprar a les rebaixes de La Casa de las Mantas, encara recordava quant li va costar, què va dir la dependenta i altra morralla d'aquella que la memòria s'obstina a retenir. Com era, que el Fèlix no havia llençat el llit on havien dormit junts uns quants anys? On havien practicat aquell sexe supervisat pel ginecòleg? On ella havia començat a pensar a deixar-lo, mentre donava voltes en nits en blanc? Queda clar que el Fèlix no pensava res d'això. Un llit és un llit, al capdavall, i fa el seu fet. Ni pensa ni recorda ni xerra res. Als objectes el passat tant se'ls en fot. Som les persones que ens amoïnem pel que no importa.

Durant un temps la Reina va viure tranquil·la de saber que el Fèlix s'havia casat per segon cop, com ella. Que tenia una nova vida, com ella. Que no trobava a faltar el passat, com ella. Que es considerava una persona diferent, com ella. I que tot plegat anava com una seda, malgrat que en el passat havien comès errors i havien pronunciat paraules i n'havien deixat d'altres per dir i tot això que es veu tan fàcilment quan el passat és una matèria tancada que sembla lògica.

Fins que un dia va saber que l'Assumpta i el Fèlix es divorciaven, que l'Assumpta ja no vivia a casa d'ell, que el Fèlix estava sol per segon cop a la vida (algú sap què diuen les estadístiques dels homes que se separen als quaranta-set?) i que ara el nen tornaria a menjar pizza, hamburgueses i macarrons no se sabia fins quan.

Va mirar de dir-li que li sabia greu, però el Fèlix només va respondre estirabots i ironies. «Sí, molt, estic molt bé. No cal que em truquis més per preguntar-m'ho. Ja t'ho dic, d'ara per sempre. Estic bé, Reina. Per a tu sempre estaré bé».

57

Recolza el cap sobre l'abric plegat i tanca els ulls. La mà aferrada al mòbil. No dormirà. N'està segura. Tot i que és la seva oportunitat. Tot i que hauria de fer-ho. Com li agradaria tenir un interruptor en alguna banda del cap. Discret, sota els cabells, petit com el d'un despertador, se'l buscaria només posar-se al llit i, clic!, tot s'aturaria durant unes quantes hores.

Una vibració l'avisa que algú vol alguna cosa d'ella.

«Molta feina? Tens temps per a lliçons? No t'oblidis de llegir cada nit una estoneta en clau de fa».

És la Martina, la professora de piano que va trobar fa sis mesos en un portal de classes particulars. Li va explicar que tenia la il·lusió de tornar a tocar el piano amb l'única intenció de ser feliç. No volia fer concerts ni enlluernar ningú. Però li agradaria fer-ho bé. Per això necessitava una professora. Que tingués vespres lliures, molta paciència i es desplacés a domicili. La Martina era aquesta professora. Es van entendre de seguida.

S'ho prenia molt seriosament. Estudiava les lliçons i les peces. Feia els exercicis que la Martina li recomanava: polsar tecles imaginàries combinant diferents dits, unes quantes vegades al dia. Fer el mateix amb totes dues mans. Assajar un trosset petit però complicat de la sonata *Clar de lluna* de Beethoven. Llegir en clau de fa. Ara al llit hi portava partitures en comptes de novel·les. Li costava molt. Per això li agradava.

El piano va ser un regal que va decidir fer-se a ella mateixa. Li agradava ser capaç d'extreure-li sons bonics. Li agradava tenir el cervell ocupat només a fer que sonés un fa sostingut allà on estava escrit. En això, el piano i el gimnàs s'assemblaven: l'allunyaven de la seva vida, d'ella mateixa.

Ara li agradaria tenir aquí alguna partitura. Potser en pot buscar per internet. Podria aprofitar les hores per practicar la clau de fa. Li agradaria esforçar-s'hi al màxim, concentrar-se en el que més li costa. La maleïda clau de fa, la lectura en veu alta de les notes d'una mà mentre toca les de l'altra —de vegades li sembla que al seu cervell li falten lòbuls, que mai podrà fer el que la professora li demana—, les combinacions d'alguns dits: el petit amb l'anular, o el petit amb el cor (especialment de la mà dreta). La Martina diu que ha d'enfortir la musculatura de les mans i guanyar una mica de flexibilitat. La Martina i l'Alejandro s'haurien de conèixer, pensa. L'un està encaparrat que posi els peus en llocs impossibles, l'altra que faci filigranes amb les mans, segur que s'entendrien, es caurien bé, potser fins i tot serien el gran amor de la vida l'un de l'altre, qui sap. Faria bé d'aprofitar el temps perdut a l'aeroport fent alguna cosa de profit, en comptes de dedicar-se a aquestes imaginacions d'alcavota.

Començarà demà. Així que arribi a casa i vegi que està en calma, planificarà la seva dedicació a la clau de fa. No pararà fins que sigui capaç de llegir-la tota seguida, com si fos natural. Estudiarà tant com calgui. S'endurà moltes partitures al llit. A cabuda no la guanya ningú, a ella.

I s'adona per sorpresa que demà —demà?— serà un dia

difícil. Un dia en què tothom li demanarà tota mena de coses. Responsabilitat, informes, que compleixi les clàusules del contracte, que li deixi endur-se el nen, fortalesa, explicacions i tot el que ara no pot preveure. Sempre hi ha un tant per cent de circumstàncies imprevisibles. Demà haurà de continuar dient el que no li agrada dir i esperant un avió que no sap si arribarà. Haurà de contestar al cap d'estudis i proposar-li una data per reunir-se amb l'equip directiu i l'orientadora i la tutora i no sap si algú més i analitzar per què el seu fill ha intentat fer això que li fa por dir.

Si tot va bé, demà arribarà a casa. El primer que farà quan vegi l'Albert és abraçar-lo. No li retraurà res, no el renyarà: s'ho demana, s'ho jura a ella mateixa. Es farà passar les ganes d'esbroncar-lo que ha tingut tota la tarda, que encara té. Mira de pensar en tot el que no passarà, en com podrien haver anat les coses. S'esgarrifa d'imaginar-ho. Sap que ho ha tingut a tocar. Aquest retorn hauria estat una tortura. L'arribada, encara més. Hi hauria hagut un forense, un atestat, un jutge, un número al dipòsit de cadàvers, un taüt al gust d'algú, una sala de vetlla, un comiat qui sap com —catòlic, per acontentar el Fèlix? Laic, al gust del Samuel?— i després i per sempre un llit buit i un ordinador buit i un munt de cadires buides en escenaris diferents (la de la taula de la cuina, la del dinar de Nadal, la de l'ordinador a la seva cambra, la de la classe a l'institut) i els calaixos desendreçats i l'armari ple de roba per rentar feta un garbuix i els objectes abandonats per sempre i a la vida una esquerda fonda que no es pot reparar. La vida també buida, desendreçada, abandonada. I ella, igual que la vida. Perquè la mort d'un fill no és la mort d'una altra persona. És la mort d'aquella part de tu que ell va fer que existís.

58

Tot d'una pensa: Necessito un cafè. Obre els ulls, es frega la cara. Què hi fa, aquí, dormint, amb tantes coses que té a sobre? S'incorpora. Estira l'abric. Es calça. L'hostessa, que a aquestes hores també somriu, li pregunta si està bé. Si ha descansat. Quina hora és? Les dues i cinquanta. Se sap res dels vols? Res, encara no hi ha novetats. Totes les pistes són tancades per culpa del mal temps. Però sembla que la tempesta vol afluixar. Són bones notícies, aclareix la noia, perquè pensa que no l'ha sentida. Són bones notícies, repeteix ella, mentre agafa el mòbil i li envia un missatge al Sam:

«Aconsegueixes dormir?».

Mentre estudia la cafetera i busca un got i en tria un d'adequat per a un cafè doble i mira de saber per on surt el cafè i de posar el got allà on toca, li sembla que sent una veu coneguda parlant en un idioma que desconeix. Pitja un botó i se sent alleujada de veure que el cafè surt per on ella esperava, en el fons tot en aquesta vida és una qüestió d'expectatives.

Ara es pot concentrar en la veu, que la intriga. Un home. Parla una mica massa fort per a aquest lloc i aquestes hores. Riu. Sembla segur de si mateix. De sobte, sap a qui li recorda. A l'Ulf Everink. I tot seguit pensa: No és possible. Deu ser a l'hotel, dormint una mica abans d'anar d'excursió a Transsilvània amb els altres candidats. No és ell. Només algú que se li assembla en la manera de parlar.

Mira dissimuladament. Ben arrenglerats, els sofàs de fusta clara i respatller altíssim del *business lounge* compartimenten l'espai en petites cel·les. No veure els altres ni deixar que et vegin sovint és un privilegi, que aquest lloc ofereix als seus clients. Però fa que seguir una veu fins al seu propietari no sigui una tasca gens fàcil. La Reina voldria fer-ho, però hauria de ser massa descarada, hauria d'aparèixer en la cel·la privada d'un altre i quedaria en evidència. S'estima més esperar-se aquí un moment, assaborint el cafè, escoltant aquesta llengua cantelluda, a estones àtona i gutural, que podria prendre per alemany, si no fos que fa molt de temps en va fer un curs que només li va servir per saber que això que sent no és el que ella va estudiar. Li sembla l'Everink, sí, però no en pot estar segura. N'estaria si el sentís parlar en anglès, segurament.

Amb el cafè entre les mans torna al seu lloc, allà on sense pensar ha deixat abandonat el mòbil i la maleta amb l'ordinador i la tauleta que contenen —sense encriptar ni protegir— tota la informació confidencial dels candidats que ha entrevistat durant els dos primers dies d'una feina que n'havia de durar cinc. I també els informes que ja té enllestits, inclòs el més fàcil de tots, el de l'Ulf Everink. A l'apartat on hi diu «Aptitud per al càrrec» hi va escriure: «No». I en l'epígraf final, titulat «Comentaris», hi va posar: «No se'n recomana la contractació».

Es mira una estona la pantalla de la tele, esperant la informació meteorològica. Altre cop Trump, Tusk, el

Brexit, la independència de Catalonia i els efectes de la tempesta siberiana a diferents capitals europees, algunes molt meridionals, com Roma o Atenes. La Fontana di Trevi glaçada, Trafalgar Square sota un pam de neu, Notre-Dame i la Piazza San Marco emblanquinades, el Partenó a temperatures àrtiques. Nens jugant als carrers de tot Europa: ninots de neu, trineus, esquís, barrets i guants de llana. En alguns llocs s'han suspès les classes. Com a Romania, per exemple, on els nens tenen una inesperada setmana de vacances. La felicitat de la quitxalla és la darrera imatge del reportatge.

Està molt bé que una part de la població conservi l'alegria quan van mal dades. El món necessita les criatures molt més del que li agrada reconèixer.

59

La Reina només recorda un dia de la seva infantesa que se suspenguessin les classes per una força major: el 21 de novembre de 1975, el dia que va morir Franco. Ho havies de dir en veu baixa, no fos cas que algun veí pensés que estaves content. Ella estava contenta, no tant perquè s'hagués mort Franco, a qui gairebé ni coneixia, sinó perquè no hi havia escola, però igualment parlava baixet, com volia la seva mare, com si encara hi hagués algú dormint.

A Franco el coneixia de vista: era un senyor molt vell, calb i amb gorra que sortia molt per televisió. Tot d'una la tele el va ensenyar dins d'una caixa, vestit com sempre, amb una jaqueta d'aquelles totes plenes de botons i medalles, però amb els ulls tancats i cara de mal de ventre. Hi havia una gentada que feia cua i s'esperava per veure'l. Era estrany, però tampoc no tenia cap importància. A casa seva no hi va haver escarafalls ni celebracions. La seva mare no va treure el rosari, ni les maletes ni tampoc les ampolles de xampany. Amb els anys, coneixeria gent que aquell dia havia fet de tot. Ella va viure la mort de Franco amb una discreció avorrida, expectant. La seva mare arrambava la cadira a la tele i s'ho mirava tot en silenci. De vegades diria que esperava alguna cosa que no passava. Uns quants dies més tard ella va tornar a l'escola, on les monges semblaven més eixarreïdes que abans i on durant uns dies van fer novenes i misses i van passar el rosari, com si se'ls hagués mort un parent. Després, tot va continuar. Tant si era tot com abans com si alguna cosa havia canviat, ella no se'n va adonar.

La mort de Franco i la mort del seu pare van ocórrer el mateix any, amb pocs mesos de diferència. El pare, al juliol. Franco, al novembre. La de Franco no tenia cap misteri: s'havia mort en una clínica amb tot de metges al voltant. Alguns n'estaven molt decebuts. Els hauria agradat que es morís d'una altra manera. Fins i tot matar-lo ells mateixos. El van enterrar enmig d'una gran cerimònia i un dol nacional que va durar dies. Se'n va parlar molt. Per fi se'n podia parlar, tot i que la gent no hi tenia pràctica i tampoc no gosava fer-ho.

La mort del seu pare, en canvi, estava envoltada de secrets. Per començar, la mare ni tan sols reconeixia que era mort, i això que l'hi havia dit ben clar, allà a Conques, abans de tornar a casa. Però quan alguna veïna o alguna clienta preguntaven, i només en aquest cas, ella deia que el pare era fora, comprant per a la botiga, de viatge, vés a saber quan tornaria, ella mai no ho acabava de saber, ja se sap, els homes són com melons, potser per fora semblen una cosa però fins que no els obres no saps què hi ha dins. Tampoc no es parlava de les circumstàncies, la causa, la manera ni els interrogants. No sabia si el seu pare havia mort perquè estava malalt o si havia tingut un accident. No sabia si algú havia fet cua per veure'l, com a Franco. Només que tot era secret. I que dels secrets no se'n parla.

Fins que totes dues morts van començar a lligar-se, de mica en mica. Algú va fer córrer pel barri que el Josep el del colmado no tornaria perquè s'havia matat. A la carretera, deien. Havia caigut daltabaix d'una muntanya. S'havia estimbat contra un arbre. Hi havia diferents versions, però totes convergien en el mateix: son pare era mort. No era pas tan estrany, pobre home, si sempre estava vinga comprar, amb el cotxe amunt i avall.

Alguns feien preguntes. Què m'han dit, que ton pare és mort? I ella s'arronsava d'espatlles. Vergesanta! I això quan ha estat? No ho sé, pregunti-ho a la mare. Us acompanyo en el sentiment, nena. I ella deia gràcies sense entendre què volia dir allò d'acompanyar algú en el sentiment. Quin sentiment? Si ni tan sols ella sabia què li estava passant. En aquestes —quina sorpresa!— la Cristina va començar a donar la raó als qui deien que el pare s'havia estimbat i que no tornaria. Acceptaven condols, feien cara de gran trasbals, la mare deia Ja ho veu, pobret, no vam poder ni dir-li adéu, però ara la vida continua. Les veïnes i sobretot les clientes se n'anaven molt conhortades, compadint la vídua i l'òrfena del colmado, deleroses d'explicar la tragèdia al primer que trobessin pel carrer. Quan es quedaven totes soles, la Cristina, que ja s'havia cansat de buscar explicacions a la mort del seu home i que havia decidit inventar-se-les al seu gust, murmurava: Millor tenir un mort a la família que no pas un pròfug, nineta.

El més curiós d'aquest cas va ser que algú devia relacionar les idees polítiques de don Josep amb aquell dol nacional ordenat per decret i va decidir buscar-hi coincidències. Així doncs, va començar a circular la notícia que don Josep Gené no havia mort per accident, sinó que s'havia llençat a propòsit daltabaix d'un barranc només saber que Franco era mort. No era pas tan estrany, perquè tothom sabia que don Josep era franquista fins al moll de l'os. Ho era des que Franco era només un general malparit amb molts fums i el cap ple de males idees. En parlava amb una veneració mig beata que feia regirar l'estómac a les clientes que sempre callaven, les que mai no opinaven de política, ni de la guerra, ni de res. Que només compraven i marxaven. No eren gaires, perquè aquella clientela que no pensava com ell va anar fugint del colmado i, sobretot, del seu amo, sempre tement que les descobrís o les delatés. Com sol passar en aquests casos, al final don Josep estava envoltat de gent que li reia totes les gràcies. Gent que parlava fort i que estava convençuda que els bons —que eren ells— havien guanyat la guerra. Els únics que tenien diners en aquella Barcelona trasbalsada dels anys de la misèria. Fer-los contents era, a més, una estratègia comercial.

La versió del suïcidi patriòtic i automobilístic del Josep Gené va anar prenent forma com una llegenda del barri, una xafarderia que les mares de família explicaven al marit quan es ficaven al llit, i tot seguit se senyaven, per foragitar aquell mal que volien ben lluny de casa seva. Com sol passar, sense que ningú no l'aprovés, ni tampoc les diferents versions que en circulaven, la història no va tardar a quedar fixada en l'imaginari col·lectiu d'aquell bocí de món que és el barri de Gràcia —i rodalia—, on ja tothom la tenia per crònica oficial perfectament documentada, i on ja ni la Cristina, la vídua jove, no es preocupava de discutir-la ni de refutar-la perquè ja li estava bé. Primer, era la primera cosa que ha de ser una bona història: versemblant. Segon, l'exonerava d'haver de donar explicacions molt més complicades. I tercer —i el més important—, com que ella mai no va saber per quina raó s'havia matat el seu marit, dir que havia estat per Franco li semblava una solució magnífica.

60

L'Albert també va faltar un dia a classe quan era molt petit, però va ser per causes diferents. Ho va decidir ella. Necessitava posar una mica en ordre els seus sentiments. I fer-se passar la por. Ara que ho pensa, aquell ensurt i aquest d'ara han estat els dos més grans de la seva vida. En tots dos va haver de considerar directament la possibilitat que l'Albert desaparegués per sempre. En tots dos va haver d'aprendre que la por havia arribat per quedar-se. I en tots dos hi va haver una guerra declarada entre el Fèlix i el Samuel.

Tot just era el segon dia de P3. L'Albert havia començat l'escola de manera «progressiva», la qual cosa volia dir que el primer dia hi va anar només al matí i el segon, només a la tarda. El tercer dia ja l'esperava la jornada escolar completa. Sis hores de fer la seva vida en un lloc nou.

La tarda del segon dia la Reina va arribar cinc minuts tard davant la porta pintada de blau de la classe de les Marietes. La mestra, amb bata de coloraines, anava cridant els nens per ordre d'arribada dels adults. En veure-la a ella va fer una cara estranya.

—Véns a buscar l'Albert Pons? —va preguntar.

—No, l'Albert Gama.

Era només el segon dia. La mestra tot just havia après que entre els vint-i-cinc nous alumnes hi havia dos Alberts. No coneixia els pares de cap dels dos.

—L'han vingut a buscar fa un moment.

—Què? Qui ha vingut?

La mestra estava atrafegada. Els primers dies de curs són massa intensos. Hi havia nens que ploraven, nens que s'havien pixat a sobre, nens que no volien marxar, nens que no volien tornar i pares neguitosos que també ho tenien tot per aprendre. Enmig de tot aquest embolic, no acabava de donar importància al fet que el seu fill no era dins la classe de les Marietes ni tampoc era fora, amb ella.

—Em penso que ha vingut un avi —va dir la mestra.

—Un avi! —La Reina va perdre la calma—. Quin avi, si dels tres possibles dos són morts i l'altre viu lluny? Potser era una àvia, la meva mare?

La mestra es va aturar per mirar-la, confosa.

—No, no. Un home. Això m'ha semblat, si més no —va fer, baixet, mentre s'adonava que allò era greu. I després d'una pausa, revisant la seva llibreta—: Un moment. Avui és el primer dia, encara no conec les famílies. Deixa'm que m'ho miri bé. Segurament el que ha marxat és l'altre Albert. L'Albert Pons. Me n'asseguro, un segon.

Però ella ja havia mirat l'única cosa que li interessava: que el seu fill no era dins l'aula. Va donar un cop d'ull ràpid, desesperat, a tot el pati. Els gronxadors, el sorral, la zona sota els arbres on els petits jugaven. No hi havia l'Albert, ni ningú. Va cridar-lo aixecant molt la veu. Va buscar-lo a l'edifici central de l'escola. Aviat un parell de mestres i una senyora de la neteja buscaven amb ella, alarmats, tement què passaria si. Valia més no pensar en això. Valia més buscar el nen fins que aparegués. Els nens es perden, de vegades. Es perden i apareixen. De vegades.

Va trucar al Samuel primer.

—Tu has vingut a buscar l'Albert? És amb tu?

—Reina, què passa?

—Digues, és amb tu o no?

—Sóc a la feina, em pensava que hi anaves tu.

—D'acord, adéu, ara et truco.

Segona trucada, al Fèlix. Mateixa pregunta, diferent resposta:

—Hi havia d'anar jo?

—No. Però hi has anat o no?

—No, esclar que no. Pensava que hi anaves tu.

—Sóc a l'escola. Només que he arribat cinc minuts tard.

—I què passa? Vinc?

—Et truco després.

Va aturar-se al mig del pati desert. Totes les marietes havien marxat a casa amb els seus adults puntuals. Menys el seu fill, que ningú sabia on era.

De cop, només hi havia una pregunta: I ara, què? Què havia de fer? Trucar a la policia? Donar voltes pel barri buscant el seu fill? Regirar tota l'escola? Trucar a la seva mare? Sabia que havia de decidir-se, i de pressa, però la confusió era tan gran que no podia pensar. Va trucar a la seva mare. Per sort, li va agafar el telèfon de seguida. Es va atorrollar i li van sortir un grapat de paraules embullades amb llàgrimes, que costaven d'entendre. La Cristina va dir:

—Ja vinc. No et moguis d'aquí.

Però justament en aquell instant va sentir un ploricó. No diuen que la natura ha equipat els cadells amb un plor agut que alerta les mares? Hi ha algú que hagi estudiat a quants metres de distància és capaç cada mare de reconèixer el plor del seu cadell? El plor de l'Albert era lluny, però era ell. Abans que una parella jove entrés al pati de l'escola amb el nen a coll, la Reina ja n'estava segura. Van dir que l'havien trobat aturat davant un semàfor, dos carrers lluny de l'escola, plorant. Tot i que no parlava gaire, es va fer entendre. El retrobament no va poder ser més lacrimogen: la mare plorava, el fill plorava, la mestra plorava, la dona de la neteja plorava, la parella jove plorava. El nen deia: No ploris, mama.

Un cop van calmar-se les passions, i l'àvia va arribar per convidar-los a berenar, va començar el ball de trucades i retrets. La Reina va trucar al Samuel. El Samuel li va retreure que ho hagués dit al Fèlix. Ella va preguntar què volia que fes, si no n'estava segura. Doncs haver-m'ho dit a mi, hauria vingut a ajudar-te. El Fèlix va trucar a la Reina. Li va retreure el retard de cinc minuts, li va dir que estava sempre massa ocupada, que ara que era mare s'havia de calmar, que tantes presses s'havien d'acabar. La Reina el va engegar a la merda i va penjar el telèfon. El Fèlix va tornar a trucar. Segona volta de retrets: com gosava penjar-li el telèfon, tan preocupat que ell havia estat tota aquesta estona, tant que l'havia fet patir, només pensar què hauria pogut passar, ara mateix denunciaria la mestra que... La Reina li va penjar el telèfon per segona vegada. Tot seguit va trucar al Samuel per dir-li que tenia raó, que no hauria d'haver trucat al Fèlix. El Samuel va mirar de calmar-la. Ell també s'havia espantat, però va entendre que la Reina s'ho havia passat pitjor. Mentrestant, el Fèlix va trucar al Samuel i li va deixar un missatge al contestador com una bomba atòmica: Si la teva dona no sap arribar a temps a buscar un nen de tres anys, hauré de prendre mesures. Així que el va sentir, el Samuel va respondre la trucada. Aquest cop sense contestador: Quines mesures vols prendre, eh, desgraciat, digues, fes-te el valent amb mi i no amb la Reina, potser sí que et penses que la pots acusar de no ser bona mare, malparit, t'asseguro que si la denuncies vinc a fotre't quatre hòsties. I el Fèlix: M'he d'espantar? De tu? Vine a fotre'm el que vulguis, que no t'esperaré amb les mans buides, cabronàs. Després d'això, tu i jo estem en guerra. El Samuel: En guerra? Però què dius, imbècil? Et penses que això és una pel·lícula? Només penjar el Fèlix va trucar a la Reina: Digues al teu amant que no m'amenaci o el denunciaré. I ella: Si no vols que t'amenaci, no el provoquis. I no és només el meu amant. I ell, cridant: Oi tant que ho és, no té cap altre nom. I ella: El tindrà aviat, perquè ens casem el mes que ve. I el Fèlix, després d'un segon de disgust, d'encaix: Ah, mira, enhorabona, així podràs fer-li a ell el que vas fer-me a mi. I la Reina, desarmada i abans de penjar: Ets un fill de puta.

Mentrestant, l'Albert i la Cristina devoraven a mitges una copa gegant de gelat de xocolata mentre ella li cantava un tango d'aquells que tant li agradaven i que havia après de joveneta: *Desde que se fue, nunca más volvió, caminito amigo, yo también me voy...*

Quan la Reina va anar cap a ells, desfigurada pel disgust i l'empipada, sa mare li va dir:

—Saps què deien abans? Que els nens s'han de perdre un cop a la vida. Porta sort. El nen Jesús es va perdre, no te'n recordes? I després no li va anar tan malament.

—Mare, el van crucificar.

—Sí, però es va fer molt famós.

61

El primer que fa la Reina en tornar al seu racó, on l'esperen les seves coses i un sofà on encara vol provar de dormir una mica, és assegurar-se que l'ordinador i la tauleta són al seu lloc. És a dir, a les dues butxaques frontals, dissenyades expressament per a això, de la maleta d'executiu de mida cabina que sempre l'acompanya. Però només mirar la maleta s'adona que les dues butxaques són obertes. Està segura que fa un moment no ho eren. Ja sap què ha passat. Abans de ficar la mà als compartiments preveu que no hi trobarà res. I quan fica la mà i li arriba la confirmació que li han robat tots dos dispositius i que, per tant, ara té un problema molt gros, també té la certesa de qui ha estat.

Amb el cor accelerat busca el mòbil. Per sort, aquest encara és allà on l'ha deixat, mig amagat entre el braç i el seient del sofà, carregant. L'agafa, agraïda que no se l'hagin endut també. Setanta-tres per cent de bateria, així que pugui l'endollarà de nou. De moment, no el pensa deixar sense vigilància. *Don't leave your luggage unattended*, mira que l'hi han dit vegades.

Enfurismada, va cap al taulell d'entrada a la sala i s'atura al davant de l'hostessa amb uniforme de la companyia aèria, que li pregunta com la pot ajudar.

—Necessito veure la llista de persones que hi ha en aquest moment dins la sala.

La demanda és tan agressiva que la noia d'uniforme s'espanta (tensió a la part inferior de la boca, comissures dels llavis estirades enrere, celles aixecades, boca i ulls més oberts del normal: les expressions universals de la por).

—Em temo que no és possible, senyora —li diu, amb un somriure comercial, és a dir, fals—. No ens permeten facilitar aquesta informa...

—Ho entenc, ho entenc. Però segurament podrà dirme si hi ha una persona que estic buscant, oi?

La noia dubta. Arrufa els llavis.

—Sap el nom d'aquesta persona?

—Ulf Everink.

—És parent seu?

—Amic.

La Reina mira de semblar més tranquil·la. La noia de l'uniforme necessita raons per confiar en ella. Mira de donar-n'hi abaixant la veu, parlant a poc a poc i somrient. S'ajuda amb les paraules:

—M'ha semblat sentir-li la veu fa un moment, però no vull haver de buscar-lo per tota la sala.

—M'ho podria lletrejar? —Sense deixar d'arrufar els llavis, la noia d'uniforme revisa la llista assenyalant els noms amb la punta d'un bolígraf.

—Ulf Everink. Sí que hi és.

La Reina se li abraona sense ni adonar-se'n:

—Què he de fer per denunciar un robatori?

—Un robatori on?

—Aquí. M'han desaparegut l'ordinador i la tauleta.

—Què vol dir aquí? Aquesta nit?

—Ara mateix. Mentre em prenia el cafè.

—Està segura que els portava?

—Si no n'estigués segura, ja no l'hi demanaria. Em diu què he de fer o no?

—Hauria d'anar a la policia —diu la noia—. La comissaria és a la planta baixa. Sortint de la sala business, a la dreta, baixant les escales mecàniques fins a...

—Sí, sí, em penso que ja sé on és.

La Reina s'adona que tot en aquest aeroport és a la planta baixa. A tots els aeroports, tot el que necessites és a l'altra punta.

—Esperi un moment, sisplau —li demana la noia de l'uniforme, i va cap a la seva companya, l'hostessa rossa que en aquests moments reomple la nevera de la zona de càtering.

Les dues noies xiuxiuegen. La rossa fa que no amb el cap, acaba de col·locar les llaunes de refrescos a la nevera, gira cua i s'acosta a la Reina amb un somriure encantador.

—Li demano disculpes, senyora Gené —fa l'hostessa—. Tot ha estat culpa meva. El seu ordinador i la seva tauleta són aquí. Eren damunt la taula, com si se'ls hagués descuidat algú, i els he recollit perquè no es perdessin. Aquestes coses sempre les reclama algú. Jo em penso que ha estat mentre vostè dormia. Per això no m'ha pogut indicar que eren seus. Ho sento molt. De seguida els hi retorno. Me'n pot recordar la marca, sisplau, per assegurar-nos que són els seus?

La Reina es desinfla com un pastís mal cuinat. Diu la marca, accepta més disculpes, fa cara de circumstàncies i, finalment, recull els seus aparells i torna al seu racó, on abans d'arribar ja hi veu l'Ulf Everink, que l'espera: vestit i armilla impecables, els cabells com acabats d'empastifar amb fixador i la pell bruna i colrada pel sol i pel salnitre. Somriu com si s'alegrés de veure-la. Als peus hi té un maletí negre, de pell, de marca. Res en ell no indica que són tres quarts de quatre de la matinada.

L'hora més difícil de totes les hores difícils.

62

Com si fos un gest innat, alguna cosa que té a veure amb la supervivència, la Reina dóna un cop d'ull molt ràpid a la pantalla del mòbil. Hi ha un missatge del Sam que diu:

«No puc dormir. Tinc el cap ple de merda».

No li proposa de parlar. No afegeix, com sempre, «T'estimo».

Està molest. En té motius?

Què deu haver passat des de la darrera vegada que han parlat? L'Albert s'ha despertat? El Fèlix li ha trucat per fer-li algun dels seus retrets habituals? Ha estat alguna cosa pitjor que un retret? De què han parlat, fa una estona? Del Fèlix —com sempre, entre ells dos sempre hi ha el fantasma emprenyador de l'altre—, dels psicòlegs, dels mestres de l'institut… Li ha demanat que enviés al cap d'estudis l'informe de la psiquiatra, que obrís el seu correu electrònic, n'hi ha donat la contrasenya.

El correu electrònic. Merda.

Merda, el correu electrònic.

S'imagina la seqüència. El Samuel buscant el missatge del Joan Carles entre l'allau de correus de la safata d'entrada, que hauria de buidar. El veu llegir-ne d'altres sense interès abans de trobar el que necessita. El veu aturar-se davant d'un de concret, enviat per la *personal assistant* del senyor Mirchandani: Adjunt a aquest missatge hi trobarà els dos bitllets de primera classe Barcelona-Bucarest per al proper dia 28 de febrer i la reserva per a dues persones a l'hotel Athenee. Totes dues coses a nom seu i del senyor Tomàs Moliner, tal com vostè ens ha indicat. Li prego que ens comuniqui que ho ha rebut tot correctament i que tot està en ordre. *All the best*, etcètera.

Merda.

Ho hauria d'haver esborrat. Com que el Sam mai no remena les seves coses, no ho va trobar necessari. Ni tan sols va patir pel que podria passar si. Era una possibilitat que no es considerava, simplement. Beneita.

Voldria contestar al Sam, però no sap què dir. Es mira la pantalla del mòbil. Escriu i esborra. Tot li sona fals, interessat, sospitós.

Finalment, opta pel silenci. El silenci dels culpables.

63

—Senyor Everink, quina coincidència trobar-lo aquí —fa la Reina, amb una ironia tan fina que tem que l'altre no la noti.

—Cap coincidència. —Somriure encantador—. La volia veure. He vingut expressament per veure-la.

La Reina es posa en guàrdia.

—Sabia que era aquí?

—Els vols internacionals surten tots d'aquest aeroport. A més, m'ho ha dit vostè, no ho recorda? Abans, quan hem parlat.

—Ah, sí. Aquella trucada tan estranya.

—Estranya? En quin sentit?

—Vull dir que vostè no hauria de tenir el meu número.

—Tinc els meus contactes, ja l'hi he dit.

La Reina seu, endreça les seves coses. Mira de mantenir amb l'Ulf Everink la mateixa distància que estableix durant les entrevistes de feina: un mínim de dos metres i un màxim de tres. Distància social llunyana. Molt important perquè ningú no se senti incòmode. Malgrat tot, ella se'n sent, ara, amb l'Ulf Everink assegut al seu sofà.

—Vostè no va a Transsilvània, amb els altres?

—Sí que hi vaig. Tot i que els vampirs no m'agraden gens.

—I no hauria d'estar dormint? Demà no s'aguantarà.

—Ja dormiré a l'autobús. Crec que són un parell d'hores de viatge.

—Hi arribarà mort.

—No em fa res. —L'Ulf Everink avança mig metre al sofà. Escurça la distància—. Volia saber com anava tot.

—Ja l'hi he dit per telèfon. No li puc facilitar cap informació.

—Pensava que, en persona, potser sí.

—Em temo que no. A més, jo he abandonat el procés de selecció. Suposo que ara la companyia designarà un substitut, o una substituta, i tot continuarà fins al final. No ha de patir. Aquesta mena d'empreses no són de deixar les coses a mitges.

—Deixarà que la substitueixin?

—Això ja no és cosa meva. Ells tenen dret a fer el que vulguin amb el seu procés de selecció.

—Però la clàusula de rescissió del seu contracte sí que és cosa seva. —Mirada tensa, la Reina acluca una mica els ulls, es pregunta què sap exactament aquest home i, sobretot, per què ho sap. Com si li hagués llegit el pensament, ell afegeix—: Ja li he dit que tinc els meus contactes.

Això no pot continuar. És estrany. Està mal fet. Però, a més, no en té ganes. S'allunya dos pams d'ell —fins al límit del sofà—, apuja una mica la barbeta i prova de parlar pausadament:

—Miri, senyor Everink, això és molt irregular i ho hem d'acabar. Si continua assetjant-me, hauré de notificar la seva conducta a la cap de recursos humans amb la recomanació que no el tinguin en compte. La qual cosa seria una llàstima, la veritat, perquè té un currículum francament...

—Perdoni'm. No tenia intenció de molestar-la.

—Doncs ho fa. En un moment molt delicat per a mi, a més.

—Li demano de nou disculpes. De vegades sóc massa impetuós. —Fa una pausa, com si triés paraules—. Però permeti'm una pregunta. Si tècnicament vostè està fora del procés de selecció, vol dir que això podria considerar-se assetjament? O només una trobada casual entre dos usuaris del *business lounge*?

—Una trobada casual? Si vostè no va enlloc! Només m'està seguint! No és cap client.

—Dispensi, però tècnicament sí. —Treu una tauleta del maletí, pitja una carpeta i s'obre un bitllet electrònic de Tarom. Origen: Bucarest. Destinació: Melbourne. Primera classe—. Ho veu? Tinc tot el dret del món a ser aquí, parlant amb vostè.

A la Reina li agradaria treure-se'l de sobre, allunyar-lo del seu sofà, fer-lo fora del seu en teoria confortable espai-personal-social-llunyà. Com més lluny, millor. Però ja fa estona que ha entès que l'Ulf Everink és d'aquestes persones que sempre fan el que volen. Així que força un somriure per dir:

—He de fer una trucada que no pot esperar. Li faria res?

—No, no, i tant —ell s'aixeca, sol·lícit—, només faltaria. Torno d'aquí a una estona i continuem xerrant, d'acord?

Xerrant. Com si fos agradable. La Reina no contesta. El veu marxar. Ho interpreta com una victòria. Efímera, però victòria.

64

—Hola, amor meu. Dormies?

—No —fa el Sam.

—Em moria de ganes de sentir-te la veu.

—Sí.

—Com està l'Albert?

—Bé.

—Dorm?

—Ell sí.

—Quina nit més llarga, déumeu. Si sabessis quines ganes que tinc d'arribar a casa. De fer-te una abraçada. D'encastar-me contra tu i que m'abracis ben fort. Estàs bé? Has aconseguit dormir una mica o continues plantat davant del llit del nen? Has sopat?

—Estic bé.

—Aquí tot continua igual. A la tele només fan que repetir imatges de ciutats congelades. A les pantalles tots els vols estan endarrerits, és per desesperar-se. L'aeroport és ple de gom a gom. Per sort a la sala business s'hi està més bé, però, no ho saps? S'hi ha escolat un dels candidats del procés de selecció i m'assetja perquè li doni el càrrec. És pacífic, però queda clar que no hi és tot. Què et sembla, el que està disposada a fer la gent per un lloc de treball?

—Molt fort.

—Esclar que no és un lloc de treball qualsevol, ja t'ho pots imaginar. Si et dic quant facturen l'any, aquests que m'han contractat, et cauria el telèfon de l'ensurt. Són els amos del món, els de les farmacèutiques. Per cert, aniran contra mi per deixar la feina a mitges. M'estan amenaçant d'executar la clàusula de rescissió, que era terrible. No em preguntis què diu perquè me la vaig mirar només per sobre, aquestes coses sempre es miren per sobre. No dubtis que ho compliran. Però no em fan por. De fet, m'és ben bé igual. Que facin el que vulguin. Ja ens hi enfrontarem quan calgui, oi? Hem plantat cara a coses més difícils, oi, tots dos junts? Per què hem de patir en futur i encara menys per coses de feina?

—Esclar.

—Escolta'm, ara al matí faré unes quantes trucades. Parlaré amb el cap d'estudis de l'institut i amb la psicòloga aquesta de la Seguretat Social. També trucaré al Fèlix i li deixaré clar com aniran les coses. Vol endur-se el nen a pescar, però ara ni parlar-ne. Vull que estigui amb tu. Amb nosaltres. Vull poder-lo vigilar. Cuidar-lo. Tu no pateixis, que em passaré les hores que trigui a sortir el vol fent les gestions que siguin necessàries. Li diré que a l'institut aniràs a buscar-lo tu. Demà i la resta de la setmana. Oi que ja hi comptaves?

—I tant.

—No sé com portaré que torni a acostar-se a l'estació. Ara mateix no vull ni pensar-ho. L'estació, el tren. Serà un malson deixar-lo tornar sol altra vegada. Però bé que haurà de fer-ho. Té gairebé divuit anys. No el podem pas tractar com si fos una criatura.

—No.

—D'acord, ja ho pensarem, això, ara l'important és arribar a casa. No saps les ganes que en tinc. Em faràs una abraçada d'aquelles que em deixen sense aire?

—Reina. T'he de fer una pregunta.

—Digues.

—Hi has anat amb algú, a Romania?

—Què?

—M'has fet el salt?

—No. —Negació de l'evidència. El primer que se'ns acut quan no se'ns acut res.

—Segur?

—Sam. —Li tremola la veu—. No em facis preguntes. Deixa'm tornar a casa. Necessito tornar a casa.

—Com en dius, tu, d'això? —fa el Sam, amb veu calmosa—. Preguntes tancades, oi? Les que només es poden contestar amb un sí o un no.

—Sí. Preguntes tancades.

—I no dius que quan l'entrevistat contesta amb evasives vol dir que no vol contestar? O que allò que ha de dir no és agradable?

També li agrada dir que un error en les preguntes tancades es paga molt car. Dos errors són insalvables.

—Sam, sisplau. Parlem cara a cara. Serà molt millor.

—No. Ja m'has contestat. No vull saber res més. Ni ara ni mai. —Quan es diu «No vull saber res més» normalment es volen saber moltes més coses. I de seguida—. Digue'm només si és el primer cop. O fa temps que m'enganyes?

Per què són sempre iguals, aquestes escenes? Per què som tan repetides, les persones, tan previsibles?

—És el primer cop. Un error. Un error com una casa. Amor meu, jo no vull…

—No em diguis amor meu.

Ho és. Malgrat tot, ho és. L'únic que ha conegut.

—El conec?

Una altra pregunta tancada. No pot cometre un altre error.

—No.

Per què sempre ens fem les mateixes preguntes? Per què el dolor sempre és bessó d'altres dolors?

—Que bé. Almenys això.

—I no és important. L'important ets tu.

Sent el Sam que xucla mocs i li sembla que plora. Li agradaria consolar-lo, però s'adona que no pot. Que no hi té dret.

—Sisplau, Sam.

—T'he de deixar —fa ell, amb la veu trencada.

Li ve una frase a la memòria. Una frase que crema i que té el to i la veu del Fèlix: «Així podràs fer-li a ell el que vas fer-me a mi».

I es diu ella mateixa el que el Fèlix mai no va gosar dir-li, però segur que va pensar: Puta.

Putaputaputaputa.

65

S'estira al sofà, amb el cor a mil i els ulls clavats a les ratlles paral·leles del sostre. No fa ni cinc minuts que dóna voltes als seus pensaments quan l'hostessa rossa entra en el seu camp de visió i anuncia que la tempesta es desplaça cap a Moldàvia, Ucraïna i Rússia, que ara d'aquí a poques hores començaran a obrir-se pistes i a sortir vols, que seguiran l'ordre previst, primer els avions que fa més estona que s'esperen, que quan s'anunciï l'hora del de Barcelona l'hi farà saber perquè pugui preparar-se i que ara pot mirar de dormir una mica més perquè no creu que res d'això sigui gaire ràpid, ha de pensar que el trànsit s'ha endarrerit molt i que els controladors no donen l'abast. I per si de cas s'ha perdut o no estava al cas, afegeix:

—Són bones notícies, senyora Gené.

66

—No tinc gaire temps —fa l'Ulf Everink, apareixent de nou, aquest cop sense americana i amb la camisa arromangada, com si anés a rentar els plats—. Me n'he d'anar a visitar vampirs, recorda?

La Reina s'asseu al sofà, es torna a posar les sabates.

—Què vol?

—Xerrar una estona. —L'Ulf s'asseu al seu costat, a menys d'un metre de distància.

—Jo si fos vostè no perdria el temps, senyor Everink. Farà tard a l'autobús.

—M'hi arriscaré. —Somriure, mans sobre els genolls.

Aquest home deu prendre alguna mena de drogues, pensa ella, no és possible que ningú estigui tan despert a aquestes hores de la matinada.

—Senyor Everink, estic molt cansada. Tinc problemes. No és el moment.

—És l'únic moment que tinc. —Posat molt seriós—. Dispensi'm si semblo egoista, però necessito aprofitar-lo.

—L'hi torno a dir. Jo ja no formo part del procés de

selecció. La decisió final dependrà d'una altra persona. No és amb mi, que ha de parlar.

—Sí que ho és, perquè vull demanar-li una cosa. Una cosa difícil, ho sé. I no puc permetre'm que em digui que no. —Un silenci expectant, que trenca ell—: Vull que segueixi amb el procés de selecció.

A la Reina se li escapa una riallada.

—Què diu?

—Que no marxi. Digui als de recursos humans que s'ho ha repensat, que ha canviat d'opinió, que ha llegit la clàusula de rescissió del seu contracte i s'ha espantat. Digui el que li sembli, però quedi's.

—Però vostè és conscient del que diu? Pensa que em quedaré només perquè vostè ho vol?

—No només perquè jo ho vull. Miri —manipula la tauleta, en fa aparèixer un document—, llegeixi's la maleïda clàusula. Jo diria que no li convé ni mica fer enfadar aquesta gent. A més, li han ofert viatjar a casa i després tornar per acabar la feina, oi? Jo trobo que és una oferta prou generosa.

—Com ho sap, vostè...?

—Llegeixi. Mentrestant, vaig a buscar alguna cosa per beure. Li ve de gust un roibos? O és massa aviat?

Com sap el que...? No fa pas tant, que s'ha afeccionat al roibos. Diria que ni tan sols el Samuel n'està al cas. En canvi l'Ulf Everink és capaç de servir-li un te al seu gust, amb la mida justa de sucre, havent-la vist només...

Sota el document que està fent veure que mira, mentre observa l'Everink hi veu el bocí d'una imatge familiar. Només una franja estreta, però hi reconeix la font sense aigua del passeig de Sant Joan. La reconeix perquè l'ha vista moltes vegades i forma part d'aquest paisatge de la memòria que som capaços de veure fins i tot amb els ulls tancats.

Minimitza el document —el seu contracte, que vés a saber com ha arribat fins a la tauleta d'aquest home— i topa amb una fotografia que ocupa mitja pantalla. Hi surten el seu fill Albert i ella mateixa en el moment de pujar al cotxe. Al davant, la font sense aigua del passeig de Sant Joan. Al fons, l'entrada de la residència on ja fa uns quants anys que hi viu la seva mare. La foto es va fer fa dos diumenges, el darrer cop que van anar-hi de visita. La Reina es pregunta, amb un batec al pit que gairebé l'ofega, per què aquest home té una foto del seu àmbit familiar a la seva tauleta. El mira de lluny, està distret triant el sobret del te —n'hi ha molts de diferents— i fent bullir l'aigua. S'adona que just a sota d'aquesta imatge n'hi ha un parell més, i pitja la barra superior per fer-les aparèixer. Es veu ella mateixa sortint del gimnàs. Du la bossa vermella amb compartiments impermeables a tots dos costats, els cabells xops, la dessuadora oberta i el mòbil a la mà. És fosc. Potser l'hi van fer el darrer divendres que hi va poder anar. Pitja la tercera barra: ara veu el Tom besant-la amb desfici a la porta de l'hotel —el nom del qual es veu perfectament— mentre li entrapa la cara amb les mans. Les d'ella, en canvi, no es veuen, però es pot intuir que són en algun lloc entre els plecs de l'abric d'ell. De fet, eren dins dels pantalons del Tom, delectant-se amb l'escalfor de l'entrecuix i amb una erecció que els feia riure. Per un instant pensa que no vol que el Sam vegi aquesta foto per res del món. Una cosa és imaginar i l'altra —molt diferent—, veure. No vol ni pensar què passaria si l'Ulf Everink enviés aquesta foto al seu home.

Estaria disposada a fer alguna cosa per evitar-ho?

Allò que estem disposats a fer sempre depèn del que

rebem a canvi. Si el premi és gran, la motivació és gran. Som com aquells gossos ensinistrats que salten dins d'un cercle en flames a canvi d'un os. O, pitjor, a canvi que el domador no els clavi un cop a les costelles.

La Reina torna a fer aparèixer el contracte i es llegeix la clàusula de rescissió. Poden demandar-la a pagar els costos de tot el procés de selecció, més els danys i perjudicis que ocasioni a la companyia el fet d'estar més temps del previst sense un dels seus directius capdavanters. Una quantitat tan desorbitant que no podria pagar-la ni que visqués dues vides seguides sense deixar de treballar. S'hi va fixar, que la clàusula deia això? És legal, tot plegat? Tant se val, ara ja no és a temps de fer-hi res. Tot està signat i ben signat.

Quan l'Ulf Everink arriba amb la safata de plàstic, les dues tassetes de roibos i unes galetes de xocolata que fan una olor boníssima, la Reina li etziba, decidida com si s'acabés de despertar:

—Expliqui'm d'una vegada el que m'hagi d'explicar.

67

La memòria de la Cristina és com un trencaclosques del qual s'han perdut peces. De tant en tant n'apareix alguna al fons d'una calaix i potser encaixa en alguna banda. És impossible saber quan n'apareixerà una ni si apareixerà. O potser apareix i ningú no sap on encaixa.

La Reina i el seu fill van ser a la residència fa dos diumenges. Ella hi va cada quinze dies. De tant en tant l'Albert l'acompanya. La Cristina rep el nét amb complaença, li acarona els cabells i li somriu, però ja fa temps que no el coneix. Els records són com àncores que hem lligat amb cordills invisibles i que ens mantenen fermats a un lloc, a una gent, a un temps. De mica en mica, els cordills que aferraven la Cristina es van anar esquinçant i la van deixar més lliure però també més perduda. El nom de la seva única filla i el del seu únic nét van ser els dos darrers a esquinçar-se. Ara la Cristina va a la deriva. Només som allò que recordem. Potser també allò que de nosaltres recorden les persones que ens volen.

Aquell diumenge, només entrar, la infermera els va avisar:

—Avui toca cançó de l'enfadós. Ja torna a estar amb allò de les pedres!

L'Albert va somriure. Les manies de la seva àvia li fan gràcia. És l'únic que encara se l'escolta quan comença amb les seves repeticions. L'únic que no se'n cansa. Té una paciència que les infermeres admiren.

La Cristina s'estava a la seva habitació, asseguda al costat de la finestra. Feia olor de colònia, anava molt ben pentinada i portava les ungles arreglades, com a ella li havia agradat sempre. De tot això se'n cuidava la infermera per ordre de la Reina. Per la finestra s'hi veia el passeig de Sant Joan: una font sense aigua, criatures que jugaven, els ciclistes del carril bici i el trànsit. A la Cristina li agrada veure tot aquest moviment. Sovint s'hi passa hores, a la butaca.

Amb les visites és diferent. Se li asseuen al davant, li parlen alçant la veu —perquè també està una mica sorda— i li expliquen qualsevol cosa. La Cristina mira lluny encara que els tingui a prop. De vegades no espera que acabin i els interromp. El que diu mai no té res a veure amb la conversa. Només amb alguna cosa que dorm molt endins o molt avall d'ella mateixa. Com aquella tarda, que només feia que remugar amb aquella dicció una mica pastosa:

—Les pedres pesaven. I no ens hi vèiem gens. No hi havia lluna ni res. Res no hi havia. Pedres, només pedres. I pesaven. N'hi havia un munt! Primer el sot, després les pedres. Pesaven. Ell també pesava. No s'hi veia ni gota, aquella nit. No hi havia lluna. Era tan fosca, aquella nit.

L'Albert li preguntava coses.

—De quines pedres parles, iaia?

—Les pedres aquelles. Les pedres —feia ella.

—Però on eren les pedres?

—Allà. Eren allà. No eren pas meves. Eren allà. Tu no les has vistes, les pedres?

—No, iaia, jo no sé quines pedres són.

—Les pedres! No les vas veure? —Fesomia de contrarietat—. No s'hi veia gens, perquè la lluna no havia sortit. Quina nit tan fosca! Com pot ser que no te'n recordis? Que no hi eres, tu?

—No, iaia, jo no havia nascut.

—Segur? —Molta sorpresa—. No pot ser.

—I esclar que pot ser. Aviam, quin any era?

—Quin any? Jo què sé quin any! Fa temps. Les pedres eren allà, no eren pas meves.

La Reina els va deixar a la cambra, nét i àvia, embolicats en aquella conversa sobre pedres, i va aprofitar per saludar la directora i per preguntar-li què deien els metges de l'evolució de la seva mare. «Està forta com un roure», va dir-li, «però el cap cada dia el té més lluny». Es va entretenir una mica més del compte. Quan esperava per veure la directora va topar amb una antiga companya d'escola que venia a visitar el seu pare, que estava terminal. La conversa es va anar engrescant i van anar saltant d'una cosa a l'altra; dels pares malalts a l'escola de monges, dels fills als marits, i van acabar amb un rosari de queixes: que si el meu no sap ni quin curs fa la meva filla, que si no planxa ni un tovalló, que si em telefona per demanar-me que li demani cita al metge, que si peti qui peti ell va al gimnàs, que si mai no veu que la casa és bruta, i que sí, és veritat, però en tot això, la culpa és nostra i només nostra.

Una hora més tard, l'Albert encara s'escoltava l'àvia. Feia cara de cansat.

—Has trigat molt —li va dir el seu fill.

—Ho sento, m'he entretingut.

—L'àvia m'ha posat el cap com un timbal. Qui és mossèn Antoni? És de la família?

—Mossèn Antoni? —A la Reina li van venir al cap quatre llambregades molt antigues: el posat malagradós d'un desconegut, uns quants crits, el plor de la mare i la calor d'aquella nit tan negra—. No ho sé, reiet. Què te n'ha dit, la iaia?

—No gaire res. Crec que m'ha confós amb aquest mossèn Antoni, crec.

—Què et deia?

—No ho sé. El de sempre. Les pedres. Quan comença així, jo desconnecto. I avui no callava.

Havia trobat aparcament just a la porta. Una sort en un barri on mai no es pot aparcar. No van parlar més de les pedres ni del mossèn. Per sort, va pensar la Reina, perquè darrerament la memòria de la Cristina s'assemblava a una d'aquestes glaceres prehistòriques que es fonen tot deixant a la vista mamuts glaçats. I la Reina no tenia gens de ganes de començar a enterrar mamuts.

68

—No li fa curiositat saber per què tinc fotos seves i de la seva família a la meva tauleta?

—Doncs sí. No l'hi negaré.

—No les he fetes jo.

—No?

—Vaig contractar un detectiu privat.

—Per seguir-me?

—No només a vostè. Necessitava conèixer-la. Tenir informació.

—Qui més va seguir? I quina informació volia?

—El seu marit, el seu fill, una mica el seu ex. Té una família complicada. M'ha sortit caríssim.

—I què en treu de saber que vaig al gimnàs o que visito la meva mare malalta?

—D'entrada, res. Però és un as a la màniga. No se sap mai.

—Fa gaire que fica els nassos en la meva vida privada i la dels meus?

—Un parell de mesos. Des que vaig saber que vostè es faria càrrec del procés de selecció.

—I bé? Ha aconseguit alguna cosa interessant?

—Més del que em pensava, la veritat. El més important: ara la conec força bé. Sé quins són els seus punts febles. No pots triar un company de joc que no coneixes de res.

—Vostè i jo som companys de joc?

—Ho podríem ser, si vostè vol. Quant fa que treballa per a Newzer? O que coneix el senyor Mirchandani?

—No l'hi sabria dir.

—Divuit anys?

—Si ja ho sap, per què ho pregunta?

—Va ser la seva primera empresa important? Per això li està agraïda? Sent que li deu alguna cosa? —La Reina no vol contestar—. Ho sent?

—Faig la meva feina. Ells són bons clients.

—Sí, però la seva facturació no trontollaria sense ells.

—No. —Una altra pausa—. Aquesta conversa és bastant incòmoda i no sé quin sentit té. Per què no em diu què vol i comencem a negociar? Perquè per això ha vingut, oi?

L'Ulf Everink somriu. Falsament, com sempre.

—Ja ho sap, què vull.

—Sí. El lloc de director del departament legal de Newzer.

—Molt bé.

—I em farà xantatge amb les fotografies que em comprometen?

—No en tinc la intenció.

Mirades llargues, desafiadores.

—Llavors, les fotos?

—Ja l'hi he dit. Necessitava saber quina mena de persona és, en què creu, com viu. Pistes. Necessitava pistes que em parlessin de vostè. No per extorsionar-la, sinó per convèncer-la.

—Convence'm de què?

—Que ha de fer el que li demano.

—És a dir, proposar-lo a vostè com a únic candidat.

—Sí.

—I si no ho vull fer?

—S'haurà perdut una oportunitat meravellosa de millorar una mica el món.

La Reina té ganes de riure. Li aniria bé, enmig d'aquesta conversa tan tensa. Però acaba d'aparèixer una variable nova. És un boig? Un il·luminat? Reconeix que no ho havia pensat. Sempre tenim tendència a comparar-ho tot amb allò més proper, allò que se'ns assembla. La bogeria no s'assembla a res.

—Ara m'he perdut. Però m'agradaria avisar-lo que potser està a punt de cometre un delicte.

—De debò? Quin?

—Extorsió. Mirar d'aconseguir per la força allò que vol.

—Qui parla de força? Ai —saltiró, l'Ulf busca en les profunditats del seu maletí—, me n'oblidava, quin cap!

En treu una capseta fosca i petita, que deixa sobre el palmell de la mà de la Reina

—Què és, això?

—Li he comprat un detallet.

Amb recança, la Reina treu del paquet una medalla daurada, rodona i amb una flor blanca al mig. Sembla una margarida. O potser un crisantem. Els dos cordonets blancs i vermells són com els que coneix. No sap què pensar de tot plegat.

—Feliç dia de *mărţişor!* Coneix el costum local? —La Reina fa un gest d'assentiment, desconcertada—. Deixi'm que l'hi posi. —L'Ulf clava l'agulla del petit guarniment a la part superior dreta del jersei de la Reina. Després s'aparta una mica per veure'n l'efecte—. M'he deixat aconsellar per una autòctona. M'han dit que els rodons són els més tradicionals. Li agrada?

La Reina fa que sí. L'amulet sembla d'or. Queda clar que no té res a veure amb el que fa una estona li ha posat a la solapa la noia de l'hamburgueseria. Aquest no és una quincalla. L'Ulf Everink és una capsa de sorpreses.

—Simbolitza la lluita entre el bé i el mal, m'han dit. M'ha semblat molt apropiat per a l'ocasió.

—Per algun motiu?

—Perquè el mal sempre és més a prop del que pensem.

—El mal és vostè?

—No, dona! —Reacció hiperbòlica—. Jo sóc el bé. Encara no ho ha notat? I vostè també. Nosaltres som els bons. Fem un bon equip.

—Vostè creu? I llavors el mal...?

—El mal són els que fan coses dolentes, naturalment. No ha vist mai una tragèdia de Shakespeare? No sap reconèixer un dolent?

—He vist *El rei lleó* —provoca la Reina.

—Molt bé! Scarr és perfecte! Una barreja del dolent d'*El rei Lear* amb Adolf Hitler. Veig que ho ha entès perfectament. Doncs bé. Un dolent és el que fa com ells: ningú no val res si fa nosa per als seus interessos.

—Una manera maniquea de veure-ho, però d'acord. I no creu que els bons també podrien ser els qui pensen com nosaltres i els dolents els qui ens porten la contrària? La religió n'és un bon exemple.

—Però sempre hi ha un límit.

—Quin?

—El dolor dels altres. No hi ha cap religió que l'accepti.

—Crec que és perillós afirmar això en els temps que corren. Una de les coses que més morts causa és la religió.

—Els morts no els causa la religió, sinó la seva pràctica. Són un malentès.

—Jo diria més aviat una manipulació.

—Totes les religions comparteixen el respecte per la vida. És una norma universal. I és bona perquè va a favor de la humanitat.

—Un raonament perillós. El mal és allò que perjudica la humanitat? Llavors els diners són clarament al costat del bé.

—No. Per això mateix els diners són al costat del mal. No hem inventat mai res més perillós. Els diners donen poder. I el poder ens fa abusar dels altres. Hi ha persones que moren cada dia per diners o per poder. I també n'hi ha que proven de matar-se per causes igual d'absurdes. El suïcidi fins i tot en grau de temptativa és la prova més clara del nostre fracàs com a espècie. Vostè què n'opina?

La Reina calla. El cor li batega més de pressa que fa un moment. L'Ulf Everink sap alguna cosa del que ha passat avui? Tot aquest discurs de la vida i el bé i el mal, li està adreçat a ella? És part d'una estratègia? N'estudia els gestos mentre parla, intenta detectar fins la més petita arruga, el moviment més insignificant de la boca, però no se'n surt. Aquest home és il·legible: autocontrol absolut, mínima gesticulació, hieratisme. Els seus gestos no parlen. Es pregunta què hi deu haver darrere d'aquesta façana tan desconcertant. Un trastorn de la personalitat? Trets psicopàtics? El principi d'una esquizofrènia? Un obsessiu compulsiu? O només un home que no sap com ocupar el seu temps lliure?

L'Ulf Everink obre una altra carpeta virtual. Porta per nom «Newzer». Durant uns segons el veu desplegar documents i més documents, moure'ls, minimitzar-los, disposar-los en un ordre concret. Quan ja ho té tot al seu gust, li diu:

—Preparada per deixar-se convèncer? —I com que endevina les seves reticències, afegeix—: Només li demano que m'escolti. Té temps. No m'allargaré. L'hi prometo.

I a ella només se li acut dir, mentre engrapa el telèfon:

—D'acord, però he d'anar un moment al lavabo.

—No em mouré d'aquí —somriu Everink, mentre li pren el telèfon de la mà—. Així de passada li vigilaré el mòbil, no fos cas que l'hi robin.

69

A començaments del 2001 la revista *Psychological Science* va publicar un article titulat «Microexpressions facials i detecció de la mentida en la selecció de personal». El signava una psicòloga desconeguda fins llavors en el món acadèmic, de nom Reina Gené. Un mes i mig més tard, el director de recursos humans de la filial japonesa de Newzer va aconseguir el seu telèfon vés a saber on i li va trucar per proposar-li de fer una conferència sobre el tema de l'article en la propera convenció d'alts càrrecs de l'empresa, que se celebraria a Kyoto a principis del mes de setembre. Li oferien els tractes habituals, però llavors era la primera vegada i la van agafar per sorpresa: bitllet en primera classe per a ella i un acompanyant, estada en un hotel de cinc estrelles, entrades per assistir a una representació de bunraku i totes les despeses pagades. A banda, esclar, d'uns honoraris molt generosos.

Abans de dir que sí va esbrinar si les companyies aèries permetien viatjar a embarassades. La majoria no hi posava cap entrebanc fins a la setmana trenta-dos, sempre que l'embaràs no fos múltiple. Algunes demanaven una autorització mèdica. Contenta, va telefonar al Sam, amb qui flirtejava, se n'anava al llit, hi mantenia llargues tertúlies i hi vivia moments de profunda tendresa —sense que cap aspecte li agradés ni més ni menys que els altres— i li va proposar que l'acompanyés. Al Japó? Ho dius de debò? I ella li va dir que sí, molt de debò, que menjarien sushi, farien turisme, veurien temples i geishes i a les nits follarien com bojos. Li semblava un bon programa? A ell l'hi va semblar.

S'ho van passar molt bé complint-lo al peu de la lletra. Dels temples que van visitar ho ha oblidat gairebé tot, tret d'aquell aire de mística bellesa moridora que ho feia tot tan únic i del pavelló daurat sobre el llac del temple de Kinkaku-ji, un dels indrets més bells que ha vist mai. Encara l'estava mirant i ja s'entristia d'haver de deixar de fer-ho. Per sort, la memòria també té ulls. I la seva s'adona que va ser justament allà, davant d'aquell llac com un mirall i d'aquell edifici cobert d'or, on va començar a conèixer una mica més bé el Sam, i on va permetre que ell la conegués una mica. Kyoto en devia tenir part de la culpa, esclar. Ningú no és immune a tanta bellesa. A més, la llunyania era una forma d'anonimat que els afavoria. A les nits, el que passava entre els llençols de la cambra de l'hotel de cinc estrelles li semblava tan únic i bonic com el temple sobre el llac. Eren com en un món paral·lel que tirava a perfecte i durant aquells dies no va pensar ni una sola vegada que allò es podia acabar. Tot el contrari: el primer cop que es va atrevir a imaginar que el Sam podia quedar-se va ser a Kyoto. De vegades cal anar lluny per entendre el més proper.

Va passar molts nervis abans de la conferència, i això que l'havia preparada a consciència i, a més, el seu nom començava a associar-se amb el llenguatge no verbal i la detecció de la mentida, dues de les disciplines que més l'apassionaven des d'abans d'estudiar Psicologia. Després de la publicació d'aquell article en la revista especialitzada més prestigiosa del seu petit món, alguns professors d'universitats americanes l'havien citada en els seus treballs, o l'havien inclosa en la bibliografia d'alguna tesi, o li havien telefonat per fer-li alguna consulta. I a mesura que tota aquella pilota acadèmica s'anava fent més i més gran i rodona, la seva activitat professional se'n beneficiava. Li trucaven per fer cursos, xerrades o classes magistrals. Al principi n'estava encantada i ho acceptava tot. Ara tot just començava a adonar-se que li calia aprendre a dir que no. Ara podia triar, una sort que la fortuna només reserva a uns quants privilegiats i que passa de pressa.

La conferència va sortir més bé del que es pensava. Es va sentir segura en tot moment, va afegir detalls de la seva collita que no portava escrits en la presentació i fins i tot va gosar semblar una mica més informal del que la majoria preveia, sense perdre ni per un moment el rigor ni la professionalitat. No va fer bromes, perquè l'auditori estava format per gent massa diversa —asiàtics, caucàsics, mediterranis, amerindis, africans, afroamericans— i havia après que la ironia no és exportable. Quan va acabar va rebre una ovació una mica més llarga del que esperava. Durant tot el dia va agrair felicitacions dels caps de recursos humans de les diferents filials de Newzer al món.

Durant el dinar el president executiu, Anand Mirchandani, no va deixar de fer-li preguntes. Va mostrar-se molt sorprès, certament, que una persona tan jove aportés tanta saviesa en un assumpte tan útil com el de la selecció de personal. El seu punt de vista era innovador i permetia tot d'aplicacions pràctiques que obrien nous horitzons.

I no només en el món empresarial, on podia arribar a ser revolucionari, certament, sinó en tots els àmbits de la vida, començant per les relacions personals i íntimes. El president executiu estava molt interessat a saber si ella era capaç d'interpretar tot allò que veia en el rostre de les persones. Fins i tot li va demanar:

—A veure, quina emoció d'aquestes que vostè diu que són primàries i que estan perfectament codificades estic expressant ara mateix?

Ella va respondre:

—Cap ni una.

I tot seguit va dir:

—Ara, sorpresa.

Ell va respondre, admirat:

—Certament, senyora Gené, els seus mètodes de treball m'interessen moltíssim, però moltíssim.

Va centrar gairebé tota la conversa sense poder fer res per evitar-ho, perquè així que el tema s'acabava, el senyor Mirchandani el ressuscitava amb dubtes nous i més entusiasme. En algun moment entre el primer i el segon plats li va demanar si estaria disposada a fer un curs de formació per als seus caps de recursos humans. I abans que arribessin les postres ja li havia preguntat si podia comptar amb ella de cara als processos de selecció més importants.

És a dir, que va tenir la sort de caure-li bé al president executiu. Allò va ser el principi de la millor etapa de la seva carrera. Per això no necessita pensar-ho. Recorda perfectament tot el que va passar en el viatge, durant el sopar i a la suite de l'hotel. Se'n recorda que allà va començar a estimar el Sam i que va desitjar no haver de mirar-lo amb la memòria, sinó tenir-lo a prop per sempre, si podia ser. I tot va lligat a aquella conferència que li va sortir bé i a les preguntes del president executiu, que no callava, i que com més parlava més entusiasmat semblava. Per tant, si ho volgués podria respondre amb precisió absoluta quant temps fa que treballa per a Newzer i també quan i de quina manera va conèixer el senyor Mirchandani.

70

La imatge d'una dona rossa i somrient apareix a la superfície llisa com un llac de la tauleta del senyor Everink.

—Aquesta era la Lilly. Guapa, oi? Encara ho era més vista al natural. L'única dona que m'ha estimat. O potser l'única a qui he estimat jo, no ho sé. Quan va morir tenia trenta-dos anys i no s'assemblava gens a la de la foto. Havia patit molt. Perquè m'entengui bé, necessito explicar-li com va anar.

»Ens vam conèixer a Jeffrey's Bay, a Sud-àfrica, durant el campionat mundial de surf. Ella era professional, competia per ser la millor del món. Aquell any va quedar en el catorzè lloc. Si la busca a internet, la trobarà un munt de vegades. La podrà sentir en alguna entrevista. Estic segur que la sorprendrà la seva personalitat, el seu magnetisme, la seva intel·ligència. I el seu estilàs, naturalment. Ha estat mai a Jeffrey's Bay? És un dels indrets més bonics del planeta per enamorar-se. Un paisatge ben conservat, on la presència de l'ésser humà no molesta. Un lloc on imaginar com era el món abans que nosaltres ho esguerréssim tot. A mi m'agradava anar-hi de vacances, a veure els campionats de surf masculí. M'agradaven molt aquells paios, amb gust m'hauria canviat per ells. La feina d'advocat al costat de la seva és una merda, no troba? Fins i tot la d'un advocat amb tot un departament a càrrec i cent grans demandes l'any. Suposo que els tenia enveja.

»Reconec que en aquell temps el surf femení no m'interessava gens. No hauria sabut anomenar ni una sola de les seves estrelles. Van presentar-me la Lilly durant la festa dels patrocinadors. No em sonava de res, mai no l'havia vista surfejar, però només encaixar-nos les mans vaig pensar: Aquesta és la dona de la meva vida, no pararé fins que estiguem junts. I de debò que va ser així, com en una pel·lícula. Vaig sentir com una veu. No m'havia passat mai. Era ella. Havia de ser ella entre els set mil milions de persones que hi ha a la terra. Quina bogeria, oi? Vaig començar a fer-li la cort. Vaig seguir procediments clàssics (flors, bombons, trucades...) i moderns (vaig obrir un canal de YouTube, vaig dissenyar la seva pàgina web oficial, li vaig regalar un peix que es deia Myheart...), la vaig perseguir durant més d'un any, de platja en platja, de país en país. El Brasil, Hawaii, Espanya, les Maldives... Suposo que, per parlar com un surfista, només esperava el bon *swell*, el bon onatge, l'ocasió. Ha vist mai els surfistes esperant l'onada? Cal molta paciència. Vaig necessitar moltes milles perquè em digués que sí, a Bells Beach, Austràlia. Però abans em va fer saber les seves condicions: res de fills, ni lligams per sempre, ni adreça fixa, ni renúncies. Cap dels dos no teníem dret a manar sobre la vida de l'altre. Ella mai no canviaria el seu estil de vida. Jo podia fer el que cregués oportú, sempre que no li fos infidel. Ella tampoc no m'ho seria mai, i havia de refiar-me'n encara que no dormíssim junts.

»Ja no ens vam separar més, tot i que ella no parava de voltar. Teníem casa a Florida, a Hawaii, a Melbourne... i si no en teníem ens quedàvem a la d'algun amic. Jo treballava entre Suïssa i els Estats Units, però havia de viatjar molt. Sempre hi havia alguna ruta on ens podíem trobar. Tot i que no era fàcil, seguir la Lilly. De vegades es llevava, esmorzava tot mirant el servei internacional del Weather Channel i em trucava mentre encara mastegava la torrada per dir-me: Me'n vaig dos o tres dies a Fiji, han dit que Cloudbreak té bones condicions. Si podia, jo l'acompanyava. Mirava de mantenir el seu lligam amb la terra ferma. Li parava els pesats i els periodistes. De vegades portava la meva pròpia planxa i em llençava a l'aigua amb ella, per aprendre'n. No només a navegar sobre l'escuma d'una onada que es trenca, o a fer càrving quan l'onada s'acaba i sembla que t'expulsa. També la seva filosofia de vida. La Lilly pensava que una bona onada valia el perill que comporta. Que viure amb intensitat té els seus riscos. I ella estava disposada a córre'ls.

»Per això vam anar a Nazaré, Portugal. Praia do Norte és famosa per les seves onades com catedrals. El santuari europeu de les *monster waves*, n'hi diuen. A qualsevol altra platja de la zona les onades arriben als quatre o cinc metres, però allà són immenses, de fins a vint-i-cinc, i tenen una força increïble. Tots els surfistes somien amb enfilar-s'hi algun cop, però no gaires s'hi atreveixen. Si ets capaç de domar un gegant de Nazaré, res no se't tornarà a resistir mai. La Lilly volia provar-ho. Va ser el meu regal de Nadal. Hi vam arribar el 23 de desembre. El primer dia tot va anar bé. Ella estava excitadíssima. No hi ha res comparable a l'energia del surf. Et fa pujar les revolucions, és gairebé un impuls violent. L'endemà la por estava sota control. Avui serà el meu dia, em va dir.

»Feia més de dues hores que érem a Praia do Norte quan va tenir l'accident. Va caure de cap, a més de seixanta quilòmetres per hora. Ella recordava haver-se enfonsat, i que els braços i les cames no li responien. Abans de perdre el coneixement va pensar que no tornaria a sortir de l'aigua. Per sort, hi havia equips d'emergència que la van treure de la zona d'impacte, la van immobilitzar i la van traslladar a l'hospital més proper. Tenia dues cervicals trencades i la columna desplaçada, però la medul·la estava intacta. Un miracle. Ella deia que havia tornat a néixer. La van haver d'operar tres vegades. L'hospitalització va durar deu mesos, en tres països diferents. Unes tres setmanes després de l'accident em va preguntar on era la seva Rocket, la planxa nova que havia estrenat a Portugal. Li vaig dir que estava bé, que l'esperava, que preguntava per ella cada dia. Digue-li que tingui paciència, em va dir, potser trigaré una micona.

»La Lilly estava obsessionada a tornar a competir, però tenia dolors molt intensos a les cervicals, que se li ramificaven cap als braços i l'esquena. Un mes després de la tercera operació no podia fer ni el moviment més petit i quotidià (menjar, passar les pàgines d'una revista, allargar el braç per agafar qualsevol cosa) sense plorar de dolor. El metge li va receptar analgèsics i fisioteràpia. Al principi, van ser una salvació. El dolor va desaparèixer. Es trobava bé, tornava a ser ella mateixa. Parlava de surfejar. Volia fer-ho. Va comprar-se una planxa nova per internet. Va ser com un miratge, l'últim, d'alegria. Després, el dolor va tornar i de mica en mica la dosi d'analgèsics va començar a augmentar. Els metges sempre ens deien que tot estava sota control. Volíem pensar que hi havia esperança, però de mica en mica vam deixar de parlar en futur.

»Prenia pastilles, és clar. Era normal. Les necessitava per dormir, per llevar-se. El més important era que es trobés bé, que recuperés la il·lusió. Els metges celebraven les petites millores. Mai no li van dir la veritat, que potser ni ells mateixos sabien o volien veure: que la Lilly s'havia convertit en una addicta als analgèsics.

»La nit que va morir n'havia pres més dosi del compte. El metge li havia donat permís, només si el dolor augmentava. No li va dir que potser era perillós. Ella no es volia matar. Ningú al món no ha tingut mai més ganes de viure que ella, l'hi puc assegurar. A l'autòpsia hi van escriure: sobredosi de Lotunyl.

»Ho vaig buscar a internet. Sempre fem allò que més mal ens pot fer, oi? Hi vaig trobar molts més casos com el de la Lilly. Metges que havien receptat aquella droga a persones de tota mena, fins i tot a nens, sense advertir-los dels perills o els efectes secundaris que podia comportar. Metges que acceptaven suborns de milers de dòlars a canvi de parlar bé del Lotunyl en congressos o en sopars de col·legues, o a canvi de receptar-lo a un gran nombre de pacients. Distribuïdores farmacèutiques que el recomanaven a malalts que no tenien dolor ni patien càncer, les dues dolències per a les quals està recomanat, sempre durant temporades curtes, per l'Agència Americana del Medicament. Campanyes publicitàries on s'amagaven els efectes d'aquestes i d'altres drogues. Morts per sobredosi a tot arreu, a milers. Indignació i tristesa, i impotència universals. I passotisme, esclar, per part dels culpables. Podria haver-me quedat de braços plegats, però vaig estimar-me més fer alguna cosa. L'única que estava al meu abast. Era una bogeria, alguna cosa així com enfilar-se a una *monster wave*, però si alguna cosa important vaig aprendre de la Lilly és que les bogeries també cal provar-les.

»I ara, senyora Gené, si ha estat atenta a aquesta història i per poc que sigui una mica perspicaç, ja hauria de saber quina és la multinacional farmacèutica que fabrica, promociona i comercialitza el Lotunyl sense cap mena d'escrúpol i a canvi d'uns beneficis anuals de milions i milions de dòlars.

»Per cert, li està sonant el telèfon. No pensa contestar?

71

La *personal assistant* americana del senyor Mirchandani sona tan robòtica com abans quan demana per ella, amb nom i cognoms i afegint-hi un please amb les vocals allargassades, recargoladament estatunidenc.

Segons diu li truca de part del president executiu per saber si ha reconsiderat la seva posició pel que fa al procés de selecció del nou director del departament legal. Es permet recordar-li que, segons conversa mantinguda amb el senyor Mirchandani, estan disposats a concedir-li un permís especial de quaranta-vuit hores per atendre els seus assumptes personals, fent-se càrrec dels bitllets d'anada i tornada de Barcelona a Bucarest, sempre en el cas que passat aquest període acabi la feina per a la qual va ser contractada. En cas contrari, continua la dona, es veurien obligats a executar la clàusula de rescissió del seu contracte, per la qual cosa recorrerien a tribunals dels Estats Units, tal com en el seu dia es va estipular de comú acord. De la mateixa manera, també li vol recordar, sempre en nom del president executiu, que com sap li té una elevada simpatia personal, que aquest tracte tan avantatjós l'hi ofereixen tenint en compte les seves anteriors col·laboracions amb Newzer, de les quals sempre han destacat les seves elevades eficiència i professionalitat. I bé, si li pot donar ara mateix una resposta, ella mateixa, amb la col·laboració dels seus col·legues del departament romanès de recursos humans, podria encarregar-se d'organitzar-li el viatge perquè li resulti tan còmode com sigui possible. No cal dir que el senyor Mirchandani n'estaria molt content.

—D'acord, però necessitaré una mica més de temps —diu la Reina—. Encara no se sap quan podrà sortir el meu avió. La culpa és de la tempesta.

—La tempesta?

La Reina comprèn que per a una senyora que té el despatx a Coconut Grove, Miami, amb vistes a Key Biscayne i que en aquest moment deu estar veient com la lluna brilla sobre la domesticada superfície de l'Atlàntic, deu ser força difícil imaginar la bèstia siberiana que ells tenen a sobre. Per això l'hi explica fil per randa, mirant de ser didàctica. Al cap i a la fi, la seva interlocutora és americana. No deu saber ni on és Romania.

L'altra la deixa acabar i pregunta:

—Quant temps més necessita, senyora Gené?

—Setanta-dues hores?

—Ho consultaré i li tornaré a trucar. Gràcies pel seu temps, senyora Gené.

Quan penja, topa amb els ulls bonics de l'Ulf Everink, que ara li semblen més bonics que abans.

—Què m'estava dient? —fa ella, tan professional com ho és sempre en les entrevistes de feina.

L'Ulf Everink se la mira somrient. Per primer cop, la Reina detecta activitat en la musculatura que li envolta els ulls. Potes de gall marcades. Galtes aixecades. Aquest és un somriure autèntic.

72

—Però, llavors, t'ho paguen tot-tot? Fins i tot entrades de teatre? I hotels de luxe? Noia, si algun cop no saps amb qui anar, jo m'hi apunto —li havia dit l'Assumpta la darrera vegada que es van veure.

Van quedar al Bar Canigó, a la cantonada de Verdi amb la plaça de la Revolució, i van demanar dos vermuts. Era dissabte al migdia. El local era ple de gent. En aquell ambient festiu, l'Assumpta era com una dissonància. Un parell de bosses moradenques sota els ulls revelaven les nits d'insomni. No anava maquillada. Portava els cabells estarrufats. I feia una cara de tristor que qualsevol hauria pogut identificar.

—No sé què et deu haver explicat el Fèlix, ni si ara es fa el trist o l'abandonat, però no t'ho creguis. Jo no l'he deixat. Ell m'ha plantat a mi. Per la meva germana. T'ho pots creure?

Quan fa temps que ets al món, ja t'ho creus gairebé tot. Tret que et passi a tu, esclar.

—Em sap molt greu, Assumpta.

Era veritat. Egoistament, li sabia molt greu que l'Assumpta desaparegués de la vida del Fèlix, és a dir, de la seva vida. Tenia bona mà amb l'Albert, ell se l'estimava. L'Alba, en canvi, li semblava ben bé una altra cosa. Només l'havia vist una vegada, aquell cop dins del jacuzzi, i ni tan sols sabia per què. El que podia entendre perfectament era que un home de l'edat del Fèlix la preferís. Tenia un cul perfecte, unes cames perfectes, uns pits operats perfectes, era onze anys més jove que ell i desbordava vitalitat i simpatia. Si no la matava abans de l'avorriment seria la sort de la seva existència. Una mena de darrer tren.

L'Assumpta fa un gest decidit amb la mà, com si apartés l'afer del seu pensament, i canvia de tema:

—L'Albert em va trucar, ho sabies? Per dir-me que son pare no sap el que es perd i que esperava que tingués molta sort, perquè me la mereixo. —Se li van humitejar els ulls—. Quin fill més especial que tens, Reina. El trobaré molt a faltar. Ja sé que no és el meu fill, però l'he vist créixer i ara em costa... —Se li va trencar la veu, es va tapar la boca amb el dors de la mà i va mirar cap a una altra banda. Gestos d'evitació. De tristesa.

—Assumpta, saps que pots venir-lo a veure quan vulguis, oi? I que n'estarem encantats. Tots tres. Escolta, per què no véns a dinar d'aquí a un parell de setmanes, quan jo torni del viatge a Romania? Així ens veiem i xerrem de tot i de res. Què me'n dius?

—I no es molestarà, el Fèlix?

—Que s'hi foti fulles, el Fèlix! Li hem de demanar permís o què?

—Bé, ja ho veurem. Però et prometo que m'ho pensaré.

—Què importa, de fet? Ja ho heu deixat, no? Doncs si s'emprenya pitjor per a ell.

—Encara no he anat a recollir les meves coses. No m'hi he atrevit.

—Per què? Què et pot fer? De què tens por?

—No és el Fèlix que em fa por, Reina. És la meva germana. Tu no t'imagines com n'és, de possessiva, l'Alba. Em fa por que li hagi escalfat el cap al Fèlix i ara entre tots dos em vulguin complicar la vida. Em fa tot massa mal. Ara no podria suportar haver de discutir per un bol de la cuina o per un pot del bany. Sóc com un cargol sense closca. Necessito un temps per recuperar-me.

—Vols que t'hi acompanyi?

—Ui, no. Això seria pitjor. El Fèlix ho trobaria una traïció. I la reacció de l'Alba no la vull ni imaginar. No, no, hi he d'anar sola. Quan m'hi vegi amb cor. De debò que no la coneixes. Ara mateix m'estimo més que fem altres plans. Com aquest de dinar plegats quan tornis de... on era?

—Romania.

—Això, Romania. Doncs quan tornis em fas un toc i vindré de seguida. Si vols us preparo el meu estofat de carn, que a l'Albert li agrada molt, i d'això segur que l'Alba no n'hi farà. Vaja, ni d'això ni de res. Però si no sap ni pelar una patata, pobreta.

73

—Vostè no es mama el dit, senyora Gené. Ja ho sap, que les grans farmacèutiques tenen un munt de draps bruts. De tant en tant els esbandeixen, però la brutícia no se'n va. Està massa arrapada. Sap quins beneficis tenen, aquesta gent? —A la pantalla de la tauleta van apareixent gràfics i diagrames que confirmen tot el que diu, amb molta convicció i vehemència, el senyor Everink—. Sap que tenen quatre vegades més marge de benefici que el sector de l'automòbil o la banca? I sap que es gasten fortunes per pagar suborns i arribar a acords judicials per evitar litigis? Aquestes quantitats formen part dels seus pressupostos anuals, com una partida normal i corrent. En comptes de corregir la publicitat fraudulenta o d'evitar pràctiques il·legals, com ara llençar al mercat medicaments que no han passat tots els controls necessaris, s'estimen més gastar els diners per fer callar els qui els demanden. I tot això s'orquestra des del departament legal, en col·laboració amb d'altres. El departament de màrqueting fixa uns objectius de venda i beneficis molt alts per a un medicament que té un ús restringit (posem per cas, el tractament de l'esquizofrènia), i tot seguit organitza (i paga molt generosament) tot un equip de metges lleials, amb alta capacitat d'influència sobre grups d'opinió i gran potencial per receptar (per exemple, directors de grans hospitals), que el prescriuran per tractar altres mals (posem per cas, l'insomni), de manera que al cap de poc temps aquell medicament s'acostarà, assolirà o superarà les expectatives del departament de màrqueting. Al mateix temps, el departament d'investigació i recerca començarà a treballar en un pla que desenvolupi «usos emergents» del medicament en qüestió. Imagini que les investigacions realitzades no assoleixen els resultats esperats sinó tot el contrari: es demostra que el medicament té molts efectes secundaris que en desaconsellen l'ús per tractar qualsevol mal que no sigui l'esquizofrènia per al qual va ser concebut. En aquest cas, algú demanarà al departament de màrqueting que falsegi els informes i els estudis i fins i tot que aconsegueixi (pagant) que un parell d'universitats de prestigi avalin els seus falsos resultats amb més informes falsos, de manera que quan arribin les demandes i els litigis puguin presentar proves contundents de la seva innocència i les seves bones pràctiques. Tota aquesta informació passa, esclar, pel departament legal, que forçosament ha de conèixer totes les incògnites de l'equació per tal de poder planificar una correcta estratègia de defensa, que sempre sol consistir a esclafar els demandants i arribar a un acord prejudicial que per a la companyia no representa ni una petita molèstia. Què són dos-cents milions de dòlars d'indemnització per a una empresa que té uns beneficis nets de quaranta mil milions? Després, un cop acaba tot, també és el departament jurídic el que s'encarrega d'arxivar les proves per si de cas l'afer torna a activar-se, així com de determinar en quins països cal anar amb peus de plom o fins i tot retirar el medicament del mercat per evitar nous conflictes. Mentrestant, en altres països amb sistemes jurídics menys rigorosos pot llançar campanyes publicitàries agressives que facin augmentar les vendes del producte i compensin així les pèrdues dels litigis. I això sense reformular-lo, esclar, ni canviar res. També és el departament legal que orquestra les campanyes que han de netejar el nom de la companyia. Lluitar contra problemes que ells mateixos han creat. Lliurar diners per a campanyes de sensibilització de la societat contra l'ús immoderat de certs fàrmacs. Tot és moralment fastigós, com pot veure. El departament legal, doncs, és una peça clau no només en la gestió de la informació més perjudicial, sinó també per al manteniment del seu volum de negoci. És allà on es decideixen quins són els països amb lleis menys estrictes on podran obtenir més beneficis. On es pacten monopolis encoberts amb altres farmacèutiques. On s'arriba a acords il·legals per repartir-se el mercat, o per vetar un competidor o per evitar que la població tingui accés als genèrics. I tot plegat, per què? Per avarícia, senyora. Només per diners. No creu, ara, que aquesta gent representen tot el mal a què és capaç d'arribar l'espècie humana? I no creu que el càrrec que vull m'aniria com l'anell al dit?

—Estic sorpresa, senyor Everink. No sé si ho he entès bé.

—Un moment, senyora Gené. Deixi'm tornar al començament. Allà on érem quan vostè ha descobert que jo la perseguia. La pregunta més important és: Creu que pot recomanar-me? No si ho vol fer. Només si pot. Sóc un bon candidat? He fet bé l'entrevista?

—N'hi va haver de millors.

—Però seria sospitós que m'escollís?

—Sospitós per a qui?

—Per als qui l'han contractada.

—Per a Newzer? No crec ni que mirin les entrevistes.

—Però vostè les hi facilita.

—És el meu deure.

—I si analitzessin una a una les meves respostes, desconfiarien? Trobarien que hi ha alguna cosa sospitosa?

—No. Té un bon perfil.

—Però ha dit que hi ha candidats millors que jo.

—Sí.

—És a dir, no sóc la seva tria.

—Li repeteixo que el procés de selecció no ha acab...

—No vull treure-li informació, a veure si ho entén. Vull evitar-li problemes. Faci'm el favor de contestar-me, sisplau. Sembla que no tenim gaire temps. Ja hi comença a haver pistes obertes. No sóc la seva tria. Ja m'ha quedat clar.

—No ho és.

—D'acord. Però si ho fos, podria tenir dificultats per culpa meva?

—No ho crec. Fan cas del meu criteri.

—Algun cop s'han oposat a la seva selecció?

—No.

—I ha treballat per a Newzer quantes vegades?

—Unes quantes.

—Què passaria si el seu candidat no fos com s'esperava?

—Suposo que perdria part de la meva credibilitat.

—Podria tenir conseqüències greus per a vostè?

—No ho crec. Tothom es pot equivocar un cop, suposo.

—Aquesta resposta em deixa més tranquil. En tot cas, li puc garantir que m'ocuparé de no perjudicar-la. Personalment.

—Li recordo que encara no he dit que sí a la companyia.

—Però els ho dirà.

—N'està segur? Tanta por es pensa que em fan les seves amenaces?

—En absolut. Penso que l'estic convencent.

—Vostè? —Riures—. Convencent de què? Si encara no sé ni de què estem parlant. Tot just començo a entendre que no és només una qüestió d'ambició personal, com em pensava fa una estona.

—Ambició? Fa temps que no en tinc cap, d'ambició. La vaig perdre en els set anys que vaig passar cuidant la Lilly, veient-la morir una mica cada dia, descobrint en els seus ulls la manca d'esperança. Del 2002 al 2009. La pitjor època de la meva vida. Després d'allò vaig prometre'm que faria alguna cosa per ella, pel que queda d'ella en els meus records, i per tots els qui com ella han mort per culpa de la cobdícia dels altres. Però no ho puc aconseguir sol. La necessito a vostè, Reina. Necessito que m'ajudi. Trii'm per al càrrec. De la resta, me n'encarrego jo.

—I per què l'hauria d'ajudar? No sé ni què es proposa.

—Em proposo destruir-los. Des de l'únic lloc on són vulnerables: des de dins. Vull tenir accés als documents, a les proves, a la veritat. Vull saber qui va fer els assajos clínics, quins van ser els primers pacients a provar el Lotunyl, a canvi de què. Vull llegir tot el que hi hagi en els arxius, veure a qui van subornar, quins metges hi van estar implicats, quines van ser les campanyes publicitàries, qui els còmplices i els culpables de l'assassinat de la Lilly. Faré el que calgui per saber què va passar i qui ho va fer. I després, els destrossaré. No pararé fins que els porti als tribunals, fins que hagin de pagar indemnitzacions multimilionàries. Fins que s'arruïnin. No pararé, senyora Gené. Encara que m'aixafin. Ja ho sé, que ells són l'onada gegant i jo només un trist ésser humà, però ja sap què pensava la

Lilly de les onades monstruoses: la satisfacció d'haver-les dominat compensa el risc d'acostar-s'hi. En aquest cas, sé que el risc de destruir Newzer valdrà la pena. Des que va morir la Lilly que només visc amb aquest objectiu. Espero el bon *swell*. I ara, si vostè m'ajuda, el tinc a tocar.

III

Stunt Woman

74

A un quart de set es queda sola. L'Ulf Everink s'acomiada amb cordialitats d'amic, li desitja un bon vol de tornada i se'n va a complir amb la seva cita amb els vampirs. La Reina l'acompanya a la porta del business lounge, com l'amfitriona que diu adéu a un dels convidats més ronsejaires, i tot seguit torna al seu sofà, es treu les sabates, s'estira de costat i tanca els ulls. Diria que no pot més si no fos que és mentida. Sempre es pot més.

El dia no ha acabat i ja torna a començar de nou. Es coneix primer per les olors —croissants acabats de fer i cafè— i una mica més tard pel ritme de la gent quan camina i pel volum més alt de les veus. La nit és mandrosa i el matí feiner. La nit xiuxiueja i el matí declara. La Reina s'acosta al reclam de les flaires delicioses i també de la idea que un bon esmorzar li arreglarà el dia. Sempre reconforta trobar gent en la teva pròpia situació. Aquí més d'un fa una cara de cansat que fa por, i les bosses sota els ulls són com una mena d'uniforme. Veu un home donant una bosseta de paper a una dona i desitjant-li feliç dia del *mărţişor*, i la veu a ella afalagada, agraïda, fer-li un petó de germans a la galta. Aprofita per mirar-se la medalleta d'or que li ha regalat l'Ulf fa una estona. Es refà la llaçada de seda, que se li ha desfet, i es pregunta com s'ho deuen fer les dones autòctones per portar-la sempre tan ben posada. Potser se l'enganxen amb alguna cosa? També hi ha executius amb el nus de la corbata fluix i una arruga al mig del front escrivint en els teclats dels seus portàtils a tota velocitat. Les presses són un altre llenguatge dels matins. Així que ens espolsem la mandra, comencem a córrer. Avui ella no té prou forces per fer-ho. No ho farà. S'ha tornat espectadora de les presses de la humanitat.

Amb el cafè a les mans i un croissant en un plat de paper torna al seu racó. La pantalla del mòbil està il·luminada. El primer impuls és no fer-li cas. Esmorzar tranquil·la, com si el món no existís. Però tot seguit pensa que potser a casa la necessiten i s'afanya a consultar la pantalla. Cent per cent de bateria. Càrrega completa, informa l'aparell. Més avall hi ha un missatge del Pau. «Bon dia, Reina. Em sap greu tot això que passa, però tu no pots decidir unilateralment on ha d'estar l'Albert. L'opinió del teu fill també compta. Has de deixar que marxi amb el Fèlix, com estava previst».

El Pau comença el dia amb ganes de gresca. Molt bé. Doncs som-hi.

Escriu: «No».

I fa una queixalada al croissant, que fa gust de glòria celestial.

75

—Em vull separar de tu, Fèlix.

Sap quin dia era i què feien. Acabaven de dinar. L'11 de setembre. Festiu. S'havien llevat tard. Havien passat el matí sense veure's, cadascú en un extrem del pis minúscul. No recorda el menú, però sí que va esperar que els plats fossin buits per donar la notícia. El cor li anava a mil i aquella nit li havia costat dormir. A la tele —el Fèlix li havia tret la veu— hi havia el que van interpretar com una pel·lícula de catàstrofes. Tots dos havien vist un avió en ple vol encastar-se contra una de les torres bessones de Manhattan. A tots dos els agradaven les pel·lícules de catàstrofes, però com que aquell dia la seva catàstrofe personal els semblava molt més grossa que cap ficció, no estaven al cas.

La reacció del Fèlix va arribar en tres etapes. Primer el silenci. Assumir-ho. Entendre-ho, no, perquè no ho volia entendre.

—Quan ho has decidit?

—Ja fa dies.

—Et puc fer canviar d'opinió?

—No.

—Em deixes per aquell, oi?

—Es diu Samuel.

—No pots esperar que neixi el nen?

—I amb això què arreglem?

—Almenys podries passar el Nadal amb mi, així no els dónes aquest disgust als meus pares.

Així no els dónes. Com si ell no hi tingués res a veure.

—No, Fèlix. No puc.

—Per què no?

—No té cap sentit. Com més ho allarguem, pitjor.

—Pitjor, per a qui?

La segona etapa va ser la dels retrets. No havia lluitat per salvar el seu matrimoni. Se n'havia anat darrere del primer tio que havia conegut. S'havia comportat com una qualsevol, una dona fàcil. No pensava en el futur del seu fill. Encara menys havia pensat en ell, ell havia deixat d'importar-li feia molt, si és que algun cop li havia importat, no es pensés que no se n'adonava.

Per acabar, va arribar l'etapa dels disbarats. L'embolica que fa fort de dir qualsevol cosa, per absurda que sigui, només per desfogar-se o fer veure que buscava una solució:

—I per què no ens repartim? Passes mitja setmana amb ell i mitja amb mi. Dilluns, dimecres i divendres amb ell. Dimarts, dijous i dissabtes amb mi. Així podem anar a dinar a casa els meus pares. I els diumenges, a mitges.

O bé:

—M'ho vas prometre davant Déu, el capellà i tota la família. Has d'estar amb mi fins que la mort ens separi. No has complert el teu jurament i les conseqüències segur que seran horribles per a tu.

O bé:

—Tu deixa'm el nen i vés-te'n amb aquell o amb qui vulguis a fer el que et doni la gana i tots contents.

O bé:

—Mai no m'has estimat. Només has estat amb mi per interès, per poder fer cursos i màsters i tot pagant jo. Ho tenies tot previst des del començament. Potser fins i tot ja estaves embolicada amb aquell. Sí, això mateix, ho teníeu tot previst i tramat. Jo només he estat el pobre desgraciat que es deixa enganyar.

Quan el va sentir desvariejar d'aquesta manera, li va agafar la mà. Volia calmar-lo, fer-li veure que allò que deia era com una pel·lícula de màfies russes.

—No et neguis a tu mateix el millor que tenim, Fèlix. —Ell va mirar-la amb cara de no entendre res—. El passat que hem compartit. La nostra història. Si ara et negues que hem estat feliços i que ens hem estimat de debò, estàs destruint l'últim que ens queda. Els bons records també són un patrimoni.

Ell va apartar la mà.

—A mi què m'expliques. Tu ho has destruït tot —va dir.

A la tele, una de les Torres Bessones s'ensorrava com a càmera lenta. De l'altra en sortia una fumera negra i espessa.

Només llavors la Reina va comprendre que allò que veien a la televisió no era cap pel·lícula. Que dins d'aquell edifici immens que s'ensorrava hi havia centenars de propòsits, esperances, paraules, trucades de telèfon... un munt de vides que en aquell moment quedaven a mitges i que allò sí que era una tragèdia autèntica.

Van apujar el volum. La realitat els va fer oblidar durant una estona els seus desastres.

Quan va caure la segona torre ja tothom sabia allò que els grecs van descobrir dos milers d'anys enrere: que un dels principals propòsits de la tragèdia és canviar-ho tot. Les persones. Les coses. Per dins. Per fora. Per sempre.

76

—Bon dia, Pau, sóc la Reina. Veig que segueixes tan matiner com sempre. Ja saps per què et truco. Mira, abans que comencis, ja t'ho deixo clar. No. No penso permetre que l'Albert se'n vagi amb el Fèlix a pescar aquest cap de setmana. Ni a pescar ni enlloc. Doncs, en primer lloc, perquè vull que sigui a casa, amb el Samuel. I en segon, perquè odia anar a pescar. Pobra criatura, mai no gosa dir-l'hi, però és la veritat. S'avorreix com una ostra. Doncs no l'hi diu perquè li sap greu disgustar el Fèlix i perquè és un tros de pa. No l'hi he explicat, no, penso que se n'hauria d'adonar tot solet. Jo no faig cap guerra bruta, Pau, sembla mentida. L'única cosa que faig és evitar la guerra tota l'estona. Vinga, digues el que m'hagis de dir, dispara. Ai, ja comencem amb les amenaces? És per això que m'has trucat, per amenaçar-me? Sé prou bé què hi diu al conveni del meu divorci, me'l vaig llegir en el seu moment. No, darrerament no. No és la meva lectura preferida. M'agraden més les novel·les de misteri. Doncs recorda-m'ho tu, si creus que és necessari, que ja veig que ho creus. Però si només penses repetir-me totes aquestes coses que m'acabes de dir no cal que m'ho llegeixis, Pau. Va, no perdem el temps, que ja fa estona que vam deixar les classes de pàrvuls. Home, una mica infantil sí que ho és, tot això. Ai, no hi tornem, sisplau, jo ja t'he dit que he pres una decisió i que està molt fonamentada: l'Albert es queda a casa amb el meu marit, i si no us agrada sempre puc arreglar-ho perquè el Fèlix hi vagi de visita i tots tres juguin al Trivial, però és l'única cosa que aconseguireu, perquè no penso deixar que se l'emporti. I tant, que parlo seriosament! Encara no te n'has adonat? Doncs executa-ho tot, home. I denuncia'm, si et fa il·lusió. Però per molt que m'amenacis no canviarà res, m'entens. Les circumstàncies són molt extraordinàries, i si el Fèlix i tu no ho voleu veure, no és el meu problema. Vull l'Albert amb mi i punt. No el deixaré marxar. Avui es quedarà a casa. Perquè és el meu fill i ja està, Pau. No en vull parlar més, sents?, tinc molts altres problemes, no em ve de gust barallar-me amb tu perquè el teu amiguet és tan covard que només esbandeix les seves misèries amb mi. O t'envia per davant perquè sap que a ell el faig callar en dos segons i a tu no. Doncs, mira, potser ha arribat el moment de fer-te callar a tu també, Pau. Ja n'estic farta, de tot això. Farta i penedida. Si pogués tornar enrere i fer les coses d'una altra manera, et ben prometo que ho faria. No, no, no és cap filosofia barata ni cap metafísica. Hi ha coses que tu no saps, noi. Doncs no les saps perquè ningú no te les ha explicades, perquè tu i jo ja fa temps que vam deixar de ser amics i perquè al Fèlix no li ha convingut dir-te la veritat. Doncs jo em penso que sí que hauria canviat alguna cosa. Potser no t'hauria semblat tan generosa la seva manera de fer. O potser no ho hauries entès tant tot. Potser no l'hauries defensat tant, si ho haguessis sabut tot. Doncs, tècnicament et va enredar fa anys però la mentida s'ha mantingut en el temps i ha tingut conseqüències. Té a veure amb tot el que passa ara, esclar, per això t'ho dic. Amb ara, sí. No em toquis els pebrots, va. Pau, no em facis dir... Com? Què jo faig què? Oi tant que m'hi atreveixo. Doncs mira, que l'Albert no és fill seu, vet-ho aquí. Sorprès, oi? Esclar que no m'ho acabo d'inventar. Et penses que faria broma amb una cosa així? El Fèlix no és el pare biològic de l'Albert. Doncs sí que canvia, perquè el pare biològic és ben conegut: el Samuel, el meu marit. És clar que n'estic segura. Segura del tot, Pau, ja la vaig fer, la prova de paternitat. D'ADN, sí, en un laboratori oficial. Demana-li al teu amiguet si te la vol ensenyar, perquè la té ell. Sí, esclar que ho sap, el Samuel. Com, que des de quan? Des de sempre. Tu ets l'únic que no ho sabia. Bé, tu i l'Albert, naturalment. A ell no li podem dir res. S'emportaria un disgust terrible, si ho sabés. Ah, veus? Aquesta pregunta no te la sabré contestar. Doncs perquè per al Fèlix tenir un fill formava part de l'ideal de vida que havia planificat, amb ajuda de la seva mare: pis, gos i fill. Ja ho tenia tot. D'on vingués cada cosa, tant li era. No, és clar que a mi no em sembla bé, no m'ho va semblar mai, però les coses van anar així, no em va quedar més remei que acceptar-ho. Això també l'hi hauràs de preguntar a ell. L'acord del divorci em va sortir molt car, Pau. Molt. El teu amic t'ho explicarà, si li dóna la gana. I si no t'ho explica, m'ho dius i ho faré jo. Ai, Pau, quin malson, esclar que no és cap maniobra. De què creus que em serveix guanyar temps a les set del matí. Només pensava que ja era hora de deixar-nos de punyetes i explicar com va anar tot. Era hora que sabessis la veritat. Això mateix, Pau. L'única veritat.

77

L'Albert darrerament també li ha ocultat informació. Si més no, ha deixat de ser aquella criatura transparent que l'hi explicava tot. Alguna intuïció li diu que l'escola d'especialistes en té part de la culpa, però és impossible saber de quina manera o per què. Les intuïcions de les mares no són demostrables empíricament ni gaudeixen de cap prestigi però existeixen. Haurà de buscar la manera de demostrar-ho.

Busca a internet la pàgina de l'escola. Risky Shot. A la foto de presentació —T'agradaria treballar com a especialista de cinema?—, s'hi veu un edifici en flames del qual surten quatre persones a peu. Totes quatre amb la roba encesa. Quatre torxes que caminen. La foto la fa esglaiar, no per les dificultats tècniques de calar foc a la gent sense que prenguin mal, sinó per la possibilitat real que el seu fill hagi fet algun cop una cosa així.

Revisa una per una totes les pestanyes amb informació. Matrícula, Qui som, Calendari, Professors, Matèries, Vídeos, Fotos... Enlloc no troba un telèfon de contacte. Quina mania la de fer-ho tot per escrit, com més impersonal, millor, com si el contacte amb altres éssers humans ens fes més por que cremar-nos vius. Tampoc hi ha cap correu electrònic. Només una adreça en el polígon industrial d'una població propera a Barcelona a la qual no té cap possibilitat d'anar.

Torna al Qui som. Li ha semblat veure un nom en el qual vol aturar-se. Fundadora, directora i propietària. Semblança professional. Després d'anys treballant com a extra de cinema en produccions tant nacionals com estrangeres, i d'arribar a ser una de les professionals més ben valorades del seu sector, va decidir retirar-se per donar als joves intèrprets la possibilitat d'aprendre de la seva experiència. Va ser així com Ester Parra va decidir fundar l'escola d'especialistes, que en pocs anys ha esdevingut un centre de referència a tot el país en la formació de professionals de les arts escèniques i cinematogràfiques.

Ester Parra.

Ester.

No hi ha fotografia.

La Reina escriu en el cercador: Ester Parra.

La primera notícia que surt: Especialista pateix un accident durant el rodatge de...

No li sona el nom de la pel·lícula, ni sap si l'ha vista, però recorda la notícia, si fa no fa.

Llegeix: Durant el rodatge d'una de les escenes més arriscades de la superproducció tal, una especialista de llarga trajectòria professional, de nom Ester Parra, va patir un gravíssim accident de trànsit mentre conduïa una moto de gran cilindrada per un circuit tancat. Tot i que va recuperar-se gairebé del tot de les lesions que va patir, dies més tard va anunciar la seva retirada per motius personals. Ho va fer públic en un comunicat que va enviar a tota la premsa especialitzada, on també s'acomiadava dels seus seguidors.

Dóna un cop d'ull a l'apartat Vídeos. Tots semblen publicitat de l'escola. Li fa mandra mirar-los. Va a la pestanya de Fotos.

Apareixen, multiplicades unes quantes vegades, les imatges d'una dona atlètica, rossa, prima i atractiva. En algunes sembla molt jove: tenen aquella pàtina del pas del temps. En les últimes, les que corresponen a la seva etapa com a directora de l'escola, pel cap baix té quaranta anys.

No, no pot ser.

Tanca tots els cercadors.

78

El primer dia del curs d'especialista l'Albert va arribar eufòric. A l'hora de dinar els ho va explicar tot, obrint molt els ulls i garlant sense parar, de tan enlluernat que venia. Les instal·lacions eren fantàstiques, els companys molt bona gent —tots molt diferents, ell era el més jove— i el professor molt simpàtic, a més d'un tio increïble. Tornant a casa va escriure el seu nom al cercador d'internet i va trobar uns quants vídeos de seqüències de pel·lícules en què havia participat. Va dir alguns títols completament desconeguts per a ells, amb tant d'entusiasme que li van seguir el corrent perquè no notés que s'havien quedat desfasats. El millor, va dir, era que l'escola depenia d'una de les empreses d'efectes especials més importants i amb més projecció internacional del país —Risky Shot— i que per això no era tan estrany que els estudiants tinguessin l'oportunitat de començar a treballar només acabar el curs. Sabien quant cobrava un bon especialista per un dia de feina? La Reina i el Samuel van fer que no. L'Albert va assenyalar-los amb la forquilla i amb veu de suficiència va dir una xifra que a tots dos el va semblar força alta. I això només per un dia, va repetir l'Albert. Sí, però a canvi de fer què, va preguntar el Sam. Oh, això depèn de cada producció —el vocabulari de l'Albert s'havia eixamplat, ara parlava com un professional— i també de la formació dels especialistes. No tots poden fer de tot. Els salts, per exemple. Hi ha professionals que salten de sis metres, però n'hi ha que s'atreveixen a fer-ho des de setze. O dins de l'aigua, que és una de les coses més difícils que hi ha. El més complicat són els accidents de cotxe, perquè aquí costa més tenir el control. Tot és una qüestió de control. Hi ha pocs especialistes que vulguin esclafar cotxes o cremar-se com una torxa humana. I també n'hi ha pocs que siguin capaços d'aguantar tanta canya. És important estar una mica musculat, haver passat hores al gimnàs. I atrevir-se a fer com més coses millor, també. Tenir pebrots, ja m'enteneu.

El primer dia havien començat per accions fàcils. Escenes de lluita. Una barreja equilibrada d'arts marcials i coreografies de dansa, sempre condicionada per la posició de les càmeres, on els cops no eren reals però ho havien de semblar. La versemblança, primer de tot. Un director d'acció pot fer-te malbé l'escena si no sap col·locar la càmera en el lloc just on ha d'anar. Per això convé de vegades que el director d'acció mani més que el director, però tot depèn de la pel·lícula. Deixeu els egos fora de l'aula, els havien dit i repetit fins a l'avorriment aquell primer dia. El treball en equip també és fonamental. Potser tu has de volar, però hi ha tres persones que han de muntar les politges i els cables i estirar les cordes perquè tu volis, i tan importants són ells com tu, encara que només tu sortiràs a la pel·lícula. Perquè la feina dels especialistes surti bé i no hi hagi ensurts, tot l'equip ha d'estar perfectament coordinat. Després, la seguretat. La seguretat ho és tot. Tot s'ha de revisar tres vegades abans de començar. No s'ha de treballar mai en males condicions de seguretat. El professor els ho havia remarcat una vegada i una altra. I després havien practicat uns quants salts. De poca alçada, tot just un metre i mig, sobre matalassos de goma. No podien imaginar quina sensació —ulls desorbitats, com si revisqués el moment en què estava a punt de caure—, allò no era comparable amb res. Amb res. El cervell t'envia ordres de no saltar, és perillós, *warning, warning, warning!* Has de vèncer aquests senyals de perill i dir-li al cervell que ho faràs igualment, i que no passarà res. Al moment de començar a caure penses: Ho estic fent. Has de girar en l'aire just abans d'arribar a baix, l'impacte ha de ser de costat, sempre amb un braç al davant, per protegir-te el cap, veieu?, així; això encara és més important quan saltes de més amunt. Sí, sí, la teoria està molt bé, però quan caus t'emborratxes d'aquesta sensació fantàstica d'haver vençut la teva pròpia por i no recordes que has de girar fins a la darrera centèsima de segon, quan, llavors sí, llavors gires i fas tot allò que t'han ensenyat a fer, però tot tard i malament. Quan reviseu el vídeo amb el professor, ell et renya, perquè no havies d'esperar tant. Perquè aquesta caiguda estava controlada i era curta, però si hagués estat des de més amunt potser t'hauries trencat el nas o t'hauries enfonsat una costella. Algun cop ha passat, et diuen, per desgràcia. De fet, el professor té un nas tot boterut i tu li has preguntat si era per culpa d'una caiguda o què, i ell t'ha dit no tio, no, és que a la meva família tots tenim el nas així de lleig. I tot seguit ha continuat parlant de la seguretat, compte amb la seguretat, aquí a l'escola no ens podem permetre ni un sol error ni una mala caiguda, és responsabilitat de tots, d'acord? De tots.

Ah, afegeix l'Albert, i he conegut la directora. Ha vingut un moment a saludar-nos i a dir-nos que espera que algun dia treballem per a ella. M'han dit que va ser especialista, i de les bones. Després va fundar l'empresa i l'escola. No us podeu ni imaginar la fama d'harpia que té, fa gràcia i tot. Hi ha idiotes que diuen que és mig nimfòmana, però és que la gent es penja molt i té molt mala llet. La penya veu una tia que ha triomfat i comencen a criticar-la. Hauríeu d'haver sentit què deien d'ella alguns dels meus companys, feia vergonya. Jo no em crec res i passo d'insultar ningú. Insultar és fàcil. A mi m'ha semblat una persona normal. Vull dir, normal si tenim en compte que és la propietària de tot i que ella mana i el que ja sabeu. Potser és una mica estirada, no ho nego, però perquè fins i tot ella deu adonar-se que és una tia flipant.

79

L'únic cop que l'Albert va caure amb la bicicleta, estava amb l'Assumpta. La bici era nova. L'hi havien comprat una mica gran —«de creixença», hauria dit la Cristina— i encara no tenia pràctica de dur-la. Va voler enfilar-se en una vorera i va perdre l'equilibri. Va parar el cop amb tots dos braços, i es va fracturar tots dos canells. Mentre li feien les primeres radiografies, l'Assumpta va trucar a la Reina i el Fèlix, en aquest ordre. La Reina va ser la primera a arribar. Amb el Sam, que havia anat a aparcar.

Van esperar junts, tots tres, al petit box d'urgències que els havien assignat, mentre a l'Albert li feien proves de control.

—I el Fèlix? —va preguntar la Reina.

—Ha anat a veure la seva mare, que està ingressada amb una recaiguda. No volia endur-se el nen a l'hospital i ara resulta que nosaltres hem acabat en un altre. No trigarà a venir.

El Fèlix va tardar tant que ni tan sols es van veure. I això que van passar-se a l'hospital més de quatre hores i mitja. Un temps que va donar per a molt als tres adults que acompanyaven l'Albert. Per veure'l sortir triomfal d'urgències amb un guix a cada braç i un somriure d'orella a orella. Per anar-se'n a berenar junts a la cafeteria de la planta baixa, on tenien unes galetes en forma de ninot de neu que van entusiasmar l'Albert. L'Assumpta n'hi va comprar dues sense saber que el Sam n'hi acabava de comprar dues més. Al final les van compartir. Ninots de neu de xocolata sucats en els tallats sense sucre dels adults. Les dues dones també van tenir temps de preguntar-se cadascuna pels misteris de la vida de l'altra. Així, la Reina va saber que l'Assumpta havia tingut la seva filla amb quinze anys, quan tot just acabava de sortir del col·legi de monges, i que el pare havia estat un passavolant amic del seu germà a qui no havia vist mai més. L'Assumpta, per la seva banda, volia saber quin era el secret de la relació entre el Samuel i l'Albert: mai no havia vist un fill i un padrastre que s'estimessin tant. La Reina, afalagada, va parlar del caràcter del Sam, del sentit de l'humor i dels gustos comuns, però va acabar reconeixent que el que de debò passava és que s'assemblaven molt.

—Són iguals en moltes coses, te'n faries creus.

—Sembla mentida, oi, això de les semblances? —va aclucar els ulls l'Assumpta, com si es cregués els misteris de la vida—. Sabies que els fills adoptats també s'acaben assemblant als seus pares adoptius? Gestos, reaccions, gustos, caràcter. De vegades se'ls assemblen més que no pas els fills biològics. Oi que és curiós?

La Reina i el Sam van fer un somriure pansit.

—Ah, i una coseta —va afegir la Reina—, no ens agrada gens la paraula padrastre. Nosaltres mai no la fem servir. Et faria res...?

—Ah, no, esclar, perdona —va saltar l'Assumpta—. Tens raó. No és una paraula gens bonica. No la diré més, no pateixis. Perdoneu-me, ho he dit sense pensar —i va afegir un somriure de bonhomia absoluta.

Després de les confessions, les decisions. La Reina va anunciar que s'emportava el nen tot i que aquell cap de setmana li tocava al Fèlix. Ho va dir a l'Assumpta, tot afegint amb tota la mala intenció que així el Fèlix no s'hauria de preocupar per res i podria estar per la seva mare. L'Assumpta va mirar d'oposar-s'hi, però va callar tan bon punt la Reina va argumentar que precisament ella l'havia d'entendre, perquè també era mare i sabia prou bé què se sent quan un fill et necessita.

—No puc deixar de pensar que s'ha fet mal i que jo no era allà per parar-li el cop —va confessar la Reina.

—Reina, tu no hauries pogut fer res per... —va afanyar-se a dir l'Assumpta.

—Ho sé, ho sé. Però s'ha fet mal i jo no l'he protegit. Se suposa que el meu paper a la vida és protegir-lo perquè no prengui mal, oi? Per això me'l vull endur. Ho necessito.

El Sam no participava en la conversa. Havia demanat un retolador i li estava dibuixant a l'Albert personatges de Star Wars al guix encara fresc.

—No pateixis —va fer l'Assumpta, finalment, agafant-li la mà—. Ho entenc molt bé. Si el Fèlix no ho vol entendre, jo l'hi explicaré. No tindràs cap problema.

Efectivament, no en va tenir.

Que ximplet que havia estat el seu ex de deixar-se perdre una dona així.

Tot això —escenes, paraules, pensaments— li ve al cap a la Reina en una centèsima de segon, només adonar-se que el mòbil vibra per l'entrada d'una trucada i llegir a la pantalla el nom de l'ex del seu ex.

—Reina? Com estàs? —pregunta l'Assumpta.

—Doncs no gaire bé. No sé si el Fèlix t'ha dit…

—Sí, sí. M'ho ha explicat. Per això et truco. Deus estar desfeta.

—Ho estic. Crec que la sang fa hores que se m'ha glaçat.

—Tornes a casa, oi?

—Així que els avions volin. De moment, estic fermada a l'aeroport de Bucarest. He provat de tornar en cotxe i fins i tot en tren, però res. No es pot circular enlloc.

—No et posis nerviosa. L'Albert està bé?

—Sí. Amb el Sam.

—Necessites res que pugui fer?

—M'agrada que em truquis, Assumpta. T'ho agraeixo. Per desgràcia, no pots fer que els avions surtin, oi? O que el temps passi més de pressa? Els aeroports desesperen!

—Em temo que no.

—Vaja.

Un riure baixet i compartit relaxa la conversa.

—I tu, com estàs? —pregunta la Reina—. Encara no tens nòvio nou?

L'Assumpta deixa anar una rialla.

—Ni ganes! He adoptat un gat.

—Un gat?

—Es diu Perkins.

—Perkins?

—No li agraden gaire els humans mascles. Ja en som dos.

—Seriosament, Assumpta, com ho portes? O explica'm com ho porta el Perkins, si t'ho estimes més.

—Això! T'explicaré com ho porta el Perkins. Doncs… —Fa una pausa, com per ordenar les idees—… al començament s'ho va prendre fatal. S'espantava de veure'm plorar dia i nit. No entenia que fos tan greu que et deixin per una dona deu anys més jove que, a més, és la meva germana. I mira que jo ja li havia parlat d'ella, de l'Alba. Li havia dit que és una eixelebrada i una gelosa, que des de ben petita volia ser com jo, que m'imitava en tot. Però un dia que estava cansat d'escoltar-me el Perkins em va fer veure que havia d'analitzar l'afer des d'una lògica shakesperiana, que si t'ho mires bé també és una lògica molt felina, i vaig començar a veure-ho diferent: traïció, ambició, revenja i coses així. La meva revenja del Fèlix haurà estat, precisament, deixar-lo en braços d'aquesta guillada. Ella s'encarregarà que em trobi a faltar. Quan faci un temps que estan junts i els passi l'etapa d'enlluernament del principi, no sap el que l'espera, pobret. Perquè si ell és estrany, ella ho és deu vegades més. Jo m'esperaré que torni. Perquè tots els homes tornen, abans o després, no ho saps? Els homes que marxen amb dignitat, sense mirar enrere ni penedir-se, gairebé no existeixen. Sempre els queda alguna assignatura pendent que volen superar, o simplement són massa orgullosos per entendre que fan nosa. Ja l'hi he dit al Perkins: quan el Fèlix torni pensaré què li faig. Si li clavo quatre bufades, si l'esgarrapo, si l'ignoro i si me li llenço al damunt i ronco una mica perquè vegi que no em desagrada pas del tot. Deus pensar que no tinc gens d'orgull, oi? Què vols que et digui? Els gats tenim una altra manera de veure les relacions. I en el fons, me l'estimo, aquell burro, em feia companyia. Vaig arribar a creure que me'n faria fins que em morís de vella. Si fins i tot li vaig explicar com vull que sigui el meu enterrament! Tu no n'has parlat, amb el Sam? Són coses que no es confien a qualsevol.

Mentre l'Assumpta parla, la Reina cavil·la. La germana eixelebrada no és maquilladora de televisió? I els professionals de la tele no tenen contacte amb els del cinema? Hi hauria alguna possibilitat que l'Alba conegués algú de Risky Shot? No li sembla gens estrany, i té prou confiança amb l'Assumpta per dir-l'hi. Esclar que la posarà en el compromís d'haver de demanar un favor a la germana pispamarits. Però segur que l'Assumpta entendrà que ho ha de provar tot i, si pot, farà per ajudar-la. Sap que s'estima l'Albert des de petit. I sap que és una bona persona. Decideix arriscar-se.

—Assumpta, t'he de demanar un favor molt gran.

Potser riurà quan sàpiga que el Fèlix encara no li ha parlat de l'Alba, que no sap si es fa el trist o el misteriós o només té vergonya de dir-li que se'n tira una de més jove i que ella li dóna peixet perquè tant se li'n fot. L'única cosa que l'amoïna és no poder demanar ella mateixa el favor a l'Alba.

—Esclar —contesta l'Assumpta—. Digues. Si depèn de mi, ja hi pots comptar.

Només sentir-la ja sap que no s'equivocava gens.

80

El Sam no suporta parlar de la mort. Ni de la seva ni de la dels altres. La Reina, més pràctica, de vegades treu el tema. Pensa que en una parella s'ha de parlar de tot. També de quina mort vols o quin enterrament imagines. L'un ha de conèixer les manies de l'altre, si és que en té, o ha d'estar informat que no en té cap, perquè és evident que un dels dos haurà de decidir pel seu cònjuge, més tard o més d'hora. I amb el Sam no hi ha manera. Cada cop que li fa preguntes sobre això, ell canvia de tema. No en vol parlar ara, li diu. I així des de fa divuit anys. En algun moment ho haurem de fer, insisteix ella.

—O no —opina ell.

Tampoc es posen d'acord respecte a l'any que s'han de morir. El Sam és de l'opinió que, si tens el cap bé, val la pena viure cent anys. La Reina només de pensar a estar-se cent anys fent nosa en aquest món li ve de tot. Ella ja té ben decidida quina és l'edat ideal per a la seva defunció: vuitanta-cinc i mig.

—Per què mig? —va preguntar-li un cop el Sam.

—Perquè vaig néixer al maig, que és un mes preciós

per arribar al món però gens per marxar-ne. M'estimo més morir-me al novembre. Més adequat.

La Reina ha fet testament vital, això que el Sam no gosa ni pensar. Hi ha deixat escrit que ningú no té permís per conservar-la viva, que no vol que la foradin, l'obrin, la tallin ni la posin en una peixera. Si viure no s'assembla a viure, es vol morir. I si morir vol dir guanyar-li la batalla a la indignitat del final, li està molt bé. El Sam, en canvi, no té opinió ni en vol tenir, sobre aquestes qüestions.

Només un cop mentre eren al llit el Sam li va donar la rèplica.

—Jo vull morir-me amb tu —va dir—. Al mateix temps. Al mateix instant. Comptem fins a tres i deixem de respirar tots dos.

—És una bona idea —va fer ella—. Que no se'n parli més.

Es van abraçar sota els llençols. Tenien la postura molt mesurada. Com si l'haguessin inventat ells per al seu gaudi particular. Mai abans no s'havien compenetrat tant amb ningú, cap dels dos. Les cuixes d'ell molt ben encaixades sota les natges d'ella. Els peus entrellaçats d'una manera calculada perquè ni el cap del peroné ni el del fèmur punxés l'extremitat de l'altre. Els braços de la Reina recollits i els d'ell en desbandada: l'un sota el coixí i l'altre al voltant del tors de la Reina, deixant que una mà dormís sobre una espatlla. Ella s'agafava la cabellera en una cua per no ofegar-lo enmig de l'espessor i el Sam enganxava la boca al clatell d'ella. A la Reina li agradava la proximitat del seu alè tebi. En aquella postura era molt fàcil que les mans d'ell li busquessin els pits. També que un moviment molt suau dels seus malucs pressionés el sexe d'ell, incitant-lo. Era una postura innocent, com ho és el son, però amb molt poc esdevenia tot el contrari. Quan la Reina estava de viatge, el Sam emulava el cos estimat amb els coixins orfes que ella deixava al seu costat del llit.

Aquella nit, just abans de quedar-se adormida, la Reina va sentir que el Sam li murmurava a cau d'orella:

—No respirar i viure sense tu seria el mateix, Reineta.

81

—Hola, sóc la Magda, la psicopedagoga de l'institut del teu fill. Encantada de saludar-te, Reina. T'he despertat? Quin nom més bonic, per cert, d'on ve? No havia conegut mai ningú que es digués Reina. Ja m'agradaria tenir un nom tan original, quina sort. Mira, et truco perquè he estat parlant amb la nova psicòloga del teu fill. Vull dir, la que li ha estat assignada després del protocol d'urgència d'ahir, i que s'encarregarà de fer-li totes les proves pertinents per valorar si cal... Sí, sí, proves. Vol començar al més aviat possible. Doncs, dona, el normal en aquests casos. Primer de tot, pensa que cal descartar coses, oi que m'entens? Saber quin tractament és el millor. Aviat em reuniré amb ella i juntes decidirem com hem de tractar l'Albert a partir d'ara. No, no és que l'hàgim de tractar diferent, però hem de coordinar els nostres protocols d'actuació, oi que m'entens? Oi tant que valorem que és adolescent! Però no podem tirar les culpes de tot a aquesta etapa, com has dit? Convulsa. No tot és culpa de les hormones. No podem negligir la nostra responsabilitat tirant les culpes a un moment de confusió. És per això que t'estic trucant, perquè totes les parts implicades (la família, els psicòlegs, els professors) abordem junts el problema. Per això mateix, i tornant al que m'ha dit la psicòloga, hem decidit fer a l'Albert alguns tests. Impulsivitat, autoestima, capacitats cognitives i espectre autista. Autista, sí. Oi tant, que t'ho explico. No t'esveris: això de l'autisme ja no és com abans. Avui en dia englobem dins el nom d'espectre autista tot un seguit de comportaments molt diferenciats. S'ha descobert que els trets que abans associàvem a l'autisme són molt diversos i es manifesten en diferents graus, de vegades molt lleus. Vull dir que pots ser una persona absolutament integrada i intel·ligent i malgrat tot presentar algun d'aquests trets, que no afecten gens la teva vida. Segur que nosaltres, tu i jo, en presentem algun, i mai no ho hem sabut ni ens ha afectat per a res, oi que m'entens? Exacte, una vida absolutament normal. I l'Albert també podrà tenir-la, però després de l'ensurt que ens acaba de donar a tots plegats, creiem convenient... Sí, la teràpia també la considerem, esclar. Però això vindrà després, quan tinguem prou clar... Només necessitarem una mica de temps. Ara la psicòloga us voldrà veure a tots dos, pare i mare, per parlar de la infància de l'Albert, de les relacions familiars, dels antecedents que puguin ser rellevants. Els primers mesos de vida de l'Albert són molt importants. Els voldrem estudiar amb lupa. Doncs si no te'n recordes, no passa res. No vas escriure cap quadern d'anècdotes, o cap diari? Hi ha moltes mares que ho... Doncs no passa res, dona, segur que quan arribi el moment te'n recordaràs. Hi ha coses que no s'obliden, oi? La psicòloga després em facilitarà el resultat d'aquestes proves i potser jo també us demanaré una entrevista, encara no ho sé. Seria el més probable, oi que m'entens? Ah, i que no se m'oblidi. La psicòloga necessitarà un permís vostre per gravar-ho tot. Necessitarem que signis una autorització. Doncs vol gravar les converses amb l'Albert, les sessions, les diferents proves. Esclar que no en farà cap ús extern! Les gravacions només serveixen per poder revisar les reaccions del pacient davant diferents tipus d'estímuls. Ajuden molt els terapeutes a detectar petites coses que no s'han vist durant... Ah, no ho vols? Per alguna raó? Esclar que hi tens dret, és el teu fill. És només que no entenc que t'oposis així a... D'acord, d'acord, ja ho he entès. L'hi comunicaré a la meva col·lega, no pateixis. És estrany, oi que m'entens? Però si és el que vols... Voldria recordar-te que som aquí per ajudar el teu fill i per ajudar-vos a vosaltres. La nostra feina no és pas buscar, com tu dius, tres peus al gat. Ah, doncs si no tens fe en la nostra feina, potser ens ho hauríem de replantejar tot abans de començar, tot i que sincerament crec que l'Albert necessita ajuda, oi que m'entens? Ja m'ho penso, que tu l'ajudes, però de vegades no n'hi ha prou. Tots, de fet, necessitem ajuda professional en algun moment de la vida. No és pas dolent. No es tracta de classificar-lo, Reina. Però avui dia disposem d'una sèrie d'eines molt útils que ens permeten conèixer... No volem etiquetar el teu fill, t'he dit. Em sap greu que t'ho pensis, oi que m'entens? I també em sap molt greu que et malfiïs dels nostres mètodes, perquè aquesta energia teva tan negativa repercuteix en el teu fill i no és el que necessita. Per descomptat que estàs en el teu dret de pensar el que vulguis, i també de no portar-lo, però renunciar al tractament així, d'entrada, em sembla un acte totalment irresponsable per part teva, oi que m'entens? Jo t'he de dir les coses clares, també. Em sap molt greu, Reina, però hauré d'informar d'aquesta actitud teva tan incomprensible tot l'equip psicopedagògic de l'institut. Suposo que aviat et demanaran de tenir una reunió per parlar de tot plegat i veure quina mena de mesures cal aplicar. No sé quines mesures, no ho puc saber individualment, això és una tasca d'equip, no puc parlar pels meus companys. Però personalment penso que estàs equivocada. De vegades amb estimar i prendre decisions no n'hi ha prou. També cal estimar bé i prendre les decisions correctes, oi que m'entens?

82

Els viaranys de la vida. De vegades hi pensa. Si no hagués conegut el Sam hauria pogut ser una d'aquestes dones valentes que decideixen ser mares totes soles. Que lluiten contra la desesperança i ho tornen a intentar una vegada i una altra, fent callar pel camí la gent que les censura, que les vol desanimar. I que un cop ho aconsegueixen se senten sempre aclaparades per la responsabilitat d'haver de decidir-ho tot soles i idealitzen les decisions compartides amb l'home que no tenen.

No li agrada gens parlar dels primers mesos de vida del seu fill, no perquè no tingui coses a explicar, sinó per tot el contrari: en té tantes i tan embolicades que sap que per molt que s'expliqui ningú que no l'arribarà a entendre del tot.

Només sortir de la sala de parts amb el nen a sobre ja es va trobar jugant a aquell joc dels disbarats. Un joc amb massa peces. El Fèlix, en qualitat de marit encara legítim —demostrable— de l'acabada de parir, va encarregar-se de la paperassa, començant pel que més pressa corria: inscriure el nen com a fill seu al registre civil. El Sam esperava veure sortir el marit del pàrquing de la clínica per escolar-se a l'habitació 218, la de la Reina, agafar el nen i vessar alguna llagrimeta. Si venia algú, dissimulava. Portava preparada tota una dissertació per deixar clar que només era un amic, si calia. La Reina es passava les estones en què no estava destarotada per la seva nova condició de mare novella volent que marxés el Fèlix i vingués el Sam. I lamentant-se per dins per tenir uns desitjos tan poc adequats per a una dona primípara.

Així que van tenir l'alta, la Reina va decidir anar a viure amb la Cristina. No volia tornar al pis remenut on ella i el Samuel s'havien amagat durant els darrers mesos de l'embaràs, fent veure que no passava res. La Reina sentia com si la vida s'hagués desencaixat, com si de cop no hi hagués res al seu lloc. Volia temps per pensar. Justament el que no tenia.

Al pis del carrer Verdi, mentre la seva mare li preparava unes sopes especials per a dones acabades de parir, rebia visites de tots dos. El Sam venia als matins, empaitava el cotxet, l'ajudava a seure, la volia ajudar en tot, la feia riure. També agafava el nen, li feia petons, li canviava la clenxa de costat amb els dits, li posava sobrenoms divertits —borrissol, grèmlin, conseqüència...—, li parlava com si el pogués entendre. Tombaven pel barri, s'aturaven a parlar amb les veïnes que no sabien res del que passava i que prenien el Sam pel marit legítim, de vegades esmorzaven en algun cafè o alguna terrassa. La mà del Sam lliscava sobre la taula per fregar la seva amb les puntes dels dits. Quan la Reina li deia que voldria que les coses fossin més fàcils, més normals, el Sam responia:

—Si em deixes ser a prop seu, de la manera que sigui, no et demanaré res més.

El Fèlix venia als vespres, quan sortia de treballar.

S'asseien a la saleta i miraven la tele en silenci mentre el nen mamava. El Fèlix no s'atrevia a agafar l'Albert. Deia que tenia por de trencar-lo. L'observava de prop, amb veneració poruga. De la mateixa manera se la mirava a ella. Com si temés trencar-la. Ara que era mare, li deia, li agradava més que abans. Li recordava la seva pròpia mare, li va dir un cop, amb els ulls amarats. La Reina li explicava coses del nen perquè no sabia què dir-li. Quan es quedaven un moment en silenci ell li preguntava:

—Per què no tornes a casa amb mi?

La Reina passava les nits repassant de cap aquelles llistes de pros i contres que havia fet feia mesos. L'Albert era matiner i ganut, li donava poca treva. Estava sola perquè així ho havia triat. De vegades desitjava companyia, sense més. Algú que l'ajudés a les nits, quan estava esgotada i el nen la reclamava. Recordava els viaranys de la vida. Valorava com seria allunyar-se de tots dos i quedar-se només amb el fill. La major part del temps enyorava només el Sam. El cor feia les seves pròpies llistes, extravagants, sinceres. Li deia que res d'allò estava bé. Que amb el Sam no havien tingut temps de res, ni tan sols de coneixe's, i que es mereixien una mica de calma per tenir les mateixes oportunitats que la resta de gent que s'enamora. Però la por l'aturava.

Va mirar de donar-se explicacions dilatòries: potser eren les hormones en dansa, l'estat d'extenuació en què es trobava o l'excepcionalitat de les circumstàncies el que l'empenyia cap al Sam. Potser hauria d'oblidar-se de tot i tornar amb el Fèlix a aquell lloc que en algun moment havia considerat casa seva i que havia deixat de ser-ho feia molt. Oblidar. Potser era possible perdre la memòria. Oblidar el Samuel i tot el que ell li havia donat. O potser no. Potser viuria recordant i es moriria enyorant-lo i penedint-se de no haver estat prou valenta. Va estar a punt de provar-ho.

A les nits, quan estava per l'Albert tota sola, enviava missatges al Samuel, que ell contestava de seguida, fos l'hora que fos. «El nen és ganut, no em dóna cap problema per menjar». «Esclar, perquè sap que ha vingut a menjar-se el món». «Et trobo a faltar». «No et cal, sempre em tens aquí». «No pots imaginar com n'estic, de cansada». «Em sap tan greu no poder ajudar-te!».

Un dia li va preguntar: «Què fas despert a aquestes hores? Saps que són les quatre de la matinada?». El Samuel va dir: «Vull estar amb tu fins i tot quan no hi sóc».

De vegades es pregunta quin va ser el gran defecte del Fèlix, si és que en va tenir algun. Ser tan enze? Semblar vell quan era jove? El seu desinterès per tot el que a ella li agradava? Donar per segures massa coses, començant per ella? No dir, quan tocava, les paraules adequades? O, simplement, no saber fer com el Sam? No ser el Sam?

D'un dia per l'altre va decidir que no l'estimava. Que no el podria tornar a estimar mai més. Li va fer por tanta certesa de cop, perquè feia que no veia res clar des que s'havia quedat embarassada. Va ser com si s'escampés de sobte una boira que tenia davant dels ulls i al darrere hi hagués un camí radiant i inundat pel sol. L'únic camí que volia, el Samuel. Els viaranys de la vida. Arriba un moment que t'has de decantar per un i deixar els altres. No hi ha cap decisió que no comporti renúncies ni riscos.

L'endemà va recollir les seves coses i les de l'Albert, va acomiadar-se de la seva mare, va cridar un taxi i li va donar al conductor l'adreça de casa del Samuel.

Ja s'havia acabat tanta comèdia.

83

«Reina, necessito parlar amb tu com sigui. Ja sé que ahir vas engegar-me a la merda més o menys per sempre, això ho he entès, però tinc problemes amb l'hotel i tot sol no me'n surto. Sisplau, truca'm quan puguis».

És un missatge del Tom. Fa uns quants dies, quan va guardar el seu número a l'agenda del mòbil va decidir ferho amb un nom que no aixequés sospites. Que no aixequés les sospites del Sam, esclar. Per això a la part superior del fil de la conversa hi diu Mr. Miller, un nom completament invisible en una agenda, la seva, tota plena de noms de persones estrangeres. Al costat hi ha una foto de perfil on es veu una palmera i una platja d'aigües blau turquesa. Aquest Mr. Miller podria ser qualsevol encarregat de recursos humans de qualsevol empresa del món. L'acció de falsejar una personalitat a l'agenda del mòbil podria considerar-se el primer pas d'una infidelitat consumada.

La Reina pitja la icona del telèfon que apareix a la part superior dreta. Trucant. El Tomàs devia tenir l'aparell a la mà, perquè contesta rapidíssim.

—Gràcies per trucar-me, Reina. Quin merder.

—Què passa?

—Fa un moment he baixat a esmorzar. La senyoreta de la porta, aquella que s'està darrere el faristol i pren nota dels números de les habitacions, m'ha preguntat el meu, com ahir. Només que quan l'ha trobat a la llista m'ha dit que no tinc l'esmorzar inclòs en el preu de l'habitació. Li he dit que deu ser un error, perquè ahir vam esmorzar dues persones, només que tu havies hagut de marxar per motius personals. Ho ha tornat a mirar i m'ha dit: No és cap error, senyor Moliner. Hauria de passar per recepció perquè l'hi expliquin. Hi deu haver hagut canvis en les condicions de la reserva, em sap molt greu. Hi he anat de seguida, esclar, tot esporuguit. A recepció m'han dit que Newzer ha cancel·lat la reserva. Vol dir que han trucat per dir que només es fan càrrec de les nits que tu has dormit aquí i que la resta de la factura és cosa meva, que m'he quedat aquí com un idiota. He preguntat quant costa, per saber de quina mena de desastre parlaven. Saps quant m'han dit?

—Uns tres mil?

—Tres mil sis-cents vuitanta-nou euros, esmorzars inclosos. És una bogeria, Reina! Jo no puc pagar aquesta quantitat. I encara que pogués, hosti, no és raonable. Com vols que ho expliqui, això, a la meva companya?

Fins ara la Reina no sabia que el Tomàs tenia companya. Sabia que en algun moment va tenir dona, com tothom, si fa no fa. Llavors, en algun moment es va divorciar. I es va emparellar de nou, també com tothom. En què devien assemblar-se i distingir-se la dona i la parella del Tom? Amb quina de les dues haurien pogut ser més amigues? Alguna de les dues s'assembla a ella? Quines ximpleries de pensar. Igualment, tant se val. És una dada que només serveix per aprofundir en el coneixement del personatge. Si no fos que el personatge està a puntet de sortir d'escena i ja no val la pena aprofundir-hi.

—Deixa'm veure si puc fer alguna cosa —li diu.

—Fes-ho, sisplau, Reina. És molt fort. Si arribo a saber que tot això aniria d'aquesta manera m'hauria quedat tranquil·lament a Barcelona, esperant-te. Tres mil siscents euros! El clau més car de la meva vida! Ni que me'ls hagués gastat en una puta de luxe.

Quan les coses es torcen, les paraules també. La Reina pensa que d'alguna manera es mereix aquest comentari. És el càstig diví per follar-se un imbècil.

84

No fa cas a les notícies silencioses de la pantalla del televisor. Ja està avorrida de veure tota l'estona les mateixes imatges. De fet, en això consisteix el món, la vida: a veure una repetició d'imatges sense fi, fins al dia que decideixes que ja en tens prou i desconnectes.

Donald Trump fent hola amb la mà des de dalt d'un avió, amb la tofa tota desenganxada de la clepsa —què du al cap, aquest home? És com si s'hi hagués posat un niu d'ocells, massa estarrufat i groc per ser un postís— i al costat aquesta nina ensopida que té per dona, la noséquantes, perquè s'ha casat dues o tres vegades, qui ho havia de dir, després sortirà un d'aquests savis que garlen per la tele i ens voldrà fer creure que les joves d'ara només es casen per amor. I després altre cop Tusk encaixant la mà de Theresa May, i Puigdemont fent un discurs davant una bandera de Catalonia i una altra d'europea, i Valentino Rossi sobre la seva Yamaha blava i els caramells de la Fontana di Trevi i l'alegria dels nens de no sé quin poble d'Alemanya que s'han passat el dia fent ninots de neu. I tot de nou, com una cançó enfadosa, fins a l'extenuació.

Només para una mica d'atenció a la pantalla quan surt la taca de color blau de Prússia. L'ha mirada tant que només veure-la s'adona que no és al mateix lloc. La tempesta s'allunya. Se'n va camí de Dubasari i Kíev, potser encara arribarà a Moscou, a complicar la vida als russos. Encara s'ho està mirant quan se li acosta l'hostessa rossa amb un somriure esperançador i li diu:

—Ha vist? —Assenyala l'altra pantalla, la de la informació dels vols.

Alguna cosa ha canviat en el vol de Barcelona. I no només en aquest. Allà on fins ara només s'hi llegia *Delayed*, una tirallonga de *delayeds* que desesperava, ara hi ha aparegut un avís: *Gate info in 30 minutes*. Informació de la porta d'aquí a trenta minuts. Alguna cosa s'ha començat a deixondir enmig del glaç i la neu.

—Ja hi ha moviment, miri —i l'hostessa assenyala la finestra de l'altre costat del *business lounge*, on enmig del paisatge d'un dia que clareja molt tímidament es veuen llums de colors avançant per les pistes. Els cotxes de servei, suposa la Reina, i potser les primeres tripulacions de camí als avions afortunats que siguin els primers de marxar.

—Aviat serà a casa —somriu l'hostessa.

85

La Reina s'afanya a comunicar la notícia.

«Sembla que sortirem aviat», li escriu al Sam.

Primer un vist, després dos, grisos, blaus.

En línia. Escrivint. En línia.

El Sam es pren el seu temps. Potser dormia. Potser no sap què dir-li. Potser no vol dir-li res.

Després d'uns quants segons: Escrivint.

Abans que arribi cap resposta, el missatge superior canvia un altre cop: En línia.

Finalment, el missatge entra. Curt i fred.

«Bon vol».

Bloqueja la pantalla. Comença a recollir les seves coses.

L'autèntic missatge, de vegades, és tot allò que no es diu.

86

El bar Manuel tenia un taulell platejat, mitja dotzena de taules de fòrmica i al fons una porta amb cortines de grans de fusta que feien clec-clec i per on s'entrava a un vàter unisex i brut que també servia de magatzem de caixes d'ampolles buides. No arribava a sòrdid, però gairebé. Era l'únic que quedava a prop del pis minúscul del Samuel, la Reina i l'Albert, que només tenia dos mesos i, per tant, havia d'estar-se sempre amb la mare. El Fèlix l'havia anat a visitar i només trucar a l'intèrfon la veu de la Reina li va dir que volia parlar amb ell i que ara baixava. Si haguessin tingut més opcions, mai no haurien triat el bar Manuel com a escenari d'aquella conversa.

La Reina havia assajat la seva intervenció com si fos una conferència. Començaria per una aproximació al problema, per centrar-se després en les dificultats concretes i acabar amb la conclusió. La primera part la va deixar anar a raig, sense agafar aire, mentre l'encarregat del local —que no es deia Manuel— feia rugir la cafetera preparant el parell de tallats que havien demanat.

Primer de tot li va clavar un discurs sobre la responsabilitat de mentir a una persona innocent. Podria, ell, viure amb aquest pes a la consciència? Podria dormir tranquil la resta de la seva vida sabent que havia amagat informació important a una personeta que li tenia fe cega? Informació que té a veure amb la seva pròpia identitat, amb el lloc que ocupa al món? Creia, com ella, que comportar-se com si els fets no existissin, abonant l'engany, no era una manera de fer una malesa a moltes persones que no en tenien cap culpa?

El Fèlix va mirar-la aclucant els ulls i li va dir que potser alguns sí que en tenien, de culpa.

La Reina va respirar fondo —li costava— mentre esperava que l'encarregat deixés els cafès sobre la taula. Va continuar amb la segona part del discurs que havia preparat.

No estava orgullosa del que havia fet, de cap manera. S'havia enrotllat amb un altre tio. S'havia enamorat d'ell. No volia fer-li mal, però és difícil no fer mal algú a qui estàs dient que no hi cap a la teva vida. Quan entre dues persones només queda dir «Ja no t'estimo», és perquè fa molt que no queda res a dir. Li sabia tot molt greu, ella també hauria preferit que durés sempre, però ara havia après que no s'han de fer plans a tan llarg termini, que l'existència és plena de revolts i de sotragades i que les sorpreses formen part del camí. Ara se sentia més serena, tenia les coses més clares, s'ho havia rumiat molt, havia plorat molt, havia fet llistes, havia estudiat del dret i del revés totes les possibilitats i li prometia que l'última cosa que volia al món era ferir-lo, que l'estimava, que era una persona important per a ella i que per això se li havia acudit una manera de fer que…

El Fèlix feia una cara que semblava de pedra. Una d'aquelles estàtues estalinistes que fan por.

—Reina, què és el que estàs intentant dir-me?

Doncs, senzillament, que els fills tenen dret a estar-se amb els seus pares. I —encara més— que els seus pares no els menteixin sobre la seva identitat. No està bé que una criatura creixi enganyada sobre un aspecte tan important. Per això pensava que havia arribat el moment d'aclarir les coses. Volia dir, de fer-les saber a tothom, de posar ordre en les seves vides i en la del petit Albert, d'assumir tot allò que havien fet tots tres —sí, tots tres— i de donar-li al nen una oportunitat de sentir-se orgullós dels seus adults. No li semblava bonic, això? Que algun dia pogués mirar-los i dir: Vau fer les coses amb un parell de nassos i estic molt orgullós de vosaltres.

—I què és el que hem de fer, segons tu?

Estava esgotada de donar-hi voltes, no podia més, esperava que no l'hi fes encara més difícil, perfavor. Com, que quines coses? Ell sabia perfectament de quines coses parlava. Feia ja uns quants mesos que dissimulaven, que feien veure que era normal allò de tenir un nounat i dos pares. Ja ho sabia, que no havia fet les coses bé, però ara que per fi podia pensar havia arribat el moment d'arreglar-ho, i esperava que ell veiés que només era una qüestió de sentit comú. Sentit comú i prou. Cau pel seu propi pes. No li va dir que aquesta darrera frase era típica del Sam.

—Què cau pel seu propi pes? —va preguntar el Fèlix.

—Que les criatures han d'estar amb els seus pares.

—Esclar. Jo també ho penso. I el pare de l'Albert sóc jo. Ho diu el certificat de naixement.

—Només perquè encara estàvem casats. Perquè la llei pressuposa que si tu ets el meu marit, la criatura és teva. Només aquest paper diu que és teu. Tu i jo sabem que no.

—No sé de què parles.

—Sí que ho saps. Quan em vaig quedar embarassada feia deu mesos que no em posaves la mà a sobre.

—I què? Això qui ho sap?

—Tu. Tu saps que l'Albert no pot ser teu de cap manera!

—Tant se val, d'on hagi vingut l'espermatozoide.

—Tant se val? —va preguntar la Reina, amb la boca oberta.

—L'important és que hagi vingut.

—Ha vingut perquè un altre l'hi ha portat!

—Això ho dius tu.

—Això és el que va passar.

—També podria ser el resultat d'una inseminació artificial. Amb esperma de donant anònim.

—Podria, però no ho és.

—Doncs per mi, com si ho fos.

—Criaries un fill bo i sabent que no és teu?

—L'Albert és meu. Vols veure el paper que ho diu?

—Per què?

El Fèlix se la va mirar, tan eixarrancat en la seva postura que ni tan sols entenia la pregunta.

—Per què… què?

—Per què criaries un fill que no és teu?

—Tampoc no ho són els nens adoptats, i els pares bé que els crien.

—Però aquest nen té pare!

—De moment. A veure quant triga a deixar-te penjada. Jo no marxaré mai. Sóc el teu marit, te'n recordes?

—Ets boig. Estàs malalt. O no tens ni mica de dignitat.

La Reina va sentir aquella ràbia de quan s'enfada en

calent, i va procurar deixar-la passar. La tercera part del seu discurs se n'havia anat a la merda. Lògic: el discurs estava pensat per a persones enteniments, capaces d'aplicar un raonament lògic. Ja veia que amb el Fèlix havia de passar directament a la conclusió.

—Fèlix. —Va mirar-lo fixament als ulls, perquè entengués bé allò que li anava a dir—. Escolta'm. Si vols continuar veient l'Albert, ho entendré. Pots ser un amic molt amic de la família, una mena de tiet. Igualment, el Samuel també és fill únic, no tindràs competència. Pensa-ho. No vull privar-te de veure'l, després de tots aquests mesos d'imaginar-lo com a fill teu.

El Fèlix ara s'havia posat en guàrdia i la mirava amb indignació. Allò que acabava de dir era una bestiesa. Fins i tot ella, que ho havia pensat, se n'adonava. Però era l'únic consol que se li havia acudit per no deixar-lo sol i sense res. Un consol impossible.

—El Samuel i jo hem decidit fer allò que hem de fer, Fèlix. Reclamarem l'Albert com a fill nostre, del Sam i meu. Ja tenim hora per a les proves d'ADN. Les proves són un tràmit legal, un requisit per presentar la demanda de paternitat. La meva advocada creu que el millor que pots fer és no presentar-t'hi. Deixar que passi i prou. No tens cap possibilitat de guanyar. L'Albert és fill del Sam, en tinc la seguretat al cent per cent. I tu també la tens, Fèlix, ja fa temps. Ho has de reconèixer. Per molt que ho neguis, fa temps que ho saps. Oi que sí?

—En resum —va concloure ell, amb agror—, que m'ho voleu prendre tot.

—Jo no et vull prendre res. Jo només busco la man…

El Fèlix va aixecar-se amb tanta energia que va tombar la cadira. Va mirar-la amb menyspreu, amb ràbia, va separar els llavis per dir alguna cosa, però tot seguit s'ho va repensar, va fer mitja volta i se'n va anar, caminant amb gambades rabiüdes, cap al carrer. Va deixar els dos cafès per pagar i la Reina al començament d'un atac d'ansietat.

87

Missatge a les 8.42:

«Hola, Reina, sóc l'Alba. Em sap molt greu el mal tràngol que estàs passant. Espero que tot acabi bé. L'Assumpta m'ha demanat que t'aconsegueixi el telèfon de l'escola d'especialistes d'Ester Parra. Es diu Risky Shot. Només tinc un mòbil. Espero que et serveixi. Te l'envio tot seguit. El Fèlix no sap res d'aquesta trucada. No l'hi diguis, d'acord? Per alguna raó, no vol que ens fem amigues. Jo no ho entenc, però què hi farem. Va, et deixo, que parlo massa. Cuida't».

El missatge la sorprèn. No s'ho esperava. La fredor o la distància no escauen gens a l'Alba. Què li agafa, ara, al seu ex? Potser es pensa que a l'Alba la podrà controlar més que no pas a l'Assumpta?

A la pantalla apareix un rectangle blanc: Contacte. Acceptar. Denegar.

Accepta. Risky Shot s'ha afegit als teus contactes.

Truca. Trucant.

Potser és massa d'hora, pensa quan ja a l'altra banda una veu de dona li contesta la trucada.

—Hola?

—Bon dia, voldria parlar amb Ester Parra.

—Què vol? —Per la veu ja sap que és massa d'hora.

—Sóc la Reina Gené, la mare de l'Albert Gama.

—Què hi ha? —Detecta una reacció mínima. D'interès? D'amabilitat?

—Ja sé que és una mica aviat.

La Reina mira l'hora a la pantalla del televisor que té al davant. Si a Romania és un quart de nou, a Barcelona és un quart de vuit. Potser sí que s'ha passat. Hauria de pensar més les coses abans de fer-les.

—Una mica, sí —fa la veu a l'altre costat.

—Té raó. Li demano disculpes. Estic de viatge i em temo que no sé quina hora és. Truco perquè necessito una mica d'ajuda.

—Vostè dirà.

—L'Albert, el meu fill, ha estat participant en un dels cursos d'especialistes de la seva escola.

—Ahà.

—Li agrada molt. Pensem que té vocació. Des de fa temps té molt clar que vol dedicar-se al món del cinema.

—El conec. S'ho pren seriosament —diu la dona, amb tan poc entusiasme que la Reina se la imagina asseguda sobre la tassa del vàter tallant-se les ungles dels peus.

—El cas és que en els quatre mesos que ha durat el curs hem notat un canvi en el nostre fill —parlar en plural la fa sentir menys fràgil—, i ens agradaria preguntar-li si vostès tenen constància d'alguna cosa que hàgim de saber.

—A què es refereix?

—No ho sabem. Alguna relació, negativa o positiva, amb algun company o companya. Una baralla, algun disgust… qualsevol cosa.

—Això és una escola de cinema... Perdoni, com m'ha dit que es diu?

—Reina.

—Això és una escola de cinema, Reina. No un col·legi de primària.

—Sí, ja ho entenc. Però pensava que potser havien detectat qualse...

—Detectat? —la interromp—. L'Albert és grandet, em sembla. Per què el vigila com una policia?

—L'Albert és menor d'edat —puntualitza la Reina— i el vigilo perquè sóc la seva mare. Considero que és la meva obligació.

—Ja té edat per treballar, oi? Pot prendre les seves pròpies decisions. Li recordo que els nostres cursos són de formació professional. Els pares aquí no hi pinten res.

—Vostè no té fills, oi, Ester?

El silenci indica que la pregunta no ha caigut bé.

—Jo no li he dit el meu nom.

—Té raó. Però és l'Ester, oi?

—Sento no poder ajudar-la, Reina —afegeix, i s'afanya a penjar, per ser la primera.

88

Encara furiosa, la Reina torna a escriure «Ester Parra» a la barra del cercador en línia. De nou troba la pàgina oficial de l'escola, que ja coneix —T'agradaria treballar com a especialista de cinema?—, però ara va directament a la pestanya de Vídeos que abans ha passat per alt. Tot són recopilacions d'escenes de pel·lícules gravades a Risky Shot. Ha d'esperar fins a la segona pantalla per topar amb una entrevista amb l'Ester Parra. No diu qui l'hi va fer ni on es va emetre, però sembla poc professional. Potser una petita televisió local o un d'aquells treballs que els estudiants de periodisme han de presentar al final de segon curs. El titular que l'anuncia diu: «M'agrada saltar-me totes les normes». L'obre, prem el triangle i para atenció. Un presentador jovenet amb ulleres de pasta verdes llegeix amb poca traça una presentació que du escrita en un paper.

L'Ester Parra no confessa la seva edat, però és segur que en té més de quaranta, potser quaranta-tres o quaranta-quatre. Fa un metre cinquanta-nou centímetres, pesa quaranta-vuit quilos i de petita la van fer fora de tres escoles, però res de tot això ha impedit que sigui una de les dones més influents del seu sector —el dels efectes especials de cinema— a tot Europa, i que fins i tot hagi treballat a diverses produccions americanes, sobretot com a conductora en persecucions d'alt risc. Ara fa nou anys va decidir reinventar-se fundant en solitari l'empresa Risky Shot, que en poc temps s'ha convertit en tota una referència per a professionals i aficionats. Entre els qui la coneixen Parra té fama de perfeccionista, exigent i més aviat excèntrica. El seu talent més gran és, com diu ella mateixa, «descobrir diamants en brut». Li agrada envoltar-se de gent jove i ajudar-los a trobar —en les seves paraules— «la manera de donar tot el que porten dins». Avui és aquí per parlar-nos dels seus pròxims projectes professionals i també per explicar-nos alguna cosa d'ella mateixa, que s'autodefineix com una dona difícil, acostumada a anar per lliure i addicta a l'èxit, tant personal com econòmic. Bona nit i benvinguda, Ester Parra.

Només l'ha vist somriure per saludar i ja li cau malament. N'observa els moviments i la indumentària. Una dona atlètica, amb un cos prim i fibrós, braços musculats, embotida en uns texans molt estrets i un top negre transparent sota el qual se li marquen uns sostens també negres i uns pits inflats i rodons com dues boles de petanca. Cap joia. Les ondes molt ben marcades dels cabells li cauen sobre les espatlles. Té una mà recolzada en un genoll i les ungles pintades de color vermell Chanel. Les sabates són de taló d'agulla. Una dona que s'agrada quan es mira al mirall.

La gravació està feta en una nau de grans dimensions. Al darrere de l'entrevistada s'hi veu un tatami enorme, un matalàs inflable de color negre, una bastida metàl·lica amb diferents nivells i mig cotxe pintat de color blau fosc. Queda clar que aquell lloc té a veure amb el seu entorn professional. Potser es tracta del seu propi local.

L'entrevistador deu tenir un o dos anys més que l'Albert. Vol saber quins són els projectes professionals imminents de la seva convidada. Sembla que tremoli dels nervis i fa patir tant que la Reina s'estima més no mirar-lo. Aprofita per llegir la pantalla que anuncia els vols per comprovar si hi ha novetats. Tot continua igual. Lent. Només torna a l'entrevista quan l'Ester respon: Ara hi ha una cosa que la té molt il·lusionada, diu. Una col·laboració amb un estudi molt important dels Estats Units per rodar una pel·lícula d'acció a la República Dominicana. És el projecte més gran en què ha pres part fins ara, tot un luxe tant pel pressupost com pel temps de preparació i assaig. És molt important tenir temps per assajar, per formar els actors. Aquí gairebé mai no en tenim. Treballar amb grans pressupostos té grans avantatges. També hi ha projectes europeus i nacionals i alguna sèrie de televisió que rodaran a partir de...

El presentador li pregunta com veu la situació del cinema espanyol i europeu.

L'Ester contesta que Europa són moltes coses. Hi ha països que estan molt bé, com França, que realment promou la seva cultura i la valora. Però que aquí fer cinema és passar-se la vida pidolant diners i treballant a baix cost. Aquí no fem el que sabem ni el que podríem fer. Fem el que podem fer i gràcies.

La següent pregunta també es tòpica: Com se sent de treballar en un món d'homes i ser una dona?

L'Ester se sent molt còmoda amb tots els seus companys mascles. De vegades va molt bé ser l'excepció, opina. A la vida s'ha de saber treure profit de tot, especialment de les coses que no tenen remei, com ara ser un home, una dona, alt, baix o més lleig que un pecat. Els ho dic molt als alumnes de l'escola: han d'aprendre quin rendiment poden treure d'aquella part d'ells mateixos que no poden canviar. I de tota la resta també, riu.

Com s'ho ha fet, ella, per treure'n rendiment?

L'Ester Parra no creu que aquest sigui lloc per explicar-ho. Si vol un dia queden a soles i ho fa amb tots els ets i uts. Aquesta frase, provocadora i fora de lloc, la pronuncia apropant-se a menys de mig metre de l'entrevistador i mirant-lo de fit a fit. És un gest de superioritat, de prepotència, de poder absolut. Encara més: d'amenaça.

Per descomptat, aconsegueix allò que es proposava: l'entrevistador es destarota. Li cauen els papers. Els ha de collir, reorganitzar-los. El pla és únic i lateral: mostra l'Ester asseguda com una deessa impassible mentre el pobre noi recull els papers que han caigut a pocs centímetres de les puntes de les sabates d'ella. Tan de pressa com pot compondre's de nou, el noi continua.

Té entès que no li agrada concedir entrevistes i li agradaria saber per quina raó. No se suposa que per als del seu gremi és bo sortir a la televisió? Que és publicitat? El pobre sua perquè ja veu que el guió el mena cap a zones fosques.

De seguida l'hi explica perquè ho entengui, fa ella. Davant la càmera el que de debò li agrada és saltar o cremar-se viva. Tampoc no li fa res despullar-se, si cal. Però parlar sí que no. Parlar la fa posar nerviosa, perquè no en sap gaire, i mai no troba què dir. Aquesta és la raó, vet-ho aquí, per la qual no concedeix entrevistes. Aquesta, i que de clients en té de sobres, perquè la seva empresa és la millor i perquè ella s'ajusta els pressupostos la mar de bé. A més, no pensa que la seva vida tingui cap interès perquè algú la vulgui conèixer. No li agrada avorrir la gent, afegeix, i encara menys avorrir-se.

Les arrugues que li sembla distingir al voltant dels ulls de l'Ester Parra són delatores. També aquesta manera de tòrcer la boca. Això que diu no s'ho creu ni ella. Si no concedeix entrevistes és perquè potser amaga alguna cosa. Es troba d'allò més interessant i bastant per sobre de la resta de la humanitat. L'Ester Parra està profundament enamorada de l'Ester Parra.

L'entrevistador, amb un somriure de brètol, li diu que sí que ho és, d'interessant. Molt. I que en sap molt de parlar a càmera, que no entén per què...

Et repeteixo la resposta, rei?, fa ella, i somriu, temptadora, dolenta, i afegeix que fa molt millor altres coses i que tant de bo pogués demostrar-l'hi. Pobre passerell, mai ha estat tan atordit.

La Reina voldria engegar a la merda aquesta parida. Aquesta imbècil és directora de què? Només continua perquè té alguna cosa a veure amb el seu fill, per bé que no entén com pot ser.

Ni tan sols se sap res de la seva vida privada, apunta l'entrevistador, cada cop més aclaparat.

Ella diu que ningú no n'ha de fer res, de la seva vida privada, però que si se sabés hi hauria molta gent que la criticaria. Li agrada viure a la seva manera.

L'Ester Parra acaba cada resposta amb un gest de suficiència. Posa un colze al respatller de la butaca i estira una mica els llavis cap enrere i cap avall. És una persona convençuda que té el món als seus peus, o que l'hi pot tenir així que vulgui. Parla aixecant la barbeta i movent les mans. Es toca molt els cabells, encreua i desencreua les cames. No pot afinar més perquè la televisió no té prou mitjans per instal·lar una càmera que l'enfoqui a ella sola i el pla de l'entrevista és fix, general i lleugerament lateral.

Abans d'acomiadar la convidada d'avui, a qui agraeixen molt que hagi fet una excepció i els hagi concedit aquesta entrevista, han preparat una petita sorpresa en forma de muntatge d'alguns dels moments que han pogut trobar de les seves participacions en algunes pel·lícules. L'Ester Parra somriu, sembla que afalagada, i tot seguit comença el muntatge. Música trepidant i successió d'escenes d'acció: un duel d'esgrima acrobàtica amb tot de tombarelles i persecucions; un salt volador des del merlet d'un castell —ella vestida de guerrera medieval—; una persecució vertiginosa entre un cotxe i una moto per tot un seguit de túnels foscos i que acaba amb el cotxe —del dolent— caient per un penya-segat. La darrera imatge és del *making-off* de la mateixa pel·lícula: mostra la moto arribant al box dels especialistes. La conductora fa el senyal de la victòria amb els dits i es lleva la visera. A sota hi apareix la mateixa mirada de la dona de l'entrevista però uns quinze anys més jove. S'abaixa la cremallera de la granota i mostra un parell de tetes tan perfectament rodones que només poden ser de mentida. Només llavors s'adona que la granota que s'ajusta al cos de la motorista com si volgués escanyar-la és daurada, igual que el casc. Un casc integral amb una visera completament negra. Com el de la foto que li ha descrit el Fèlix només fa unes hores.

Decideix enviar-li al Samuel l'enllaç de l'entrevista. Necessita la seva opinió. Però també li anirà bé qualsevol excusa per saber què fa, com està, si vol parlar amb ella o considera que no hi ha res a dir, si aquest és un d'aquells assumptes que, segons ell, cauen pel seu propi pes o si encara val la pena perdre-hi temps.

Si ja ha pensat a deixar-la o encara no.

89

Cada cop que el Sam diu que hi ha coses que cauen pel seu propi pes, afegeix: Com la fruita madura. Per molt que et sàpiga greu, mai no es queda a l'arbre. L'amor quan s'acaba és com la fruita madura, segons el Samuel. No es pot lluitar per algú que et diu que no t'estima. I no hauries d'estimar algú en qui ja no confies. I, per descomptat, no pots voler ser pare d'un fill que no és el teu fill i que té un altre pare. Això també cau pel seu propi pes.

L'hi va dir el Samuel dotzenes de vegades en els dies que van venir després de la conversa al bar Manuel. L'hi va dir per calmar-la, perquè la Reina tenia un pressentiment tangible i horrorós que alguna cosa passaria, que el Fèlix n'estava covant una de grossa. Si no, com era que no deia res, que no donava senyals de vida. Sis dies va trigar a trucar-li. Volia parlar amb ella, li va dir. Van quedar en un lloc estrany. Equidistant, segons el Fèlix. Equidistant de què? La Reina no en tenia ni idea ni entenia res.

La cafeteria es deia Mudances i era al Born, carrer Vidrieria tocant a la plaça de les Olles. Tenia un baix i un altell. El Fèlix l'esperava a l'altell, al fons, prenent un gintònic. Li va dir que era un lloc discret, perfecte. Feia aquell posat d'estàtua estalinista que no anunciava res de bo.

Va esperar que ella demanés un parell de cafès abans de llençar la primera torpedinada.

—M'ho he rumiat molt. He fet el burro tot aquest temps, però ja n'hi ha prou. He pres una decisió. Vull els diners de la venda del pis. T'he posat una demanda. Suposo que demà t'arribarà el burofax. Volia que ho sabessis primer per mi.

—Quins diners?

—Els que em pertoquen. La meitat. Són més de cent mil euros.

—Ja te'ls vaig donar, els diners. Vam arribar a un tracte, no te'n recordes? Vaig ingressar el xec al meu compte i després vaig treure'n la meitat en efectiu per donar-te el que...

—On és el rebut signat que ho demostra?

La Reina va notar que la calor li pujava per l'esquena. Allà hi havia la intenció del Fèlix però també l'assessorament i l'execució del Pau. El seu amic, se suposava.

—No vas signar-me cap rebut, no te'n recordes? —va fer la Reina—. Va ser un acord verbal. Tu hi vas estar d'acord.

—Sempre has de demanar un rebut, Reina. De tot. —To cínic que mereixeria alguna reacció.

—Em pensava que em podia refiar de tu.

—Ah! Mira, veus? En això estem igual. —Canvi: del cinisme a la ironia estripada—. Jo també em pensava que podia refiar-me de tu. I ara em vols prendre el meu fill.

—Fèlix, ja t'ho vaig explicar.

—Sí, m'ho vas explicar. Però no m'havia d'agradar, oi? Et pensaves que em conformaria amb tot aquell rotllo que em vas fúmer de l'orgull que havia de sentir l'Albert quan sigui gran? Bestieses. No vull perdre el meu fill.

—No és el teu fill!

—Ho és legalment. Amb això en tinc prou.

—Ho serà per poc temps. Ja et vaig dir...

—De cap manera! No m'ho faràs, això.

Aixecaven massa la veu. Una parella va voler installar-se a l'altell però van recular en comprovar que no hi havia gaire bon ambient.

—Mira, Fèlix —la Reina va provar de fer un to de veu civilitzat—, busquem una altra solució. No ens encaparrem...

—Jo ja la tinc, la solució. Per això t'he fet venir.

—T'escolto.

—Tu t'oblides de la teva demanda i jo m'oblido de la meva.

—Què vols dir?

—Tu no reclames la paternitat del nen i jo no et reclamo els cent mil euros.

La Reina va mirar-se'l sense saber com contestar. Processant el sentit d'allò que acabava de sentir. Encaixant quina mena de persona era l'home que havia estat —que encara era— el seu marit. El primer gran amor de la seva vida.

—M'estàs comprant el nen? —va murmurar, més sorpresa que enfadada.

—No compro res, jo. Negocio.

L'explosió de fúria arriba:

—Has dit cent mil euros?

—Una mica més.

—Ets un tarat! Et penses que et diré que sí?

—Esclar. Per això t'ho proposo. Tens cent mil euros? Els pots demanar al teu amant?

Li hauria agradat escanyar-lo amb les seves pròpies mans. Aquell cop més que cap altre.

—Escolta'm bé. La resposta és no! —va dir—. Un no com una casa! Ni que em demanessis milions! El meu fill no està en venda. —Va alçar-se, estampant la cadira contra la paret, i va baixar les escales de fusta de tres en tres, fent tanta fressa que els clients del bar van deixar un moment en suspens les seves converses i van girar-se a mirar què era que baixava, si un cavall o què, d'aquella manera.

90

«Has llegit els comentaris que hi ha sota el vídeo? Mira't la foto que t'envio».

El missatge del Sam demostra que ara per ara l'únic punt de trobada possible és l'Albert. De la resta, millor no parlar-ne. És lleig, és confús, fa mal. Potser trobaran el moment. O potser no.

La foto que envia el Sam és una captura de pantalla d'un xat on algú ha obert un fil titulat «Puta Parra». Els comentaris més sucosos són d'un tal Rick93_especialista i d'un tal StuntRigger. Tots dos parlen com si la coneguessin bé. El coneixement que té la Reina del món que hi ha rere el glamur de les pel·lícules és gràcies al seu fill. Per ell sap que un *stunt rigger* és un operador especialitzat a aguantar els actors que pengen de cables i politges en les escenes de salts. Potser sota aquest pseudònim s'amaga un professional de la productora o un col·lega de feina.

Espera que el Sam li enviï l'enllaç amb la conversa sencera i entra a tafanejar.

Rick93_especialista: «Vaig conèixer la Parra mentre feia el curs a la seva escola. A mi no em va fer res, però tinc un parell de companys que no van tenir tanta sort. És una depredadora. Li agraden els culets durs i les polles verges. Els promet als jovenets que els aconseguirà feina ràpid, però només vol tirar-se'ls. Ells hi cauen de quatre grapes i s'enrotllen amb la mestressa. Quan se'ls ha tirat els despatxa i en busca de nous».

StuntRigger: «Aquesta tia és una addicta al sexe i és perillosa. Sé del cert que li agrada contractar prostituts. És de les que pensen que els professionals donen menys problemes i es preocupen més per la satisfacció de les clientes al llit. M'han dit que de vegades també prostitueix els seus amistançats professionals, però d'això no n'estic segur».

No pot ser. Això no pot tenir res a veure amb ella, ni amb l'Albert. Encara menys amb ell. El seu Albert.

Continua llegint, embadalida, morta de por. Busca però no vol trobar. Li fa por trobar.

PurplePink: «Com us pengeu, tios. Jo crec que li teniu enveja. Una dona triomfadora no ho és mai per mèrits propis, oi? Sempre ha d'haver-ho aconseguit d'una manera sospitosa o no esteu contents. Sou uns porcs i uns masclistes».

Rick93_especialista: «No parlem en general de les dones, PurplePink, sinó d'aquesta dona en particular. I et puc ben assegurar que tot el que s'ha dit és cert. Oi que si estiguéssim parlant d'un director de cinema de més de quaranta que es tira una estudiant de disset no ho trobaries gens estrany? Aquest és el mateix cas, però a l'inrevés. Potser ets tu qui tens prejudicis».

PurplePink: «Prejudicis? Però què dius! Quantes dones coneixes que abusin d'homes, joves o grans? I quants homes coneixes que abusin de dones? Doncs ja està tot dit, em sembla a mi».

FlyingCat: «Benvolguda PurplePink (per cert, quin gran pseudònim!), encara que tens raó quan insinues que els homes abusen de les dones molt més que a l'inrevés, deixa'm recordar-te que totes les estadístiques tenen les seves excepcions (si no, no seria tan difícil fer estadístiques). Jo, per exemple. Jo sóc un dels homes dels quals va abusar l'Ester Parra. Si tens un moment, m'agradaria explicar-te la meva història. Ja t'aviso que no t'agradarà.

»Jo era el seu alumne. Un estudiant de primer curs d'Interpretació que havia decidit completar la seva formació aprenent tècniques d'especialista de cinema. El mercat està molt complicat. Per això els actors han de formar-se tant com puguin. Com més formació tinguis, més possibilitats de treballar en un món amb tanta competència. Vaig triar la seva escola perquè era la més prestigiosa. El curs durava quatre mesos. El segon dia es va presentar a classe, va dir que per coneixe'ns, i ens va deixar a tots amb la boca oberta i mig enamorats d'ella. És una dona sexi, amb un cos increïble malgrat la seva edat, molt d'estil, i aquell aire d'estar de tornada de tot. Ens va dir que seguiria de prop els nostres progressos i ens va animar a donar-ho tot. Després se'n va anar, marcant el ritme amb els talons d'agulla i remenant el cul dins els texans apretats. Crec que no hi va haver ningú a la sala d'assajos que no es quedés encantat mirant-li el cul.

»Ni una setmana més tard em va cridar al seu despatx, se suposava que per parlar-me d'una producció franco-alemanya de la qual ella seria directora d'acció. Estava buscant els millors, i volia gent jove i amb poca experiència. Que no tinguessin vicis adquirits i pogués modelar-los a la seva manera, va comentar. Em va fer creure que feia dies que es fixava en mi, que li agradava el meu coratge

—sempre he sigut una mica esbojarrat— i que tenia un físic adient per al paper. Em va demanar que em despullés per estar-ne segura. Jo estava molt tallat, des que havia entrat al seu despatx tenia una erecció gegant. No t'amaguis —va riure, en veure que jo mirava de tapar-me—, ho vull veure tot. I quan em vaig treure els calçotets va continuar rient. Què et passa? Que potser t'agrado, noi? Si que vas calent! No saps que podria ser la teva mare?

»Des d'aquella tarda em vaig convertir en alguna cosa així com el seu preferit. M'entrenava ella personalment. Teníem sexe molt sovint, quan ella volia. Jo no gosava dir-li que no. A res. Li agradava fer-ho en llocs públics, en banys, en cotxes aparcats al mig del carrer, als emprovadors de les botigues de roba. Li agradava convidar-me a dinar a un bon restaurant i masturbar-me amb una mà per sota la taula. També ensenyar-me a les seves amistats, dir-los la meva edat, i tocar-me davant de tothom. Gaudia veient que estava empalmat i que m'ho passava malament. També gaudia, de tant en tant, deixant que d'altres em toquessin, homes i dones. Presumia de mi, em prestava. Com que va veure que alguns cops no ho feia de bon grat, va proposar-me prendre drogues. Em farien les coses més fàcils, em va dir. Ep, vull que quedi clar que no m'hi va obligar. Només va insistir-hi una mica. Jo podria haver dit que no, però estava massa penjat d'ella i, suposo, era massa jove. Les nits que tenia ganes de gresca em donava un parell de comprimits de color rosa abans de sortir. Trigaven una mitja hora a fer-me efecte. Eren molt eficaços. M'adormia fins l'endemà. En despertar-me no recordava res, però de vegades em feia mal el penis o tenia marques per tot el cos. Fuetades, mossegades, marques de pintallavis... Cada cop era diferent.

»A canvi de tots aquests serveis, ella m'aconseguia feines. Bones feines. Vaig treballar en unes quantes pel·lícules, franceses, alemanyes, fins i tot una americana que vam rodar a la República Dominicana. Una passada! Era un somni fet realitat. Em pagaven superbé. Vaig aprendre molt. Vaig doblar actors importants en caigudes i explosions, vaig conèixer alguns directors. Ella parlava bé de mi, solia dir que era un bon *stunt* perquè havia tingut la millor professora.

»L'Ester Parra considera que tot és un intercanvi. Sexe i diversió a canvi de feina i oportunitats. Li agraden els tios joves i no se n'amaga. Fins i tot molt joves, menors d'edat. Sol dir que li agrada pagar per allò que utilitza. En diners o en espècie. Es pensa que paga bé. Està convençuda que en aquests negocis seus ningú no surt perdent.

»Un dia em va dir que no calia que m'entrenés més perquè ara no hi havia cap pel·lícula on encaixés el meu perfil. El curs d'especialista havia tornat a començar, segon quadrimestre, vint jovenets nous. Ella ja hi havia anat a fer la seva ronda de reconeixement, com l'amo de l'harem que tria una concubina. A dins del despatx hi tenia un altre alumne. Vaig entendre que m'havia substituït i que no era la primera vegada. Em va semblar que el nou encara era més jove que jo. No sé si em vaig alegrar o em va saber greu per ell. Vaig retirar-me. Allà es va acabar tot.

»De tot això ja fa uns quatre anys. Ho he superat del tot, i avui dia treballo en uns grans magatzems, secció de pel·lícules i sèries. Tinc una vida normal, sense malsons protagonitzats per la Parra. Conec paios, però, que van quedar-se fets merda després de conèixer-la i que encara avui no ho han superat. Suposo que cadascú és diferent, oi? En fi. Gràcies per arribar fins al final de la meva història. Ja ens veurem per aquí».

La Reina acaba de llegir, tot i que fa estona que no pot més.

En quin moment ens tornem incapaces de protegir els fills del que els espera?

Quan tanca la pàgina, contesta al Sam:

«Ja he llegit més del que calia. Estic esgarrifada només de pensar que aquesta dona coneix el nostre fill des de fa més de quatre mesos, i no m'he adonat de res. Si ho arribo a saber, no li deixo fer el curs».

Llavors hi cau.

Quatre mesos.

Ulf Everink.

91

La Reina està mirant el panell dels vols quan apareix la informació de la porta. Barcelona. Gate 9. Fa un saltiró d'alegria. Per fi.

L'hostessa rossa, que estava tan atenta com ella, s'acosta per dir-l'hi, però la troba recollint les seves últimes coses, ficant la tauleta i l'ordinador dins les butxaques de la maleta i posant-se l'abric, on hi ha el *mărţişor* de la papallona que li ha donat la noia de l'hamburgueseria.

—En té dos —diu l'hostessa, arreglant-li la llaçada dels cordonets de seda blancs i vermells que acompanyen la papallona i que s'havia desfet.

—Sí. Tindré el doble de sort?

—Segurament.

—En necessito molta.

L'hostessa acaba el treball i somriu, com ha estat fent tota la nit. La Reina troba un mèrit enorme a somriure dotze hores seguides i passi el que passi. L'hi agraeix molt, encara que no li diu res.

Just quan agafa la maleta per portar-la rodant fins a la porta d'embarcament s'adona que l'hostessa també du el seu *mărţişor* a la solapa de la brusa. Representa una flor daurada. La llaçada està perfectament lligada, i les dues cues s'obren a tots dos costats amb una simetria perfecta.

—Com ho fa perquè no se li desfaci la llaçada? —pregunta la Reina.

—No ho sé —s'arronsa ella d'espatlles—. Deu ser qüestió d'experiència. Fa vint-i-nou anys que practico. Per a vostè és la primera vegada, oi?

—Sí.

—Doncs tingui paciència. Les coses que valen la pena volen el seu temps.

S'acomiada d'ella amb una encaixada de mans —les dones romaneses no són de fer petons a desconegudes— i abandona el *business lounge* arrossegant la maleta. De la terminal la sorprenen la temperatura —molt més baixa que la que hi havia a la illeta climatitzada on ha passat la nit— i el xivarri. Veus que criden i canten i parlen i ploren; veus joves, molt joves, velles, gastades, afòniques, escardalenques. Totes les veus d'un món del qual ella ha aconseguit escapar durant unes hores.

92

Aquí fora hi ha massa soroll per parlar còmodament. A més, comença a pensar que és millor no deixar rastre al mòbil de l'Ulf Everink, per si de cas. Per si de cas què? Deu haver-se tornat boja. Per si de cas i prou. Encara no ha sabut trobar el camí cap a la porta d'embarcament. S'atura un moment al mig del passadís i envia un missatge de text:

«Vostè m'ha fet seguir durant setmanes. Té alguna cosa del meu fill? Necessito que sigui sincer absolutament».

La resposta arriba de seguida:

«Sinceritat absoluta: sí».

I tot seguit un altre:

«Ja estem de camí, per cert. Semblem una excursió d'un col·legi de monges. La superiora no ha vingut, com sol passar. Diuen que ens espera en un hotel de luxe de Brasov. Tenia raó, estic exhaust. Ja no sóc tan jove».

«Per què no m'ho ha dit abans?»

«La meva edat? Em pensava que no es notava».

«Senyor Everink, no em faci perdre el temps».

«Res més lluny de les meves intencions. Només volia fer-la somriure».

«Avui ho té complicat».

«No l'hi vaig dir perquè em reservava la informació. I perquè no és agradable».

«Què no és agradable?»

«El que sé del seu fill».

«Envii'm el que tingui».

«No li agradarà».

«Això no és nou. Envii-m'ho».

«I després negociarem?».

«Sí».

«Fem-ho ara».

«No».

Una llarga espera. Potser Everink sospesa les seves possibilitats. Finalment escriu un missatge:

«Molt bé, Reina, l'hi envio com a mostra de bona fe. Per correu electrònic. D'aquí a cinc minuts».

Un avís per megafonia, en romanès, li recorda que s'hauria d'afanyar. Només faltaria que després d'aquesta odissea ara perdés el vol per culpa d'uns quants missatges. Era la porta 9. Mira els panells del sostre, per orientar-se. S'adona que anava en la direcció equivocada —el sentit de l'orientació mai no ha estat el seu fort—, gira cua i se'n va cap a la banda correcta. Encara no veu la porta quan nota que el telèfon vibra. Ha entrat un correu. El neguit de llegir-lo la fa caminar una mica més de pressa. Ha d'arribar a la porta 9, però. Després, un cop allà, podrà entretenir-se tant com vulgui.

La porta 9 és en una sala compartida amb tres portes més, plena de gom a gom. Pertot sura una olor agra, de gent apilonada, de suor vella, que l'ofèn. No hi ha lloc per seure. Al taulell de l'embarcament no hi ha ningú. Només un rètol groc on hi posa Barcelona, davant del qual s'ha començat a formar una cua encara escarransida.

Cap informació d'horaris ni estats del vol. Al final de la passarel·la d'accés hi ha un paisatge de pistes glaçades però cap avió. Li sembla estrany, però tot i això es posa a la cua. Encara que s'hi hagi de passar tot el dia, vol ser dels primers a pujar.

El missatge de correu de l'Ulf no pot ser més breu: «Aquí ho té».

Hauria de tenir por d'obrir el document, de sis megues, que ve adjunt? En té.

La primera pàgina és un informe brevíssim del detectiu privat que diu:

INFORME DE SEGUIMENT D'ALBERT GAMA GENÉ. 17 anys. Estudiant de batxillerat. Esportista ocasional. Realitza curs d'especialista de cinema. Manté una relació sexual desigual amb la directora de l'escola d'especialistes, Ester Parra, 26 anys més gran que ell. Ella té antecedents penals per abús de menors i estupre. Les fotos adjuntes a aquest informe (pàgines 2 a 4) van fer-se la tercera setmana de febrer.

Li tremolen les cames. Fa lliscar el dit sobre el document. A la segona pàgina hi ha dues fotos. Tres a la tercera. Dues a la quarta. En totes apareixen el seu fill i l'Ester Parra. L'Albert està despullat de cintura cap avall a les tres primeres. Completament nu a les altres. Ella sempre està vestida, amb talons i tot. N'hi ha dues en què l'Albert està agenollat al davant d'ella, amb el cap enfonsat sota les faldilles. Una en la qual ella li toca el penis erecte, amb una absència d'emoció tan gran que més aviat sembla una escena de la consulta d'un uròleg. Només en una se'ls veu mantenint relacions sexuals completes. Ella està eixancarrada sobre una taula de despatx i ell és al seu damunt, tota la musculatura del cul en tensió i l'esquena corbada cap enrere. Ella li clava les ungles color vermell a les natges. Al costat, sobre la taula, aquell jersei de Star Wars dues talles més gran que li va regalar pel seu aniversari. Per molts anys, li va dir, mentre li lliurava el paquet. Estic guapo?, va preguntar ell, quan se l'emprovava.

A la foto l'Ester Parra li estira amb força els cabells, forçant-lo a doblegar el cap enrere. No veu la cara del seu fill. Només es fixa en els cabells, que té forts, un remolí indomable que quan era petit els feia gràcia. Se'ls va tallar tot just fa una setmana, en un rampell que no va entendre ningú. Durant mesos havia volgut deixar-se els cabells llargs —per als actors és millor, deia— i de cop i volta va decidir rapar-se. Ara ja no m'agrada, li va dir, seriós com si allò dels cabells fos qüestió de vida o mort. Ella no s'hi va voler amoïnar gaire. A aquesta edat és normal que canviïn d'opinió cada cinc minuts, la seva imatge s'està consolidant, estan en construcció, no saben què volen, ho han de provar tot i totes aquestes coses que diuen els adults amb fills adolescents quan no saben què dir.

Ara entén que no ha entès res.

93

A l'Informe de Recerca de Paternitat Biològica emès per un laboratori oficial hi deia que l'Albert, el Samuel i la Reina van ser degudament identificats i se'ls van prendre les mostres necessàries per realitzar l'estudi genètic orientat al diagnòstic de la possible relació biològica de paternitat entre el fill i el «suposat pare». Després d'analitzar diversos marcadors genètics (aquí una llista de tretze números llarguíssims i la seva localització cromosòmica) i fer-se els càlculs matematicoestadístics d'acord amb les freqüències genètiques de la població pertinent, es considerava que la probabilitat de trobar una persona a l'atzar en la població general que presenti els marcadors genètics esmentats és inferior a una de cada 1.253 milions de persones. El «suposat pare», doncs, presentava una probabilitat de paternitat superior al 99,99997%, un valor numèric que equivalia al predicat verbal de «paternitat pràcticament provada», és a dir, el grau màxim de certesa a què es pot arribar en aquesta mena de proves.

Mentre encara pensaven que podrien convèncer el Fèlix de prendre l'únic camí raonable van rebre un burofax signat pel Pau i escrit en un glacial llenguatge jurídic on la tractava de «Benvolguda senyora Gené» i li deia que el seu client l'havia informat que en el dia d'avui no li ha satisfet la quantitat que li correspon per la venda de la finca tal —aquí una quantitat de vuit xifres— i que, per tant, en la seva condició de mandatari verbal del senyor Fèlix Gama li reclamava l'import total del deute, i la instava mitjançant la present notificació a pagar aquesta quantitat en un termini com a màxim de set dies naturals, a comptar des de la data de recepció d'aquest requeriment, o d'altra manera es veuria obligat a recórrer a la via judicial per exigir el pagament de la citada quantitat així com de qualsevol altre import que es derivi de l'incompliment, i tot en defensa dels interessos legítims del seu client.

Van fer números. El pis del Samuel ja tenia una hipoteca. Sumant els sous dels dos no en tenien prou. Van provar de demanar diners, però ningú no tenia cent mil euros o ganes de deixar-los ni un cèntim. La Reina va trucar al Pau per pregar-li pròrrogues, terminis, favors, comprensió. El Pau feia poc que s'havia promès i estava enamorat com un novell. Va mirar d'entendrir-lo tot preguntant-li què faria ell si es trobés en una situació semblant amb la seva nova xicota. La veu de gel del seu antic amic va contestar:

—Ella no és com tu. Mai no em faria una cosa semblant.

La Reina va mirar de fer-li veure que potser no tenia tota la informació, que potser les coses no eren com ell es pensava —de fet, mai no ho són—, que potser tot plegat era més complicat i calia mirar-s'ho des de més costats, que la relació entre dues persones és un microcosmos on tot gravita seguint els dictats de les dues persones que l'han creat. Però la gent simple sempre tindrà una visió simple del món.

—El que jo sé és que el Fèlix va ser molt generós amb tu i que tu t'has comportat com una porca. Està bé que reclami el que li pertoca. I que ho vulgui de seguida. Fins i tot les bones persones es cansen d'esperar. Tu paga i deixa't de ploricons. Si em tornes a trucar no t'agafaré el telèfon.

L'hi podria haver explicat tot: que allò era un xantatge immoral i que el Fèlix no era el pare de l'Albert i blabla-bla, però no ho va fer. Per primer cop va entendre que si havia de dir al seu fill una mentida tan grossa, valia més començar a mentir a tothom que hi hagués de tenir algun contacte. Mentir per protegir el seu fill.

Van trigar a resignar-se del tot. Van provar de demanar un préstec. Cap dels dos no tenia un contracte fix —la Reina ni tan sols tenia contracte—, els seus sous no van passar l'avaluació del departament de riscos. I si no el podien pagar? Els embargarien el pis, el sou del Sam, tot. No tindrien diners ni per tirar endavant la demanda de paternitat. Ni per donar a l'Albert una qualitat de vida mínima.

Una d'aquelles set matinades després de rebre el burofax, quan tant els costava dormir, van començar a entendre que el millor que podien fer era rendir-se. Acceptar el xantatge del Fèlix. Acceptar el que de cap manera s'ha d'acceptar.

Volia trucar al Fèlix ella mateixa, però no s'hi va veure amb cor. No volia sentir-li la veu d'alegria del triomfador, del gran estrateg. Li va enviar un missatge de text que deia: «Acceptem el teu tracte».

Una estona més tard —va suposar que el Fèlix havia trucat al Pau per celebrar l'èxit compartit— va rebre resposta del seu ex: «Me n'alegro. Crec que prens la decisió correcta. Ja seurem per parlar dels detalls».

Del Pau va rebre una altra carta en to jurídico-glacial —«Atesa la decisió del meu client en el dia d'avui queda aturada la reclamació del capital corresponent al deute per la venda del pis...»— i una trucada d'un estil molt diferent:

—Ja pots donar gràcies d'haver topat amb un paio com ell —li va dir—, que renuncia a reclamar uns diners que li pertoquen només perquè ets la mare del seu fill i vol que tant a tu com al nen no us falti res. I això malgrat que li vas posar les banyes i que ara vius amb un altre. Me'n faig creus, de debò. Em penso que li hauries d'estar agraïda des d'ara fins al dia que et moris.

Després van venir uns mesos molt dolents. Primer, la reunió amb el Fèlix —el Sam no hi va ser present per ordre expressa del seu ex—, on van parlar de la lletra petita d'aquell contracte infame que acabaven d'establir. El nen no diria «pare» a tots dos, només al Fèlix. En el conveni de divorci establirien que tant la pàtria potestat com la custòdia serien compartides. Mai cap dels tres no explicaria al nen com havia anat tot. Per a l'Albert, el Samuel només seria el nòvio de la seva mare i el Fèlix, el seu pare autèntic. S'oblidaven d'alguna cosa?

—La custòdia serà només meva —va dir la Reina, amb la mirada perduda en la quadrícula d'escacs del terra del bar Mudances.

—Em penso que ha quedat clar que...

—T'he dit que sí a tot. A tot. —Li va agafar el canell, fort—. La custòdia serà meva i prou.

—D'acord. Però només cedeixo en aquest punt.

—Gràcies.

—Ah. Vull que em lliureu l'informe del laboratori on

vau fer les proves de paternitat. L'original i totes les còpies que en tingueu.

—Molt bé, te les donaré. Però tu m'has de prometre que mai no parlaràs malament del Sam davant del nen. Ni el predisposaràs en contra seu.

—D'acord. Callaré. No em demanis que n'hi parli bé.

—Tu mateix.

Els viaranys de la vida. Una tria permanent. Un gir de pocs centímetres et pot menar, amb el temps, a una distància de milers de quilòmetres del lloc on voldries ser. Quan ja ets molt lluny i és molt tard, et preguntes si va ser un error i com hauria estat la teva vida per un altre camí. Com hauria estat, que el Sam fos l'únic pare de l'Albert? Com hauria estat no haver de viure sempre amb l'ombra empipadora d'un intrús? Com, si la seva vida s'hagués regit per l'honestedat en comptes de per la mentida? Per l'atreviment en comptes de per la por? Potser ara ella i el Sam serien unes persones diferents? Haurien tingut més fills, potser una nena, i un tercer, trapella i encantador? Haurien format més bon equip, tots dos sols de debò, sense haver de consultar cada decisió amb el Fèlix? Estarien més units? S'haurien estimat d'una altra manera? Potser la seva vida també seria una altra vida, només seva, sense llasts del passat? I la del Fèlix? Què hauria fet, sense l'Albert? I sense ella? A qui hauria retret tot el dolent que li passa? Com hauria explicat aquell desenllaç a les seves amistats? Què hauria dit als desconeguts, a tots aquells que es pensaven que tenia un fill i de sobte, ah, mira, no en tinc cap? Potser hauria triat una argumentació fàcil i poc dolorosa, on ella seria una puta traïdora, i ell un pobre innocent enamorat que va deixar-se enredar? I ella? Hauria après a viure amb l'estigma de la traïdora, de la dolenta? Hauria sabut fer bona cara cada cop que un amic compartit no la saludés? Cada cop que algú murmurés en veure-la? Hauria sabut entendre que per al Fèlix era molt millor aquella versió i que mai no reconeixeria el que ella hauria volgut, és a dir, que la vida és complexa i les persones encara ho som més? Aprenem algun cop a viure amb allò que no podem canviar? I, si ho poguéssim canviar, n'aprendríem?

94

—Senyor Everink?

—Quina sorpresa! No pensava que s'atrevís a trucar-me.

—No corri. Li truco com a clienta. Necessito assessorament professional.

—Ah, caram! M'afalaga. Deixi'm que ho endevini. És per això del seu fill? Un cas d'abús de menors?

—I violació. I estupre. Necessito que m'aconselli què he de fer.

—Amb molt de gust.

—I que, arribat el cas, em posi en contacte amb un bon advocat especialista en delictes sexuals que pugui litigar al meu país.

—En conec uns quants.

—També m'agradaria contractar-lo a vostè com a assessor. Perquè ajudi el seu col·lega, vull dir. Vull que aquesta dona vagi a la presó. Que s'hi passi tant temps com sigui possible.

—No serà complicat. Quan vol que m'hi posi?

—Avui mateix, si és possible.

—I deixo plantat el comte Dràcula?

—No diu que no li agraden els vampirs?

—Té raó. No m'agraden. Em recorden massa certes persones de carn i ossos. Només que contra aquests no hi ha antídot.

—Llavors, això és un sí? M'agradaria pujar a l'avió sabent que ja hi treballa.

—Hauríem de parlar de les condicions.

—Oi tant! Li vull fer una oferta que no podrà refusar.

—Per què? Tan gran és la quantitat?

—Perquè no és una quantitat.

Tres segons de mutisme en els quals el senyor Everink dissimula la seva satisfacció, la seva alegria. Els seus companys d'excursió, els altres catorze candidats al càrrec de director del departament legal de Newzer, no han de sospitar mai què està passant.

—Farem un bon equip —fa ell.

—N'estic segura —somriu la Reina—. Un plaer parlar amb vostè, senyor Everink. Espero que no es maregi mentre travessa els Carpats.

—Gràcies. Tant de bo vostè no trobi turbulències en el camí de tornada.

95

Són quarts de deu. Quarts de nou a Barcelona. Vol trucar a l'Albert abans de pujar a l'avió, però tem despertar-lo. Li agrada saber que dorm. Les criatures creixen quan dormen, deia sempre la Cristina quan encara hi era tota, i a ella a les nits li agradava parar molta atenció al silenci fins que li semblava que sentia els ossets encara tendres de l'Albert cruixir i estirar-se per fer-se grans. Era una sensació fantàstica tenir-lo allà, a recer, protegit dels perills del món, deixant que el temps el tornés un home.

Segur que avui dormirà una mica més, tot i que sempre ha estat matiner. De petit es llevava a les sis i entrava a la seva habitació per dir-li amb cara de tragèdia que s'avorria. La Reina l'enviava al llit de nou, a dormir una mica més.

—Fins que sigui hora d'esmorzar, reiet —li deia.

L'Albert tornava al llit rondinant, s'hi estirava, feia unes quantes voltes tot just per fer enfadar el matalàs i vint minuts més tard es llevava de nou, tornava a fer el camí fins a la cambra de la mare i li preguntava què hi havia per esmorzar.

Les primeres hores del dia també eren les de les grans revelacions, epifanies que devia tenir en el trànsit dolç del son a la vigília. Un dia va aparèixer a un quart de set i va dir:

—Vull un germà.

La Reina va mirar de convence'l que tornés al llit, però l'Albert volia respostes. Quan podria ser? —perquè ell no només volia un germà: també el volia de seguida—, podria triar-li el nom?, aniria a la seva mateixa escola?, quants anys tindria?, haurien de compartir l'habitació?, i també les joguines?, com seria?

Ella va entendre que eren qüestions massa metafísiques per defugir-les ni que fos una estona. Es va llevar, se'n va anar amb l'Albert al menjador i li va explicar fil per randa per què no podia tenir un germà. El Sam i ella havien decidit que no tindrien més fills.

—Però si no en teniu cap —va dir l'Albert.

—Et tenim a tu.

—Però junts no.

—Per a nosaltres és com si tu fossis dels dos.

—No és just —va continuar ell, amb la seva lògica de nen de nou anys—. El Sam no té cap fill.

—El Sam t'estima com un fill.

La qüestió del germà va derivar en una preocupació intimista. Quan el Sam es va llevar aquell dia va trobar-se el nen assegut al sofà, seriós com un jutge en pijama manta, amb la pregunta preparada:

—Tu m'estimes com un fill?

—Sí, esclar.

—I per què?

—Doncs perquè per a mi és com si ho fossis. Et conec des d'abans de néixer.

De vegades l'Albert es conformava amb les respostes,

però no gaire estona. Quan es pensaven que ja se n'havia oblidat, hi tornava:

—Llavors, no vols tenir un altre fill? Un que sigui teu i de la mama?

Hi va haver intercanvi de mirades entre els adults. Com podia ser que fes justament aquella pregunta? Quina mena d'instint, o de saviesa, tenen les criatures, per encertar-la sempre? La Reina es va arronsar d'espatlles. L'Albert era un nen inquiet, un preguntaire de mena, s'hi haurien d'acostumar.

—Amb tu en tinc prou, Albert —va respondre el Sam, tan circumspecte com l'ocasió mereixia—. No podria estimar ningú tant com a tu.

Durant un temps s'ho van rumiar. La possibilitat d'un altre fill. Potser una nena. A la Reina la divertia imaginar-se parlant en plural —els meus fills— com si fos un joc. El pis era remenut, on posarien un altre llit? No era un gran argument, però sí que ho era. Un argument provisional, com tots els que inventem quan parlem de coses definitives, com ara afegir a la teva vida una persona que, t'ho facis com t'ho facis, es quedarà per sempre. Si posaven un altre llit, deien, hauria de ser a la cambra de l'Albert, tapant una mica la finestra. Els dos germans haurien de compartir-ho tot: l'armari, el bany, la dutxa, l'escriptori, el lloc al sofà... Que ho facin, deia la Reina, per alguna cosa serien germans, aprendre a compartir està bé.

El Samuel, però, no ho veia clar. I quan el Fèlix vingués a buscar l'Albert, què faria l'altre? Voldria anar amb ells? I si l'Albert llavors volia quedar-se?

També podria passar que el Fèlix se'ls volgués emportar tots dos, va fer veure la Reina. Era molt criaturer, ja ho havia demostrat, segur que ho provaria. Ah, no, això de cap manera. Potser ho hauríem de parlar amb ell, va pensar la Reina en veu alta. Amb el Fèlix? Què m'estàs dient? Que jo he de demanar permís al teu ex per tenir un altre fill amb tu? Té collons la cosa! I per què? Perquè també s'inventi la manera de prendre-me'l? De portar-lo als dinars de la seva família per presumir de nen davant sa mare? Ni pensaments! Per això m'estimo més quedar-me així, amb l'Albert i prou. A més, saps què? Molt millor, perquè mai no podria estimar cap nen com m'estimo el meu. Sí, sí, el meu! Potser vam quedar que no ho diríem mai a ningú, però suposo que a tu no se t'ha oblidat qui és el pare del teu fill, oi que no, reineta del meu cor?

Oi que no.

Doncs això. Tema acabat.

96

—Perdoni, qui m'ha dit que és? M'ho pot repetir, sisplau?

La Reina es tapa amb la mà l'altra orella per tal d'escoltar-lo. Amb tant d'enrenou, no és fàcil. Ara hi ha una veu metàl·lica que anuncia per megafonia la sortida del vol Tarom 931 amb destinació a Barcelona. Passatgers, passin per la porta número 4. Desconcert, queixes, renecs. La gent que s'esperava comença a desesperar-se. Un home demana el llibre de reclamacions. Un altre diu que posarà una denúncia a la companyia. Una hostessa impertorbable els explica que la situació és molt extraordinària, que els entén perfectament però que no hi pot fer res. Que facin cas de les noves instruccions i que tinguin paciència. Hi ha res pitjor que estar desesperat i que et demanin paciència?

—Senyora Gené? Em sent millor? Hola! Sóc el Leandre Vives, em recorda? Vaig quedar que li telefonaria. Li vaig escriure un correu electrònic. —La Reina encara no acaba de lligar caps—. Sóc el professor de la Universitat de Lleida que prepara un recull de la correspondència de la malaguanyada escriptora republicana Ilda Moreu. Va donar-me el seu telèfon en el seu darrer corr...

—Ah, sí, Leandre, ara me'n recordo.

—Encantada de saludar-la, senyora Gené. Que potser li truco en mal moment? Massa d'hora, potser?

—No pateixi. Tota la nit que sóc a l'aeroport de Bucarest, esperant un vol per tornar a casa. Ara que ja sortia es veu que no.

La Reina segueix sense esma la filera de passatgers que desfila cap a la nova porta.

—Sí que ho sento. Els aeroports són horribles, i els paios de les companyies aèries, uns torturadors. Per això jo no volo, sap? Em sento massa maltractat.

—L'entenc.

—Viatja sola?

—Sí.

—Doncs si ho arribo a saber li truco abans, per distreure-la. Jo no dormo, sap?

—No dorm?

—Ja fa anys! Com a molt dues hores o tres. No en necessito més. Està bé, això, perquè aprofito les nits per estudiar, per llegir o, darrerament, també per escriure. Ara, com vostè sap, treballo en l'epistolari de la malaguanyada Ilda Moreu. Envio correus electrònics. Ah, i de vegades faig taitxí.

—A les nits?

—No es pot imaginar com relaxa. Més que dormir, de fet. Jo crec que dormir està sobrevalorat, sap? Bé, ja deu imaginar per què li truco.

—M'ho imagino.

—Té res per a mi? Alguna bona notícia? Ha pogut buscar les cartes?

Ai, les cartes! La Reina se n'havia oblidat completament. Per descomptat, no les ha buscades. A casa seva hi ha un traster tot ple d'andròmines d'altres temps, però no té ni pensaments de posar-hi els peus. Està segura —més que segura: seguríssima— que aquesta Ilda Moreu malaguanyada no té res a veure amb el seu pare, i ara que escolta el professor universitari, que pel cap baix deu tenir setanta anys, es convenç que tot és una fantasia d'aquest bon home, que de tant trobar cartes en llocs insospitats es deu pensar que tothom té alguna cosa que a ell li interessa. Ni les ha buscades ni les buscarà, perquè seria perdre el temps i ella de temps no en té per a res. Però, esclar, tampoc no li pot dir tot això a aquest pobre home. Vet aquí un cas clar d'aquells que ella sempre posa com a exemple en les seves conferències: de vegades mentir és imprescindible. El vint per cent de tot el que diem són mentides, una persona que parla molt pot arribar a dir-ne dues-centes en un dia. Ho fem perquè ningú suporta tota la veritat, ni qui l'escolta ni qui la diu.

—Senyor Vives, fa dies que volia trucar-li. Vaig buscar aquestes cartes a consciència, cregui'm. Vaig regirar totes les caixes que tinc amb pertinences del meu pare. No era un home de tenir gaires coses, era d'aquella gent d'abans que passaven amb dos mocadors per a tota la vida. —Sense detalls no hi ha versemblança, per això s'hi entreté—. Ho vaig mirar tot. Li puc dir que aquestes cartes que vostè busca no hi són, com jo ja em pensava. Em sap molt greu no poder donar-li bones notícies, senyor Vives. Cregui'm que m'hauria agradat molt poder ajudar-lo amb el seu llibre. Però no hi ha hagut sort.

El sent remugar en veu baixa. Com si pensés remugant. S'hi està tanta estona que la Reina pregunta:

—Senyor Vives? M'ha sentit?

—Jo tenia l'esperança, prou que ho sap. Ha passat

molt de temps, però en els calaixos de la gent hi ha tantes coses. Ja no diguem a les golfes de les cases velles. A les golfes fins i tot hi ha qui s'hi troba una cantata de Bach o un quadre de Van Gogh, no ho sabia? Per això sempre demano a tothom que miri bé, que es prengui la molèstia. Amb gust vindria a buscar-les jo, però ja em puc imaginar que no li agradaria gens que un estrany li regirés el traster. —Fa un silenci, tot farcit de remucs nous—. Però això seu m'estranya molt, sap? Tinc proves fefaents que aquestes cartes van estar en algun moment en possessió del seu pare. Una altra cosa és que s'hagin perdut. Pel que vostè acaba de dir, juraria que el Josep Gené no era home de perdre res.

—Proves fefaents? Què vol dir?

—Doncs miri, tot ve de la Mercè Saltor, aquella noia que va treballar de dependenta a la botiga de queviures que els seus avis tenien al carrer Verdi cantonada del carrer del Robí. Aquella que vostè es pensava que era una equivocació, recorda? Doncs bé, la Mercè i el seu pare en algun moment de la seva vida van tenir alguna relació que sobrepassava amb escreix l'amistat. Jo tinc les meves teories, que potser són encertades o potser no. No tinc res més a fer que teories, així que en faig tot el dia. Jo crec que aquesta amistat forta, o com vostè li vulgui dir, devia venir de molt lluny, i que d'alguna manera, no sé quina, es devia mantenir durant dècades, no sé pas com, perquè el pare de vostè era un home que estava per la família i pel negoci, això és evident. I ella portava una vida senzilla i apartada, lluny del soroll de Barcelona. De fet, aquesta ha estat una de les dificultats més importants d'aquesta investigació. No sap que vaig haver d'anar tot sol i amb autobús, perquè jo no he conduït mai i ara com ara no n'aprendré pas, fins a un poblet mig abandonat del

Pallars Jussà que es diu Conques i on em pensava que no se m'hi havia per…

—Què ha dit?

—… dut res, però que va resultar que sí, que se m'hi havien perdut uns quants papers… Com diu?

—Com ha dit que es diu el poble?

—Bé, de fet ja no és ni poble, perquè va quedar tan despoblat que va ser absorbit per Isona, que és la població veïna de més entitat de la zona.

—Perdoni. Podria repetir-me'n el nom?

—Conques. —Silenci. Un silenci llarg—. Per què m'ho pregunta? Li sona d'alguna cosa?

—No, no —menteix la Reina, però en aquell moment sent que el seu cor batega tan fort que li roba l'aire—. I quina diu que és la relació de les cartes aquestes amb el poble de Conques?

—L'hi explico amb molt de gust: l'Ilda Moreu va viure a Conques una bona temporada, fugint de la repressió franquista. A mi m'hi van portar les meves investigacions. Va ser allà on una veïna va lliurar-me el primer grapat de cartes, que havia trobat per casualitat en una casa que acabava de rebre en herència. No eren cartes de gran valor, però van portar-me fins a altres corresponsals. I així, estirant de mica en mica aquest fil invisible del passat, és que vaig topar amb el seu pare i l'amistat que va mantenir amb la Mercè Saltor. Tot plegat és molt curiós, no troba? Curiós i engrescador, perquè no es pot imaginar com d'excitant resulta començar a lligar caps, quan tens la sort de cara. I ara que per fi parlem d'això, senyora Gené, li faria res si li faig una pregunta que fa temps que rumio i que em penso que és molt important? —Espera resposta, però el silenci de l'altra banda el decideix a continuar—: Miri, la pregunta és aquesta: Vostè sap si per casualitat el seu pare va tenir en algun moment de la seva vida alguna relació amb el poble de Conques?

La Reina no vol respondre.

—Què diu?

El professor Vives repeteix el requeriment amb el mateix entusiasme que fa un moment. És com un nen jugant a un joc de pistes.

La Reina l'escolta fins al final mentre es prepara per mentir: veu tan natural com pot, to de sorpresa, ni un sol rastre de contrarietat, por o inquietud.

—Conques —fa—. No em sona. Estic segura que mai no va posar-hi els peus.

Per sort, el professor Vives no és expert en detecció de la mentida. I per sort, en aquests moments tampoc no la pot veure.

97

L'Agnetta, la *personal assistant* del senyor Mirchandani a Àsia, li contesta com si li fes fàstic agafar el telèfon. Fins i tot després que la Reina li digui que ha reconsiderat la situació, i ha tingut molt en compte l'interès personal del senyor president executiu, per qui sent una estima especial, i ha decidit acceptar els bitllets d'avió que li ofereixen per tornar dijous i acabar la feina. Que lamenta molt els problemes que aquesta fatalitat hagi pogut causar-li, tant a ella com a la companyia, i que tot s'ha degut a un cas de força major.

L'Agnetta li pregunta amb veu nasal:

—Ah, llavors es queda?

—Bé, ara marxo. De fet, estic a punt d'embarcar en el meu vol cap a Barcelona, però tornaré dijous, com acabo d'explicar-li, per continuar amb les entrevistes i acabar el procés de selecció. Avisi sisplau la meva ajudant, la Cordelia, que la necessitaré. I també em caldrà de nou el saló de ball de l'Hotel Athenee, esclar.

—M'apunto això del saló de ball. La senyoreta Cordelia no cal avisar-la. Se n'ha anat amb els candidats a Transsilvània.

La Reina hauria desaprovat aquesta decisió, si hagués estat a les seves mans. Però vistes les circumstàncies, no hi té res a dir. Està segura que la senyoreta Cordelia rebrà invitacions de tota mena i en tots els idiomes per emular Dràcula d'una manera o d'una altra. Què hi farem. Hi ha coses contra les quals convé més no rebel·lar-se.

—Necessita res més? —pregunta ara l'Agnetta, com si tingués ganes de treure-se-la de sobre.

—De fet sí. La meva reserva per a aquests dies a l'hotel Athenee. Tinc entès que l'han anul·lada.

—Oh, segurament les noies han cregut que, com que vostè havia hagut de marxar, ja no necessitava l'hotel.

«Les noies»? Quines noies? Ha estat ella, la molt malèfica, n'està segura.

—El problema és que el meu amic Tomàs Moliner s'ha hagut de quedar i em sabria greu que hagués de deixar l'hotel a mitja estada. Ell no en té la culpa, de tot això que ha passat. Seria possible mantenir els tractes inicials?

—Ho esbrinaré —fa l'Agnetta, que en realitat vol dir «Ho demanaré al senyor Mirchandani, que farà el que li roti, com sempre»—. Alguna cosa més?

—Res més, per ara.

—Llavors, que tingui un bon vol i una estada profitosa. Ens veiem ben aviat.

I la deixa amb la paraula a la boca, com té per costum.

98

—Hola, amor meu. Sóc davant la porta 4. Hi ha una pantalla on hi diu Barcelona en lletres grogues, però de moment no ve ningú. La gent està dels nervis. Hi ha persones que s'enfaden molt, que reneguen o insulten les hostesses, però d'altres som mansois com anyells. Oi que fa por? Que davant les adversitats i les desgràcies alguns perdem la capacitat de revoltar-nos? A mi me'n fa, i molta. Mira, no goso trucar-te, per això et gravo aquest missatge de veu que em penso que serà quilomètric. No goso sentir la teva veu trista, dolguda, tan dura que no sembla la teva veu. No perquè pensi que no tens motius. Ben al contrari. Penso que m'he comportat d'una manera vergonyosa. He fet la bestiesa més gran de la meva vida. No sé en què estava pensant. Sí, sí que ho sé, a presumir d'hotels de cinc estrelles, a enlluernar un imbècil, a follar-me un paio que m'hauria d'haver follat fa divuit anys. La vida no té segones convocatòries, ho hauria d'haver pensat. Si no fas les coses quan toca, la cagues segur. I jo l'he cagada, vet-ho aquí. L'he cagada tant que em fa pànic pensar que per una rucada com aquesta pugui posar en perill la nostra relació, que és l'única cosa que de debò ha pagat la pena de tota la meva vida. Ja sé que dir-te això ara pot semblar una hipocresia o una mentida, però no ho és. Només és una incoherència. Una contradicció com una casa. Saps què he descobert? Què mentre estava al llit amb ell només feia que pensar en tu. Potser ara no et farà ni mica de gràcia, però crec que és divertit. Dona adúltera troba a faltar el seu marit mentre està amb l'únic amant que ha tingut en els darrers disset anys. Ho hauria d'haver previst, tens raó. Però, mira, les coses han anat així i ara no les puc canviar. Però puc fer-te una promesa. Escolta'm, sisplau, no aturis el missatge. Puc prometre't que no passarà més. Que lluitaré per fer-te riure i fer-te feliç i fer-te sentir especial i únic i meu i que no pararé fins que em diguis que ets totes aquestes coses, perquè les ets, aquestes i les que ara no tinc temps de dir-te, perquè, mira! Acaba d'arribar una hostessa amb cara de buldog, pobra dona, vés a saber d'on ve i quantes hores fa que corre pel món, i sembla que està dient que l'embarcament ja no trigarà a començar. Espero que aquest cop sigui veritat o la gent l'esquarterarà. No et pots imaginar quines ganes que tinc de ser a casa, amb tu, de fer-te una abraçada i demanar-te perdona'm, perdona'm, perdona'm, ha estat un error, només un (però molt gros), i preguntar-te si un error pot canviar-ho tot, i que em contestis de tot cor i acceptar tot allò que diguis encara que no m'agradi, però això sí, ja t'aviso que lluitaré per tu amb totes les meves forces, i que seré pesada, pesadíssima, t'aniré al darrere i et recordaré que jo sóc la dona de la teva vida, i que amb ningú no seràs més feliç que amb mi. I si algun cop te'n descuides insistiré i insistiré fins que te n'adonis o et rendeixis o em demanis de genolls que pari d'atabalar-te. Però no pararé fins al final, és a dir, fins que et convenci, perquè vals la pena i perquè (recordes?) a cabuda no em guanya ningú.

»Mira, ara sembla que per fi aquí es belluga alguna cosa. Estan organitzant la gent en dues cues diferents segons el número de la filera que li ha tocat, em penso que necessito totes dues mans per treure el passaport i la targeta d'embarcament, però deixa'm dir-te només que fa hores i hores que penso en tot, el que hem fet, el que no vam fer, com hauria estat la nostra vida si, i si no. Saps tot allò que sempre hem dit dels viaranys de la vida? Tot es resumeix en això, oi? Al capdavall, tot depèn de quina ruta triïs. Doncs bé, jo tinc molt clar que sense tu la ruta hauria estat fosca i freda. Sense tu mai no hauria sabut que hi ha persones capaces elles soletes de fer que la vida valgui la pena.

99

Abans estava enfadada, però ara ja no. També estava espantada, aterrida, i en canvi ara té una sensació insòlita que tot anirà bé. S'avorreix d'esperar, a la cua de l'embarcament, que obrin les portes i els deixin passar. Són quarts d'onze tocats. Quarts de deu a Barcelona. Decideix que ha arribat l'hora. Marca el número de l'Albert.

—Bon dia, mare. —Primera sensació: està tranquil. No fa veu d'adormit. No l'ha despertat. La cantarella de la salutació semblava alegre. Bé, potser no tant. Esperançada. Positiva. Sí, això, positiva—. Mare? Que em sents?

—Sí, reiet, perdona. Estava distreta. Estàs bé? Com has dormit?

—Amb els ulls tancats.

La broma ximpleta que el Sam ha fet tota la vida. Li agrada reconèixer-la. Tothom s'acaba assemblant a qui s'ha d'assemblar, li agradi o no.

—Tinc ganes de veure't —fa ella.

—Jo també. —Ho diu a la manera adolescent, com si li requés.

—Hem de parlar de moltes coses.

—Sí.

—I ens hem de fer moltes abraçades.

—No comencis.

—Doncs moltes pessigolles.

—Mare. —Allarga la e.

—El Sam i jo hem decidit que no aniràs amb el Fèlix a pescar aquest cap de setmana. T'està bé?

—Ah, no hi aniré? —Veu d'alegria—. Que bé. I com us ho heu fet per convence'l?

—No l'hem convençut. L'hi hem comunicat. Veig que te n'alegres.

—Odio anar a pescar.

—Ja ho sé.

—Ho saps? Mai no t'ho havia dit.

—No cal. Hi ha coses que no cal que em diguis.

—Llavors em quedo aquí o igualment he d'anar a casa seva?

—Et quedes amb el Sam.

—Guai! Gràcies, mare.

Li agrada el to d'alegria. La fa estar contenta, per contagi.

—I si no t'agrada anar a pescar, per què no l'hi dius?

—No ho sé. Em sap greu. Li encanta explicar-me coses de quan tenia la meva edat i ja hi anava. Se'l veu tan content.

—Queda clar que en això no t'assembles a ell.

—És veritat. Ni en això ni en res, oi, mare? —L'Albert allarga les síl·labes i deixa que creixi un silenci darrere la seva pregunta. Com si donés temps a la Reina per meditar la resposta.

Ella, en canvi, es pregunta si ho ha sentit bé. Ho ha dit sense pensar o feia temps que ho rumiava? Esperava l'ocasió per deixar-ho anar? No sap què dir. No, no pot ser que l'Albert insinuï que...?

El noi insisteix:

—No m'assemblo en res al Fèlix, oi, mare?

—Doncs, no. O sí. Vull dir. Que t'hi assembles en unes coses sí i en d'altres no. Com tots els fills.

—Jo també tinc coses que vull parlar amb tu —continua l'Albert—. Amb tu i amb ningú més.

—Què vols dir, amb mi i ningú més?

—Doncs això. Que no vull que ho sàpiga ningú.

—Esclar. Vols avançar-me res?

—Vaig trobar uns papers, ja fa temps, al despatx del Fèlix. Bé, no eren uns papers. Era com una carpeta. D'uns laboratoris d'aquells d'anàlisis clíniques. No sé per què em van cridar l'atenció. Eren allà sobre, no vaig remenar res. Me'ls vaig llegir i no els vaig entendre. O vaig entendre coses que no sabia si havia entès. Coses de mi.

La Reina s'allunya una mica de la filera de l'embarcament. Abandona la seva maleta entre els altres passatgers, el que tothom et diu que no s'ha de fer mai en un aeroport. Hi ha converses que no es poden mantenir envoltada de gent.

—Què vas entendre, Albert?

—Vaig entendre que el Sam no és el meu padrastre? I que el Fèlix no és el meu pare?

—I què vas pensar?

—Bé. Va ser un pal. Al començament. No sabia si m'agradava.

—Al començament. Vols dir després de saber-ho?

—Sí.

—I ara?

—Encara no ho sé. Si m'agrada o no, vull dir.

—Esclar. —La Reina es tapa la boca amb les mans, s'esforça per massa coses alhora: no plorar, no cridar, no riure, no deixar-se dur per les emocions descontrolades.

—I això per què mai no m'ho ha dit ningú? —continua l'Albert—. Era un secret?

—Sí que ho era, però això no t'ho puc explicar per telèfon. Ni crec que t'ho pugui explicar jo sola, si és que ho vols aclarir.

—No sé si ho vull.

—D'acord.

—Potser més endavant. Quan em trobi millor.

—Molt bé.

—Jo m'estimo el Fèlix.

—Esclar.

—I el Sam també.

—Ja ho sé.

—Potser mai no en voldré parlar.

—Com vulguis.

—I mentrestant m'agradaria que tot segueixi com fins ara. No vull que ningú sàpiga que vaig llegir aquells papers. No vull que ningú s'enfadi ni es posi trist.

—D'acord.

—M'ho promets?

—T'ho prometo. Però contesta'm una pregunta. Només una.

—Dispara.

—Això que ha passat, vull dir això que has fet, té alguna cosa a veure amb els papers? Vull dir, saber-ho t'ha deprimit, o t'ha sabut greu, o t'ha afectat d'alguna...

—No, mare. Els papers no en tenen la culpa. Tampoc no canvien gran cosa.

—L'Ester, llavors?

Potser no ho hauria d'haver preguntat així, tan de cop. Potser hauria d'haver esperat a tenir-lo al davant, per veure-li les reaccions. O potser és millor així, sense veure'l. Potser ell se sent més protegit.

—Què saps de l'Ester? —pregunta l'Albert, de sobte a la defensiva.

—Res —menteix—. Només que alguna cosa no va anar com tu volies.

—Ja no vull estudiar cinema.

—Bé, d'això ja en parlarem. No ho has pas de decidir ara. Quan m'ho expliquis tot, llavors...

—Mare, això no t'ho podré explicar mai. Ni a tu ni a ningú. Sisplau, no m'ho demanis.

—No t'ho demano.

—M'ha trencat el cor.

—Fill...

—He fet coses... He hagut de fer... Em vaig penjar d'ella d'una manera patètica i... —Un silenci demolidor, i tot seguit una conclusió també demolidora—: L'Ester Parra no és una bona persona, mare.

—Ja ho sé. —La Reina pensa: val més que l'Ester Parra es guardi de mi. Mai no ha fet mal a ningú, però té clar que gaudiria matant aquesta dona, veient-la agonitzar, pregar, somicar—. Vols explicar-m'ho, rei? Potser t'anirà bé.

—No. Em moriria de vergonya si t'ho expliqués. No em demanis que t'ho expliqui, sisplau.

—D'acord.

—Ho sento molt.

—No. Ho sento jo. No t'he sabut ajudar.

—Ho fas ara.

—Ho hauria d'haver fet abans. Evitar que et fessin mal.

—No ho hauries evitat, mare. Si m'haguessis demanat que no veiés l'Ester, que deixés d'acceptar tot el que ella em proposava, o m'haguessis prohibit fer el curs, ho hauria fet igualment. Ja no sóc un nen petit.

—Ja ho veig.

La cua de l'embarcament per fi s'ha començat a moure. Té sort. La veu de la megafonia acaba d'informar que els del seu grup —fileres de la 18 a la 34— pujaran els primers. Busca el passaport a la butxaca del davant de la seva bossa i mira d'acabar la conversa:

—D'acord, fill. No vull que m'expliquis res. Però a canvi tinc algunes peticions per fer-te.

—A veure.

—En primer lloc, vull que encarregueu una pizza gegant d'aquelles que ens agraden a tots tres per quan arribi a casa. Fa no sé quantes hores que no menjo res i em moro de gana. Segon, que la propera vegada que sentis que un cúmul de coses o una sola cosa o una sola persona et fa venir ganes de saltar al tren, em cridis i així saltarem tots dos, sempre és millor tenir companyia quan practiques esports de risc, no trobes? Tercer, voldré que et deixis convèncer que tot això passarà, que algun dia t'adonaràs que has viscut una experiència terrible que t'ha fet més fort i més savi, i que precisament aquesta és la finalitat de les experiències que no et maten, i també el motiu pel qual sobreviure paga la pena. I per a l'últim lloc he deixat el prec més important: fes-t'ho com vulguis, fill meu, tant m'és que siguis lladre de bancs o escalador de vuit mils, però facis el que facis amb la teva vida, que és una mica meva, munta-t'ho de manera que m'enterris tu a mi.

100

22A Finestreta. Deixa la maleta al portaequipatges, s'asseu, es corda el cinturó de seguretat i tanca els ulls. Per la finestreta hi veu una turbina i al darrere un paisatge de glaç i neu. Per megafonia una veu femenina recorda que tots els equipatges s'han de deixar als compartiments superiors i que la companyia Tarom i un capità de nom italià els demanen perdó pel retard que han patit i els desitgen un bon vol fins a Barcelona, on esperen aterrar a les catorze hores i quinze minuts, hora local, i on la temperatura és de tretze graus centígrads i l'estat del cel és clar.

La Reina dóna una darrera ullada al seu mòbil. No hi ha novetats. A la safata d'entrada del seu correu electrònic hi troba el nou bitllet Barcelona-Bucarest per al proper dijous, una nova reserva al seu nom a l'hotel Athenee i un missatge de l'Agnetta reclamant-li el comprovant de pagament del seu bitllet d'anada «per fer-li l'abonament tan aviat com sigui possible». Ara no hi vol pensar.

Quina és la història que l'Albert no podrà explicar mai? Arribarà a conèixer-la? Està segura que és això el que vol? Potser s'assembla a la d'aquell noi del xat que es feia dir FlyingCat? Potser aquesta dona fa el mateix amb tots els jovenets que tria? Potser podria trobar d'altres persones que vulguin matar-la? O que es conformin amb una revenja civilitzada, és a dir, legal, que mai no és el mateix però és més pràctic?

Voldria relaxar-se una mica en els pocs minuts que manquen perquè l'avió s'enlairi, però no en sap. No sap deixar de pensar, aturar-se. Fa anys que treballa massa, que mai no té temps per a res. Quant fa que no pren lliçons de piano amb la Martina? Com és que encara no sap llegir amb fluïdesa la clau de fa i que està encallada en la sonata *Clar de lluna* de Beethoven? Quant fa que no va al gimnàs dos cops per setmana, ni tan sols una? Quant fa que no s'agafa una tarda lliure per anar al cinema, o a passejar per la platja? Ha arribat l'hora de fer canvis. Contractarà una secretària. Anul·larà tota la seva agenda des que torni del segon viatge a Romania fins un temps indefinit que ara no vol decidir. S'ha guanyat unes vacances. Millor: una excedència. Com aquests professors universitaris americans que un any de cada set tenen un sabàtic. Acaba d'autoatorgar-se el primer any sabàtic de tota la seva vida. Amb la punta dels dits acarona els cordons de seda del *mărțișor* que du a la solapa de l'abric. La papallona que li ha regalat la noia de l'hamburgueseria. Després l'altra, la margarida daurada, o potser el crisantem, el regal de l'Ulf. Les dues llaçades continuen intactes, sense desfer-se. Potser tot això de l'any sabàtic només és la primera petita evidència del poder sobrenatural d'aquests petits amulets. El triomf del bé sobre el mal. De la vida sobre la mort. Les tradicions ho són per alguna cosa. Moltes generacions abans que nosaltres —a qui sovint ens permetem l'atreviment d'ignorar— hi han dipositat centúries de saviesa.

En un rampell, li escriu un missatge a la Martina:

«Podem reprendre les lliçons a partir de la setmana que ve? Aquest cop, de debò».

Abans de tancar l'aplicació de missatgeria torna a espiar el perfil del Samuel.

Escrivint.

Per fi. Se li dispara el cor.

I encara més quan arriba un missatge que diu:

«Ja parlarem d'errors i com arreglar-los. T'esperem a casa amb moltes ganes de veure't».

Posa el telèfon en mode avió. La vida queda aturada, en silenci.

Les turbines rugeixen i la força centrífuga l'encasta al seient. Sempre li ha agradat aquesta primera sensació de volar de quan el tren d'aterratge deixa de trontollar sobre la pista. Avui, però, encara li agrada més.

Quan tot just ha tancat els ulls, un home amb barba que ocupa el seient del costat li diu, molt enfadat:

—Li faria res deixar de cantar? M'agradaria relaxar-me.

Ni se n'havia adonat, que encara portava aquest cony de bolero encastat al cervell.

Intermedi

Una carta

Barcelona, 25 d'agost de 2007
Benvolgut mossèn Antoni,

Ja sé que vostè i jo hem tingut les nostres diferències en temps passats (i no tan passats) i que tots dos ens vam sentir carregats de raó. No sóc una persona rancuniosa i m'agrada, sempre que puc, fer allò que em penso que està ben fet. Per això li escric, després de tants anys, per enviar-li un conjunt de cartes que vaig trobar temps enrere entre els papers del meu marit i que vaig llegir plena de curiositat. És així que vaig adonar-me que el seu nom hi surt diverses vegades.

Es tracta, com vostè mateix comprovarà, d'una correspondència no gaire llarga entre el meu marit, Josep Gené, i la senyora Ilda Moreu, que, segons tinc entès, va ser durant uns anys veïna de Conques, a més d'una escriptora d'un cert nom. Em penso que és vostè qui ha de decidir què fer amb aquests documents, i que prengui la decisió que prengui, estarà bé.

No pateixi pel fet que jo en conegui el contingut. No fa gaire he sabut que estic malalta i que el meu mal no té cura. D'aquí a poc temps, res del que recordo tindrà cap importància. M'aniré allunyant a poc a poc del món, sense moure'm del lloc. És per això també que no vull retardar més aquest deure que tinc amb vostè des que vaig trobar les cartes. També amb mi mateixa: la història que contenen és d'una naturalesa tan íntima i tan dolorosa (dolorosa per a mi, sobretot) que m'estimo més desprendre-me'n que entaforar-les al fons d'un calaix, on potser algun dia les podria trobar la Reina, la meva filla, que mai no ha sabut res de res.

Espero que els anys l'hagin ajudat, com a mi, a oblidar les diferències del passat. I també que el seu passat el deixi viure en pau. Seva afectuosa,

Cristina
Vídua de Josep Gené

Agraïments

El que heu llegit està en deute amb algunes persones: amb Alicia Martos, sense la qual la Reina i l'Ulf no haurien estat ells mateixos; amb Joan Carles Mèlich, per descobrir-me les fantàstiques paraules de Nietszche sobre la veritat; amb Lluís Malet, Esther Ballesteros, Sergi Subirà i Josep Maria Pruna, per obrir-me les portes del món dels especialistes de cinema; amb Pili Gonzàlez-Agapito i els seus llibres, per allò de les olives; amb Gemma Suñé i Joan Carles Codina, per donar arguments als advocats de la ficció; amb Denisa Comanescu i Simona Kessler, per rodolar amb mi sobre la neu de Bucarest; amb Jana Balacciu, per regalar-me les paraules correctes; amb Francesc Gil-Lluc, sense el qual aquesta novel·la hauria sigut pitjor (i molt més friqui). I, per acabar, amb tots els lectors i amics romanesos que van compartir amb mi el dia del *mărţişor* i amb tots aquells que, siguin on siguin, s'emocionen amb els meus llibres. Perquè doneu sentit a cada novel·la però també al fet mateix d'escriure novel·les.

També vull agrair l'entusiasme i la paciència de les meves editores, Glòria Gasch i Anna Soldevila, i del meu editor, Emili Rosales.

Índex

Aquesta novel·la, primera part d'una bilogia
que continuarà a Seguiré les teves passes,
es va acabar d'escriure a Mataró el 26 de juliol de 2018,
dia en què Ana María Matute hauria fet 92 anys
i Antonio Machado 143.